U0896753

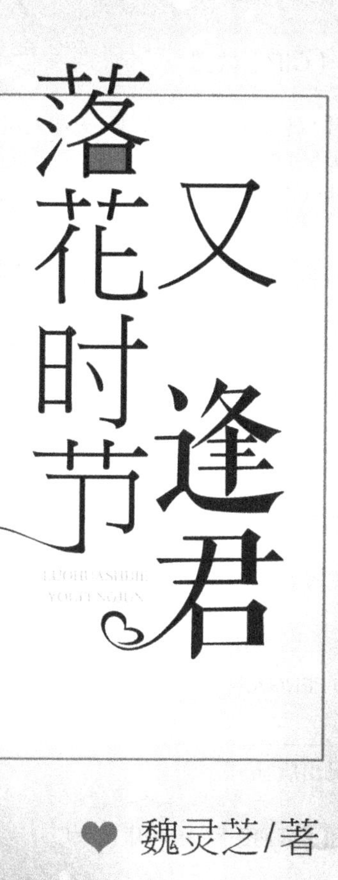

落花时节又逢君

LUOHUASHIJIE YOUFENGJUN

魏灵芝/著

天津出版传媒集团

天津人民出版社

图书在版编目（CIP）数据

落花时节又逢君 / 魏灵芝著 . -- 天津 : 天津人民出版社 , 2018.8 （2025.4重印）
ISBN 978-7-201-13917-3

Ⅰ . ①落… Ⅱ . ①魏… Ⅲ . ①长篇小说—中国—当代 Ⅳ . ① I247.5

中国版本图书馆 CIP 数据核字（2018）第 176201 号

落花时节又逢君
LUOHUA SHIJIE YOU FENGJUN
魏灵芝　著

出　　版　天津人民出版社
出 版 人　黄　沛
地　　址　天津市和平区西康路 35 号康岳大厦
邮政编码　300051
网　　址　http://www.tjrmcbs.com
电子邮箱　tjrmcbs@126.com

责任编辑　张潇文
封面设计　郑晓萍

制版印刷　三河市兴国印务有限公司
经　　销　新华书店
开　　本　660 × 960 毫米　1 /16
印　　张　18.75
字　　数　209 千字
版次印次　2018 年 8 月第 1 版　2025 年 4 月第 3 次印刷
定　　价　59.80 元

目　录

第一章

云倾国隐遁了，方光耀自杀了，方婉疯了，而我则死里逃生……

后来，我常常在想：人生如果可以重来一次，云倾国是否会重恋红尘与我结下百年良缘，方光耀是否会放下名利之念淡泊做人，方婉是否会破茧成蝶成为另一个强大的自己。然而，人生没有如果……

位寺处于皖西与豫东交界处，归属于安徽临泉关庙镇的一个村。多年前它就是方圆百里有名的寺庙，因求事灵验，到如今依然香火旺盛。每个月份的初一和十五，四面八方的很多人都会早早地赶来烧香祈福。

到了一年一度的逢会时节，位寺更是热闹非凡：庙宇内上香的人流如潮，火光一整天都会持续着，一些黄色的草纸屑被微风刮起，飞舞成一片朦胧的雾景。会上有唱戏的，做买卖的，吆喝的，各色声音掺杂在一起，一派祥和景象。

说来，位寺村是几经沧桑后才逐渐形成的一个大村庄，不过寺庙保存的还算完好，些许损坏也是有的，譬如撑起庙宇前檐的那几根粗壮的柱子，上面有似乎刀砍印记的大口子以及年久而分不清红黑的色泽，只要是大日头的天，整日里都会泛着古老的紫褐色的幽光；两边的一对青石狮子也有不同程度的损伤，只是经过无数岁月的洗礼与乡邻的敬抚，就像擦了油的披肩长发乌黑发亮。

庙宇的前后左右，散落地住着不少人家。

我——杨依雪和方光耀就是出生在这个村庄。

我的家庭在当时的农村底层来说，有着一定的特殊性。这当然是源于我是独生女的缘故了——弱势。我的父亲名叫杨九保，整个位寺村的人都知道他是个不折不扣的“文化人”。那时高中毕业的父亲，自认不俗，眼光颇为高，挑拣了数十家的姑娘都没能入得他的眼。我的母亲原是关庙镇上的姑娘，她高挑漂亮，笑起来脸上有一双好看的酒窝，唯一不足的是她从未进过学堂，父亲思来想去，还是打定主意就选她了。随后双方确定都没有意见之后，就匆匆订婚。之后，爷爷奶奶为他们选定黄道吉日成婚了。

婚后三年，母亲的肚子一直毫无动静。奶奶眼巴巴地看着那些和她同龄的人一个一个都抱上了孙子，心里焦急万分的同时对我母亲也生出了诸多的埋怨。父亲呢，慑于奶奶的威严，也只能对奶奶三天两头地找碴儿加以附和。母亲为此流下许多绝望的眼泪，父亲心里是一清二楚的，但是为了平息这个家各个角色的愤懑，大多时候他还是选择无奈地叹息。就在奶奶一次比一次严峻的闹腾下，在亲戚邻居疑惑、嘲讽的目光下，我的母亲终于怀上了孩子。这样的喜讯，全家人自然欢喜得很，母亲觉得有了生活的勇气和希望，父亲更是高兴地从拮据的生活拿出钱来，早早地为孩子添置了衣物；奶奶也不再对母亲指桑骂槐了，整天见个人就会笑得眼睛眯成一条缝，空闲的时候，还会去寺庙里求个福，或者去河堤风凉处的人群里坐着，给孩子做个棉袄或者棉裤之类的。

十月怀胎，一朝分娩。在全家人殷切的期待下，母亲生了一个白白胖胖的女孩儿，这个女孩儿就是我——杨依雪。奶奶和父亲都高兴极了，父亲如获至宝地抱着我，当即冥思苦想了半天为我取名为道远。这道远二字取于圣人孔子的那句“士不可以不弘毅，任重而道远”。奶奶和母亲虽说不识字，但也听得出来这是更适合男孩的名字，她俩坚持要父亲重新为我取个女孩名，还说那个名字留着以后让我弟弟用。父亲又绞尽脑汁，起了几个，还是偏男孩名。我出生的那天，刚好空中飘起了雪花，纷纷扬扬的。父亲拍了一下脑门，似有灵感忽然降落，有了，有了，就给她取名为依雪吧！依，茂盛状也，出自《诗经·小雅》：“依彼平林，有集维鷮。”雪，品高洁也，出自唐朝贯休《送姜道士归南岳》：“松品落落，雪格索索。”这个名字博得了全家人的称赞。他们认为这才听起来像个女孩子。

可是在我出生之后，不知道什么原因，母亲就再也不能生孩子了。这也就是我之前提到过的我的家庭的特殊性。在我大约七八岁光景时，父亲经常把些口碑甚好的算命先生请到家里，请他们帮忙看看以后还有没有孩子。瞎眼的算命先生，摇头晃脑，掐着手指说，此命为人多才能，三十有五方如意。父亲听后大喜，随即奉上几元钱，就等着三十五岁能够顺利添子了。谁知，三十五岁那一年过完了，全家人也没有盼来母亲的喜脉。此后，父亲曾占卜周易神卦，求得蒙卦，上面写着什么“匪我求童蒙，童蒙求我”“初诬告，再三渎，渎则不告利贞”，“困蒙，吝”。看了这易经的卦词，父亲拍着脑袋纳闷，只觉得一个字“准”。他想这大约是在告诉自己，想求子难，子求己易，而对于这个问题再三地索求，就是一种亵渎了。想来想去，他还是觉得不妥，不如再卜一卦，转念一想，罢了，罢了！都怪当初女儿出生时，自己给女儿取了些寓意深远的男用名，才招惹了什么，使得自己再无子嗣了。他这样责怪自己后，觉得心安了一些。

在那时候的农村，一个家庭如果没有男丁，只有一个女孩子的话，乡邻们就会视这家人没有孩子，认为是“绝后”。可以想象得到，我的父母在那样一个封建而落后的环境里，遭受了多少白眼和不为人知的屈辱才把我一点点抚养成人。

同一天，方光耀也在位寺这个村庄里出生。当时，村里人谁家新添了孩子，总会请我父亲给起个好名字，方光耀也是父亲起的名儿。“光耀”二字，是父亲深感于老子的那句“直而不肆，光而不耀”，方家人感觉这名字极好，不但有出处而且叫起来也顺口。方光耀的父亲方老六随即塞给父亲一包烟，以示谢意。父亲平日里烟瘾就大，他伸出焦黄的手指假意地推让了几下，然后将那包烟装入口袋，他的手指犹如熟透了的香蕉一样，正不易察觉地颤动着——他很快就能够又过上一把烟瘾了。一包香烟，几句感谢话，这是他一贯给别人家的孩子取名所得的好处。

那些破旧的时光，过得像河水一样清澈，惬意、自在。

在当地一直盛行着这样一首儿歌，几乎老幼妇孺皆知：

> 拉个据，扯个怀，槐树底下搭戏台，人家姥娘（指姥姥）都来啦，××（小孩名）家姥娘咋没来，说着说着来到啦，捎哩啥，捎哩狗尾巴，啊呜啊呜吃去吧。槐树底下搭戏台，人家姥娘都来啦，小妮的姥娘咋没来？割羊肉，买白菜，把小妮的婆婆接过来。

那时，奶奶经常眉开眼笑地拉着我的小手，给我唱着这样的儿歌，我蹦跳着，随着奶奶拉长的音调，学着唱：“××人家姥娘都来啦，小妮的姥娘咋没来……”

乡间歌谣，经久不衰。

童年是美好的，干净的，快乐的。光看那白云蓝天与月光星河都像春天的气息一样，随时呈现出一幅极美的画面，滋养着世间的每一个生命。大约七八岁的光景，晚饭后，一群小伙伴总是集合成队，在一些还未吃过饭的孩子家门口，扯着嗓门喊来喊去。不大功夫，就能叫上一群孩子，聚拢在一团，一块玩老鹰捉小鸡，拔河比赛，唱儿歌的游戏。感觉那时夜晚，常常被月光照耀得如同白昼一般，那漫天漫地的鹅黄色光辉，就像一款盛大的妆点，更多出了几分华美的诗意。

那时，方光耀最爱玩“望远镜”的游戏了。就是把两只小手举起，食指与拇指扣成一个圈圈，然后放在自己的两只眼睛前面，口中不停地念着：望望望远镜，望住谁，谁害病！这时候，被他望到的那一个小伙伴，必定要感到慌张了，因为担心自己被望出了病。随之，也会对着他做着“望远镜”，以此，来扯平自己的不满。这个游戏，在孩子们之间，总会无意地渗出些恶意的味道，最后，游戏很容易以哭鼻子或者分帮派来收场，所以，大家一般不愿意带头玩那个游戏的。

关于位寺的一切，包括那些古朴的青砖，油光的石狮，圣灵的佛龛，以及那些清澈的河水，茂密的树林，厚重的黑土，都会令人对它保存着种种多情的记忆。

那时候，固然我们那些人每天都能够看得见它们，却依然像沉入我心底的血液，让我时常热烈地惦念起来。那样一种无从消磨和难以遗忘的惦念，很早的时候就在灵魂里牢牢地种下了，并且我永远不会和它有失之交臂的痛苦和遗憾。有时候，我们一群孩子可以在一条河水的浅水处泼水嬉戏，或者在一个正开花结果的菜园子旁边，流着口水议论着人家园子里的香瓜或者西瓜。这时候，常常会从菜园地中间的一个小瓜棚里忽然走出一个人来，大声地吆喝几声，我们这群孩子就都纷纷猫着腰身逃散开了，仿佛一群听到些许动静就受到惊吓的雀鸟，扑棱棱地四处乱飞。不大一会，孩子们才又都聚拢在一起，没事似的又开始嬉闹了。孩子的世界，永远那么简单、干净。

村庄的河流就像生命的血脉一样常年四处奔流，给黑土地循环着无尽的养分。在那里可以经常捕捉到河虾、白鲢和鲤鱼。就连水少的小泥沟里，都可以用铁锹刨出又肥又壮的泥鳅来。那真是天堂般的环境与乐趣，人们可以随处在河里游泳，并且可以拨开浮萍与水草，一把摸出几个大蛤蜊或者扇贝。

从我们村口远远望去，目光穿过一片片薄荷田地或者芝麻开花的田地，在关庙镇以南十五公里的地方，就是姜寨了。姜寨是百家宗师姜子牙的故里，那里每个月都会有姜太公庙会，我们村的人也时常会去那里赶庙会。姜寨的青石阶以及雕花都散发着浓厚的历史文化气息，让人目及之处，总能够产生一种心灵的敬重。绕过关庙镇这一带的树木、庄稼和明晃晃的河水，就可以望见一座座如同古老的象形文字一样的老屋，以及一些已成废墟的茅草顶盖的土墙或者房屋。而当我每每望见这些不成形状的废墟的时候，小小的心里总是塞满了愁绪。当时并不知道，内心为什么会产生这种与自己年龄不符的忧虑。现在想来，这世上的东西，哪儿还有比一座座只剩下断壁残垣的废墟更令人忧伤的呢?

那年暑假，大约十一二岁的光景，方光耀几乎每天晚上都会跟着父亲方老六去捕鱼，第二天早上再去附近的集市上卖掉。

他们家有十几张小渔网，有圆形的，有长方形的，一个个就像针线织成的筛子，收口处有一根可以松紧的绳子。在去河水里下渔网之前，预先松开渔网口，在里面放上些蚯蚓或者是面食。

到了晚上，把它们一个个都放到河边距离不太远的地方，然后留下松紧口的那根绳子拴在一截小木棍上。过两三个小时候，就可以收网了。等捞上渔网的时候，就能够看到一网兜活蹦乱跳的鱼儿了。

有好几次，我早上起来的时候都在方光耀家的大门口，看到他们一家人欢欣地蹲在地上，捡拾渔网里面的鱼儿。我也会兴高采烈地蹲下身子，帮着他们捡拾鱼儿。通常那渔网里不仅仅会有鱼儿，还会有一些水草、河虾、蛤蜊以及形似水蛇的小黄鳝。等都收拾好了，方光耀就会给我用塑料袋子装上几条欢蹦的鲫鱼或者泥鳅之类，让我拿回家尝个新鲜。他们也会留下一些给自己，剩余的就都装进两只大水桶里，再用扁担两头的铁钩子，把它们分别挑起来放在肩头，挑到集市上去卖。

那天晚上方光耀他们又要去附近村庄的小河里捕鱼了。我也非常想去体验一下捕鱼的乐趣，就回家跟父亲闹腾，说也要去看看怎样捕鱼的。父亲起初不同意，后来经不住我软磨硬泡，才勉强答应了。

夜幕降落下来以后，整个空气中沉淀出了一种静谧的气息，微风吹拂过来，地面上升腾起来的闷热似乎也一扫而去，送来缕缕沁人心脾的清凉。

方光耀推着架车，那些渔网都横七竖八地躺在车子上。我和方老六跟在两侧，我们边走边说着捕鱼的一些趣事儿。凸凹不平的小土路上，我们三个人的身影往前方移动着。我开心极了，就像飞出了笼子的鸟儿，自由地小跑着，眼睛应接不暇地四处环顾着……眼看着路过了两个村庄了，方老六才停下来，说："这个米村附近的河里咱还没有下过渔网，今儿就在这河里多捕捞一些吧。"

方光耀刚把架车放下来，我就发现远处有一闪一闪的光，像是摩托警车的样子，但是却没有发出警笛的声音。看我们停顿了下来，那辆摩托警车好像也原地不动了。

我诧异地用手指着前方，对方光耀说："你看，那是巡逻的警车吧?"

方光耀向前面望去，说："看着是哩，这段各村都不太安生，增加了巡逻的警察。"

方老六说："我感觉警察好像把我们当作嫌疑目标了，方才在刚走出清华寺的时候，我就隐约地感觉到这个警车在远远地盯着我们。现在咱们停下来了，他们也不走了，这就确定他们是盯上咱了。"

我一听这样的话，心里就冒出了凉气，惶恐地问方光耀："这可怎么办呢？会不会把我们仨当成罪犯抓走呀!"

方光耀安慰说："不会，咱只是出来捕鱼，又不是偷盗，你不要害怕。"

方老六说："今儿晚上这鱼是不能再捕了，等会他们把咱几个逮捕带到镇上派出所，就算调查清楚再放走咱们，村里的人们也会认为咱犯罪了，到时候百口莫辩啊。咱们这就赶紧回家吧。"

"好，咱走快点。"说着，方光耀推起了架车就按原路走去。我和方老六快步地跟在架车旁边。我因为害怕而吓得有点打哆嗦了，走路有些不听使唤。

“依雪，你走得太慢了，要不你坐架车上面吧，我推着你走得快一点。”方光耀边走边回头对我说。我摇摇头，尽量加快了步速。方老六这时候也说，你这闺女咋不听话，坐到架车上吧，咱赶紧回家要紧。

我只好坐在了架车上。由于车子走得快，加上土路凸凹不平，坐在上面有些颠簸。我两手紧紧地抓住架车的两侧，车木板不断地发出咯噔咯噔的声响。我开始后悔，自己不该跟父亲闹着要来看捕鱼了。来时路上的欢笑，不知落在了哪一个角落里。我们谁都不说一句话，匆匆地赶着路。而那个摩托警车不断地用闪光灯照耀着我们这边，并且远远地跟在我们身后。我们模糊不清地听到他们在用对讲机说些什么话。

过了十几分钟的光景，在我们四周不远处竟然出现了十多辆摩托警车，他们的闪光灯都集中在我们三个的身上。我吓坏了，大气都不敢出。

方老六说：“糟了，咱们现在不能回家，如果把警察引到那里，村里人还以为我们真的犯罪了。”

方光耀焦急地问道：“那怎么办？”

方老六想了一会，拍了一下脑门说，有了，咱们先去前面的程庄，到你姑姑家里躲一躲。

这会儿我心跳得很快，感觉眼前的遭遇就像电影里面演的警察抓罪犯一样惊心动魄。绕过两条小路，我们终于来到了方光耀姑姑家门口。

我从架车上下来，两腿有些发软。方光耀很快叫开了门，他姑姑和姑父都惊讶地问，这时候来啥事？方老六说，去捕鱼被警察盯上了，现在估计警察已经把这附近包围了。方光耀的姑父怕牵连到自己，忙说，你们不能把警察都引到俺家来啊。方光耀的姑姑听完这句话，狠狠地白了他一眼，说："你少说这种话，快赶紧给他们找个地方藏起来。"

就这样，我们仨被藏到了院子内的柴火垛里面。我们在柴火上躺下来以后，方光耀的姑姑又飞快地抱来一些玉米秆放在上面，盖得严严实实的。我紧张极了，浑身不住地打着哆嗦。方光耀的一条胳膊紧挨着我，他明显地感觉到了我如同受惊的兔子一样，惶恐不安。他伏在我耳际，轻身地说，依雪，不怕，不怕，有我在呢。我没有说话，将身子紧紧地蜷缩在他身边，心里渐渐放松了一些。

刚把我们安置好不久，那些警察就从院墙外面扑通扑通翻了过来。他们亮出了警察证件，仔细地搜查了每一间房屋，甚至连那个小小的厨房都没有放过。结果，却什么也没有搜到。

"你们刚才有没有看见有三个人跑到你们这里？如实交代，否则是要承担法律责任的。"有警察问他们。

"没有啊，俺一点动静都没有听到，要是看见有坏人进来了，就是你们不让我说，我也一定要说啊。"方光耀的姑姑回答道。

"我们跟踪了一路了，这几个人有可能就是近段时间频频偷盗的嫌疑犯，如果你们不讲实话，应该知道包庇是啥后果！"

"那是，那是，可是我们家真的没有啥罪犯啊。"

“那就奇怪了，罪犯咋偏偏把架车停在了离你家不远的地方呢？还有一种可能那就是他们觉得架车碍事就扔在那里了，另一种可能是他们根本就是捕鱼的，因为架车上面都是渔网。”另外几个警察也觉得这番推测有道理，都附和着说，有这种可能，有这种可能。

过了好一会儿，警察全部撤走了。方光耀的姑姑站在路口，目送着摩托警车走远，才把我们几个从柴火垛里拉出来。

回到家里，我不敢把晚上发生的这些事情告诉父亲，敷衍地回答了他几句，就睡下了。那天夜里，我做了一整夜的噩梦。我梦见很多警察都在后面追杀我，围堵我，我使出浑身解数变成了一条小鱼儿潜伏在水里……

早上醒来后，浑身都是酸痛的，就好像真的在睡梦里穿越了枪林弹雨一样。我愣愣地坐在那里回忆着梦里的情节，忽然感觉现实和梦境之间，我哪一个都不想要。我想要的太缥缈，也太遥远，它好像远在世俗之外。而我又好像哪儿都逃不掉，因为我与这个地方有着太多血脉相连的记忆。

我与方光耀一天天地长大了。一些承载着无数悲喜的岁月，在遥远的岁月中缀满斑驳的沧桑。这个世上有许多美妙的角落，让人看见或者想起就可以得到一种细密的快乐。譬如每个人长大的地方。

日子就这样周而复始地从黎明中升腾，再从黑暗里落幕，一天紧接着一天地滑过，所有的一切，似乎都随着时间呼啸而过。

这天是五月初五的端午节。

一大早，方老六就从门外柴火垛里，抱回一堆芝麻秆放在厨房，用来生火做饭。他的母亲从一个老坛子里掏出来几个沾满灰烬的鹅蛋，又从门前的大蒜辫子上剪下来一些滚圆的大蒜，把它们放在一起洗了洗就放在了锅里。这就是他们全家端午节的盛宴了。

从灶台四周冒出的热气，弥漫在整个烟灰色的厨房里。

方光耀学习好，品德又出众，因此父母早就在他身上倾注了很多的梦想。某种程度上梦想是人类进步的阶梯。只是这梦想，有时候就像一些人在刚出生的时候，就带来了一种支配欲的本能，一种扭曲的自尊，或者在刚一开始说话，开始想事，就产生了一种无法剔除的欲望；还有时候梦想仿佛就是在无边灰暗的天空里，终于迎来的那一丝曙光；也仿佛是一园苍凉的落叶里，透出的一缕沁人心脾的芳香。

再过几天就要高考了，为了复习功课，方光耀下午就应该返回县城的学校。母亲给他带了一些干粮与咸菜，放在他那个褪了色的帆布背包里。

又要离开家了，方光耀站在院子里，从左边到右边，再从右边到左边，一遍一遍地看着：那一棵父亲栽植的葡萄树，已经结满了紧密的青葡萄；那一架锈迹斑斑的轧水机，那一口边沿褪色的大水缸；还有那一只养了十年的爱狗虎子……

而每次这个时候，眼前院子里所有的东西，都会让将要返校的方光耀无限的留恋和不舍。方光耀前脚刚跨出大门口，刚刚被母亲支走的虎子却跑了过来，撒着欢，使劲地往他身上蹭着。方光耀知道虎子就像他兄弟一样，不舍得他走，他一边抚摸着虎子，一边说："虎子，听话，我过几天就回来了。"虎子像能听懂他的话一样，眨着一双黑溜溜的眼睛，可怜巴巴地看着他。见此情景，方光耀的母亲，去厨房掰了小块馒头，喊着："虎子，过来，吃馍。"虎子听话地回去了，还不住地回头看一下方光耀。

送走儿子后，方光耀的父亲和母亲，就急赶着来到庙上。今天虽不是初一和十五，但是由于是端午节，寺庙里来赶香火的人还是不少。人们有来求平安的，求祛病的，还有来还愿的。

方光耀的父母和那些人一样，在慈悲的佛像面前虔诚地跪下来，又从挎篮里掏出黄色的火纸和一小把香，并把它们依次点燃。在纸和香划开的一道道光亮中，人们双手合十，叩首，嘴里不停地念念有词："大慈大悲的菩萨……"

寺庙在人们点燃的火苗下，愈发显得庄严而神秘。蔚蓝的天际，不时传来几声熟悉的鸟鸣，侧耳听去，那伴着人们多年的乐音，已经滑向了更辽远的地方。

第二章

方光耀走在返回县城学校的路上，他挎着帆布包徒步赶路。眼前一个挨着一个的村庄，渐渐地收拢在了他的身后，回首凝望，犹如一些雾霭中层层叠叠又略带遒劲的山峦；那些细密而低矮的房子，袅袅升起的炊烟，浑圆如月的麦秸垛以及那些平平仄仄的麦茬田地，就像经过一场新雨洗涤过的神秘而美丽的画卷。脚下不宽的土路上，晾晒满了农民们收割下来的小麦；这些小麦薄厚不一地躺在路上，一旦有行人走过或者架子车经过，很多麦粒就会脱落，这样农民们就会加快麦粒入仓的进度了。

大约走了一个多小时，方光耀才来到了关庙镇上。这时候，往返县城的车辆刚走过，又要等上一个小时了。方光耀下意识地摸了摸口袋，心里像倒了五味瓶一样：到县城需要两元钱的路费，而自己只剩下一元钱了，就算到了学校这几天的生活费还是没有着落啊。想到这里，方光耀从候车的人群中走出来，他如同一只孤零零地鸟儿蹲在大路的边沿，朝下面望去，宽大的沟壑里生长着一些茂密的青草与野花。

"轰隆隆——"这时，一阵拖拉机的奔跑噪音在方光耀耳际响起来。

方光耀皱了一下浓眉，扭过头看到一辆拖拉机在自己不远处停下来，车上装满了崭新的红砖头。那司机下车后径直朝这边走了过来。

"这不是方光耀吗，咋不去上学啊？蹲在这儿干啥呢？"开拖拉机的看起来是个四十多岁的男人，满身的灰尘与污垢。方光耀是认识他的，他就是我的父亲杨九保。

"九保叔啊，我是准备去县城学校呢……"方光耀看到有熟人过来了，有些腼腆地说。

"那还蹲着干啥，赶紧去吧！"我父亲催促他说。

"噢，我先不去。对了，九保叔我能不能在你家砖窑厂干两天活啊？"

"干活？你爹娘知道了不打死你才怪，马上该考试了去干啥啊？"我父亲很是疑惑。

一年前，满脑子之乎者也的父亲，不知道受到了什么蛊惑，竟忽然想起了做生意。他不顾母亲的反对，忙活着四处向亲戚借钱，又在镇上的信用社贷了款。后来就在我们村的北边，扩建了一个砖窑厂。平时村民们忙完农活了就会去那里干活，挣点工钱贴补家用。

“叔，我爸那边没事，你放心好了，我真的想去干两天活。”方光耀央求着我父亲。

“切，你开啥玩笑呢！那活又脏又累，再说你马上都快高考了，依雪一大早上就坐车回学校了，早知道我捎你一程，这时候差不多你也该到学校了。”我父亲咂了一下嘴巴说。

“九保叔，我过两天再去学校，没事的。早就进入复习阶段了，就差高考了。”方光耀急切地说。

“我劝你还是以学业为重吧，对了，你要是生活费不够用，我借给你一二十块钱也行。”我父亲像是忽然想起了什么似的，认真地说。

“不，不，生活费我有，我是想去体验一下。你就让我去两天吧！”方光耀慌忙说。

“那你真想去两天也行，我也不拦你了，别人一天开六块钱，我给你开七块钱算了。”

“九保叔，谢谢你了，对了，我爸今天没去窑上干活吧！”

“你爸有段时间没有去窑上了，他的身体估计现在撑不住这个活。”

“哦。”方光耀心里沉甸甸的，没有再说什么。

“对了，那你干完活不敢回家，吃饭和睡觉倒是个问题了。”我父亲说。

“那没事，我带的有水有干粮，撑两天不要紧。我就睡在窑洞里两天，正好现在天也热了，冻不着。”方光耀说。

“那好吧，真不行的话，我就晚上给你捎去个馒头或者稀饭的。”父亲说着，就摇开了拖拉机，接着说：“咱这就走吧，只能委屈你坐车后面的砖头上了。”

“真是太谢谢你了，九保叔。我坐后面不碍事的。”方光耀说着就起身，随我父亲来到拖拉机跟前。

“你坐上小心点啊，这车上的砖头是刘庄要的货，拉过去了才给我说是赊账，这没有影的生意我也不做它，拉回窑上算了。”我父亲回头嘱咐着方光耀。

“九保叔，放心吧，没事。”

坐在拖拉机后面的砖头上，方光耀双手紧紧地抓住车栏杆，生怕一个颠簸自己就掉了下去。就这样方光耀坐着我父亲的拖拉机就摇摇晃晃地返回了，关庙镇在位寺的南面，中间隔着六七个村子。其实，一路上方光耀的心都是提心吊胆的，他耷拉着头，生怕被熟人或者家里人的人撞见。

工夫不大，他们就到了砖窑厂。

方光耀从拖拉机上慢慢爬下来，眼前这个凸起如拱桥形状的椭圆形洞口，就是烧砖窑的洞口了。一些衣衫褴褛，头上顶着破旧毛巾的男男女女们，在窑洞口忙活着。他们有的人把一些烧好的砖头用双手一摞摞地背在身后，吃力地向堆放砖头的地方行走着；有的人在堆放砖头的地方，轻轻地放下背后的砖头；有的人两个一伙，一个在前面努力地拉着装有砖头的架子车，另一个人在后面身体前倾双手费劲地向前推着。

看着眼前的这些，方光耀感觉到一种内心的苦难像潮水一样冲击着自己。

“九保叔，我干哪儿的活啊?”方光耀不知所措地问道。

“你啊，这细皮嫩肉的，怕是顶不住窑洞里面的炙烤啊。”

“我能行，你就让我去吧!”

“那你就去试试吧，把窑洞里的砖头，装到外面的架子车上，然后再拉到砖头堆那里卸放好就行了。你要撑不住就别逞能。”我父亲说着，递给方光耀一双脏乎乎的手套。

方光耀把帆布挎包放在一旁，戴上手套，然后笨拙地推了一辆闲置着的架子车。把车子停在了窑洞门口后，他小心翼翼地走进了砖窑洞。刚一进去，他就感到一阵酷热袭来，整个身体像是沐浴在火笼里面一样。里面的几个村民正在手忙脚乱地搬着砖头。

“别傻站着啊！到了这儿就别想着书本的事了，来，俺给你搭把手。”旁边一个身材瘦小的妇女，熟练地拿起一摞砖头递给方光耀，憨厚地笑着。

这个瘦小的妇女，大概是附近其他村庄的，方光耀并不认识她。

“哦，谢谢你啊。”方光耀擦了一把脸上的汗水，双手接过砖头。呀！真烫啊。方光耀咬咬牙坚持着把砖头搬到了架子车上，再拉车，卸车。这次，他真的感受到了父母劳动的艰辛与不易了。

就这样干了两个多小时的活，方光耀感觉到双手和肩头都是火辣辣的疼痛。他实在撑不住了，就在卸车后在一片空地上软绵绵地坐下来。取掉手套，呀！双手都被磨出了多个血泡，那些血泡已经溃烂，表皮张开着露出一块块的血红。再扭头看看拉架子车的肩头，已经是一道道凸起的红肿了。

太阳火辣辣地照射着大地，炙烤着忙碌中的人们，方光耀忽然就想起了老舍笔下的《骆驼祥子》来，心里禁不住升起一种激励的腾越。他用舌头分别舔了舔手上溃烂的血泡，唾沫见到血泡后，一阵蜇痛，继而这种感觉又慢慢消融。

方光耀戴上手套，长长地出了一口气，推着架子车又来到了窑洞口。这时候，他忽然听见了父亲的喊叫声："光耀，光耀……"

方光耀如同受惊的兔子，马上顺着声音望去。呀！俺爸！他不是在干农活的吗？怎么也来这里了？这下可怎么办呢？

"还真是你啊，你气死我了，一大早你不就去县城学校了吗？咋会在这儿啊？……"方光耀的父亲看着汗流浃背的儿子，一连串地问道。

方光耀低着头，不敢看父亲的眼睛，嘴里嗫嚅着说："爸，我，我没有去学校，想来这干两天活再去。"

"啥，你干两天活再去学校？谁让你来这干活了？家里一心一意供养你上学容易吗，你咋不动脑子想想，马上就高考了，来这干啥活？你要是不想考学了，就一辈子来这拉砖头吧！看看是啥滋味！我算是白养活你了……"方光耀的父亲气愤极了，他为自己这个不争气的儿子而难过。

"爸，你别生气了，我明天就去学校，我……"

"别说了，这活我干几年了都还受不了，你可再也不能干了，回家去！"方光耀的父亲说着，就走进了窑洞里开始搬砖头了。

“嗯，快要吃中午饭了，我帮你干一会，咱一块回家吧。”

“那也行，反正你今天也去不成学校了。”

父子俩一个搬砖，一个往车上装，配合得很默契。就在这时，危险不知不觉地来临了。窑洞里面烧好的砖头，堆积得比人还高。而没有经验的方光耀只顾着搬一侧的砖头，另一侧紧挨着的砖头堆慢慢失去了平衡，竟然出现了倾斜。而方光耀并没有注意到这些，就在这千钧一发的时刻，方光耀的父亲猛然间将儿子推了出去，自己却随着一声巨响被砸在了砖头下面……

众人顿时都慌乱作一团。

“快，大家赶快把砖头扒开救人啊！”这时候我父亲放下手中的活计，气喘吁吁地从外面跑过来。

“爸，爸！快救救我爸啊！”方光耀刚才猛然被父亲推了出去就像做了一场梦，直到这会儿才明白怎么回事。此时的他疯子似的大叫着，泪水盈眶。

众人手忙脚乱地从洞口往外扔着砖头，方光耀两手不停地扒着，双手竟然怎么也使不上劲了。懊悔与心疼把他整个吞噬了，找不到一丝光亮。

很快就听到有人大叫着：“扒开了，扒开了，方老六！”

方光耀的父亲紧闭着双眼，满脸都是凌乱的血迹，双腿和胳膊不成形状地贴在地上。

方光耀扑倒父亲身边，把他软绵绵的身体搂在怀里，失声痛哭：“爸，爸，你醒醒啊！……”

“光耀，快，快抬着你爸去关庙医院！”我父亲两手抱起方老六的双腿。

这时候过来几个人七手八脚地就把方老六抬到了拖拉机的车斗里。方光耀坐在车斗里将父亲的头与半截身子小心翼翼地揽在怀里。其他几个村民也紧跟着坐在了车斗里。

我父亲急切地摇着了摇把，拖拉机像一头怒吼着的狮子跑起来。众人都神色慌张地看着因颠簸而不断摆动的方老六。方光耀搂着父亲，能够感觉到父亲的心跳还在，他的泪水不断地滴在父亲的脸上。方老六苍白的嘴唇忽然蠕动了几下，随后发出“呜噜呜噜”的声音，不知要说些什么。

“爸，你会没事的，会没事的……”方光耀像爱抚婴儿般揽着自己的父亲。

众人悬于喉咙的心总算落下去一点。

“总算是醒过来了，都把人吓坏了……”

“出这事，是谁也想不到的……”

“是啊，希望老六能挺过这一关……家里的一摊子还得需要他撑着……”

“哎……”

……

“到医院了，到医院了，大家照顾点把老六抬到急诊吧。”九保把拖拉机停在关庙镇医院里面，因为心急如焚他脸上的汗“啪啪”往下滴。我爸知道，作为雇主他有着推卸不了的法律责任。

众人都焦急地站在医院的走廊里等待着医生的消息。方光耀像是一只热锅上受着煎熬的蚂蚁，来来回回地踱着步子。

第三章

这是一片雪白的世界，寂静的房间犹如凄凉的山野一般令人不寒而栗。这是在哪里？是在做梦吗？方老六使劲地睁了睁眼睛。他想支撑着胳膊坐起身来，却忽然感到浑身一阵难忍的疼痛。

“呀，你先不要乱动。”正准备给方老六换吊瓶的护士说。

“我，这是咋了……是不是快要死了。”方老六从喉咙里发出微弱的声音。

“大叔，别瞎想，您先好好躺着休息。”

“嗯。”方老六闭着眼睛不再吭声。

护士说完，就匆忙地走了出去，她朝着走廊的方光耀等人摆了摆手。

这两个多小时的等待，让方光耀的心灵备受折磨。他小跑着就到了护士身边："我爸咋样了？醒过来了没有？"

"是啊，方老六咋样了，我们都急坏了。"我父亲他们几个人也着急地问道。

"没有生命危险，不过脊椎骨的神经断了，以后怕是要瘫痪在床了。"

"啊，咋会是这样，你们就不能把神经给接上吗？"方光耀无法接受地叫道。

"接神经？就是你去省城最好的医院都给你接不上的，神经是属于非常细微的身体组织……"护士非常耐心地解释着。

方光耀的两手插入发际无力地垂下头。有一种绝望没有声音，有一种悲伤没有泪水。

"这可咋办啊……"

"好端端的一个人，咋会说瘫痪就瘫痪了呢？"

……

众人惋惜着，叹息着，唏嘘一片。顷刻间，灰黄色的医院里蒙上了一层厚厚的阴影。

"病人需要静养，你们都小点声。"护士说。众人面面相觑，都知趣地不再言语了。

这时候，病房里传出来方老六有气无力的喊叫声："光耀呀，光耀……"

"爸，我来了。"方光耀一把推开病房虚掩的门，小跑着来到父亲床前，俯下身擦了擦父亲脸上的泪水。我父亲和其他几个人也跟着走了进来。

“爸，都怪我，要不然你也不会这样……”方光耀禁不住哽咽了。

“爸不怪你，这都是命，你们刚才说的话我都听到了，我已经是个废人了……你们娘几个以后要咋过啊……”方老六呜咽着将头扭向了里侧。

……

大家看到这样的场面，心情都很沉重。

我父亲提议，事已至此，再追究谁对谁错已经没有任何意义了，大家都要冷静面对。作为砖窑厂的雇主，他愿意承担全部医疗费用。其实，我父亲的砖窑厂自建立以来，由于赊账太多，资金回笼缓慢，加上清还前期的高息贷款，已是勉强维持正常的运营了。而现在方老六又出了这样的事故，要承担责任是必然的。我父亲心里的愁与苦，谁又能够理解呢？

生与活是一对孪生兄弟，它们有着同样的强悍。很多时候，我们不得不向它低下高贵或者卑微的头颅。

天已经快黑了，一整天了，因为有事大家也不觉得饥饿。我父亲去外面买来了稀饭和包子。

方光耀小心翼翼地用小勺子喂着父亲，好大工夫，才勉强喝了半碗稀饭。过了一会，方老六沉沉地睡下了。

方光耀暂且留在医院照看着方老六，我父亲开着拖拉机载着同来的几个村民回家了。

刚一到家，我父亲就急匆匆地往外走。我母亲在后面抱怨着：“啥事这么急啊，饭也不吃进门就走啊？”

“吃啥，我啥也吃不进去！”

“你咋了，一回来就阴沉着个脸，我咋惹着你了……”我母亲端着饭碗倚在门框上，像是又要开始一场没完没了的唠叨了。

“我能不阴着脸吗，出大事了——”父亲说到后一句的时候，拉长并加重了音调。

“啥——大——事啊？”不识一个大字的母亲，一听出事了吓得脸色都变了，她弯腰把饭碗放到了地上，两只手下意识地抓紧身上破旧的围裙，一字一句地问道。

我父亲把夹在耳朵上的一根皱巴巴的香烟取下来，噙在嘴里，又从裤兜里掏出半盒挤扁了的火柴，从盒子里抽出一根火柴在火柴盒侧面“噌”地划了一下，火柴立即燃起了小小的火苗，父亲猛吸了几口，香烟就燃着了。他在大门口蹲下来，大口大口地吸着烟，直到烟丝都燃到烟头了，才把它狠狠地踩在脚下，仿佛所有积压在心里的愁苦，都跟脚下这点烟头有关。

“依雪他爸，你倒是说句话啊。”我母亲的声音带着哭腔。

“哎！你没有听说吗？方老六今儿上午去咱家砖窑厂干活，被砸住了……”

“啊，天哪，这可不得了啦，这给他治病得多少钱啊，我今儿个一直忙活着这两只产仔的羊了，也没有顾得上去窑厂看看……”我母亲一听出了这样的大事故，双腿都软了，一屁股坐在了地上。人被砸成了瘫痪，需要出钱给方老六治病是逃不掉的，想到这儿母亲禁不住肉疼了，这个原本就紧巴巴的家，怎么能经得起这样的事故呢？

“这事儿着急上火也没有用。出这事谁都不愿意，我这就去方老六家里一趟。”父亲说完这些话，脚就跨出了大门。

我母亲呆呆地坐在地上，直到一只刚下过蛋的母鸡，昂着未褪尽的红脸“咯咯哒咯咯哒”地走过来，把她放在地上的饭碗，扒拉的到处都是稀饭，她才回过神来。嘴里不住地嚷嚷着，叫唤个啥，看我今儿个不打死你才怪！说完，她就随手拿着一把扫帚砸向那只闯了祸的母鸡，那母鸡机灵得很，扑棱着翅膀跳出好远去，借着月光能瞅见满院子的乌烟瘴气。

这边方光耀的母亲已经从医院回来的村民口中，知道了方老六被砸的不幸消息，她当即就脸色苍白，嘴唇发紫，如同鬼嚎一样嗷嗷哭了几声，晕了过去；方光杰与方婉赶紧掐住她的人中，才算慢慢缓过劲来。她刚一醒过来，就又开始了一阵撕心裂肺地哭嚎：“我的老天爷啊，这是造了哪辈子的孽啊……这可叫人怎么活啊……老天爷啊……”兄妹俩不停地擦着眼泪，内心充满了从未有过的疼痛与恐慌。

我父亲刚一走到大门口，就听见方光耀的母亲哭天喊地的悲惨音调，脚步变得更加沉重了。这不仅仅是一个家庭的悲剧，也是孩子们的悲剧啊，他们的成长从此将会缺失很多的依赖与支撑。

方光耀的母亲一眼看到了我父亲，哭喊声更惨烈了，那声音就像夜晚山林中乌鸦的凄凉的嘶哑声，里面满是颤抖、哀伤。

“光耀他妈，你也别太难过了，事情已经发生了，这个家还得你去扛着啊。”我父亲知道自己安慰的话这会起不了作用，但还是忍不住说了几句。

过了一会儿，方光耀母亲撕心裂肺的哭声总算变成了缓慢的抽泣，那声音就像刚学弹琴的生手，时有时无，让人心里很堵得慌：“这是命啊，谁也没办法！走，光杰，婉儿，让你九保叔拉着咱去镇上，看你爸去。”

时间不长，我父亲就开着拖拉机把他们三个载到了关庙镇医院。

方光耀的母亲看到躺在床上浑身插满管子的方老六，又是一番哭泣。方光耀兄妹三人也跟着难过不已。

日子，还在继续往前伸展着。

第二天，方光耀的母亲执意要求把丈夫送到县城的医院，父亲同意了。

就这样，方老六被送进了县城的人民医院。刚一入院，立即就被送到重症监护室。方光耀母亲的嘴里不住地抱怨着些什么，一副喋喋不休的样子。父亲只能装哑巴，交了押金后，才离开那里。面对高昂的医疗费用，也只能回家再想办法了。

第四章

我得知光耀父亲出事的消息，是方光耀返校的那天下午。当时，我走在宿舍楼下准备去开水间接开水，迎面碰到了心事重重的方光耀。

“光耀，你怎么才来学校啊？快要考试了。”我停下脚步，疑惑地问。

方光耀的神色很难看，他四处张望了一下，一副欲言又止的样子。我想他一定是碰到什么难题了，就随他来到校务室的拐角处。我们在旁边一条废弃的青石阶上，坐下来。

“哎，我家里出点事了，一言难尽……”

“什么事，你慢慢说……”

方光耀就把事情的来龙去脉，给我诉说了一遍，末了，他眼睛红红地又说：“依雪，我不敢想象，强烈的负罪感压抑得我快要喘不过气来，如果不是我一意孤行，我父亲也不会瘫痪了……”

“……唉，怎么会是这样？……你也别太自责了，目前你要做的就是先平静下来，争取考上理想的大学，这也是你父亲最大的心愿了……”听到这个不幸的消息，我也不禁为这个一块长大的朋友而难过。方光耀那个本来就贫困不堪的家庭，怎么能够承载如此大的变故呢？可是，人世间各种尚未来临的变幻，又有谁知道呢？更何况又有谁能够阻挡得了呢？而我所能够做的，只能是一些苍白无力的安慰。

方光耀用一种复杂的眼神望着我，好大一会都没有再说话，只是深深地点了点头。

“方伯伯在哪个医院呢？”我问道。

“前两天在镇医院，今天下午九保叔把他送到了县城的人民医院。”

我这才恍然大悟，想起来这件事必须由我父亲来负担的，心里又一阵难以名状的难过。“等考完试，你带我去看看方伯伯吧。”

方光耀“嗯”了一声，一只手在帆布挎包上揉捏着，像是要把一腔悲愁都揉碎似的。

“依雪，我总觉得时间过得太快了，一晃眼，我们都长大了，只是长大了却徒增了太多的烦恼与无奈，我真的有些怀念过去了。”方光耀的眼神瞟向远处，感叹地说着。

“是啊，同感，可是长大是每个人必经的生命过程，我们无法也不能去改变什么，我们只能尽自己的努力，去做一个最好的自己。”我安慰着他，同时也安慰着自己。

“我希望，我们俩能够考入同一所大学，然后当你哭鼻子的时候，我还可以递给你一块手帕。”

“我以后再也不会哭鼻子了，我已经长大了，不是小时候了。”我浅浅地笑了，红着脸说。

“如果你考不上大学，你还会继续复读吗？还是要去哪里？”方光耀问我。

“那还用说，我当然会选择复读喽，不然我怎么会甘心呢？”

……

我和方光耀俩人正说着话的功夫，寝室的一个女生刚好经过。那女生诡笑着冲我打着招呼，我于是匆匆与方光耀道别，和那女生一块去开水间接水了。

生活就是这样，每一件事物都有着一定的关联性，好的或者不好的，希望的或者失望的。

不知从何时起，方光耀看我的眼神，让我莫名地多了份拘束或者羞涩，抑或是紧张。高中以后的生活，我们的思想交流比以前减少了很多。我不能不承认，现在对他，我骨子里有着一种刻意的逃避与冷漠。其实，我内心也是矛盾的。因为我渐渐地明白了，他对我除了深厚的友谊之外，还渗入了一种其他的情感，我想那大约就是喜欢或者爱吧。这怎么能够不让我感到担心与矛盾呢？两个生命过早地联系在了一起，这是我们谁也不能阻挡的事情。可是我觉得他只是我的哥们或者哥哥，仅此而已。偶尔，看到方光耀落寞的眼神，我也会感到片刻的不安，可是这种不安很快就会被我刻意的冷漠所代替了。

我对他只是一种友情或者亲情，我分得很清楚，眼下之所以这种态度，也是基于对彼此未来的一种责任和保护。他能不能理解，我不知道，我还没有能力去指引自己的心。虽然我清楚地知道我们之间这种无法抗拒的微妙情感在酝酿，但是，我不想去扼杀什么，那对于我来说太过残忍，我寄希望于遭遇生命而又无法预知的命运。命运是个什么东西，我不想去弄明白，我只知道，命运仿佛就像无数风雨来时树木所做出的一番挣扎一样，深不可测。

我若有所思地拧开热水水龙头，伸着茶壶接着开水，一个不留神茶壶嘴移到了旁边，热水洒在了我的手背上。我忍不住“啊”地叫了一声，手背瞬间就被烫红了，俨然就像一块刚出锅的红薯冒着热气。和我一起的那个女生，迅速关了水龙头，紧接着拿过我手里的茶壶，说：“依雪，你太不小心了，手都烫伤了，还是我来接吧……”

“谢谢你了，我也不知道怎么回事，忽然就烫到了。”我用另一只手捂着手背，嗫嚅着说。我真的害怕她再说点什么话语来，让我无所适从。

“水接满了，我们赶紧回寝室，你在手背上擦点牙膏，会好得快一点。”那女生一只手提着水壶，一只手拉住我就往宿舍楼走去。

快到寝室的时候，那女生停下脚步，神秘地笑着把脑袋侧向我，小声地问我："依雪，我怎么感觉那个方光耀好像，好像是对你……"说到这儿，她不再吱声了，瞪着一双大眼睛望着我。而那双眼睛，仿佛生来就是为了打探世人的秘密似的，忽闪忽闪的。

"我，我怎么不知道？他是我一块长大的好朋友，别想多了。"我的脸蹭地一下子就红了，赶紧闪烁其词地说。

那女生嘿嘿地笑着，不再说什么，我们一起回到了寝室。

晚自习后，方光耀踏着缓慢的步子在阳台上来来回回地走动着，月光照耀下，他的身影延展出一副失魂落魄的孤单。

这些天，父亲发生的意外事故以及未来的各种压力，让方光耀感到了一种绝望和沉重。还有一点，就是他很想知道我对他是一种什么样的感情。我的回避与冷漠，让他禁不住难过。每次单独和我在一起的时候，他总是聊着聊着忽然一副欲言又止的样子，隐隐约约、闪烁其词，似乎是想对我说点什么，但是又怕惹我不高兴。我知道，他是想要我毫无隐瞒地认可他、承认他。当然，这种认可和承认不止局限于他是我的哥们。他宁愿我哪怕是对他无任何其他情感，哪怕在得知这种情况后痛哭，也不愿意在疑虑中受罪。

方光耀无法理解我此刻的心思，他很惶恐在我的心里是否还留有他的一点小小的位置。这颗心，他看得比他的生命还珍贵。他曾经守护它，鼓励它，历经十几年而不变。他时常想象自己有把握的、决定性的、可以征服了的这颗心，直到世界末日也会和他相依相守。而现在，现实是他根本无从把握这一切，他甚至有点怀疑自己一颗因爱而变得卑微的心。他是这样想的，他很多时候都觉得自己是卑微的。

五天后，令人备受煎熬的高考终于结束了。那天下午，方光耀提前半个小时走出考场，他一直蹲在校门口等我。我出来后，一看见他就问："光耀，你早就出来了吧，就知道这些题都难不住你，我恐怕今年上不了大学了……"

"依雪，你也一定能行的，我还等着和你读同一所大学呢。"方光耀站起来，微微伸了个懒腰。

"对了，你带我去人民医院看看方伯伯吧。"

"嗯，咱们步行去吧，就在晨光路，穿过几个路口也就到了。"方光耀说着从我手里拿过背包，径自挎在了肩膀上。他的帆布书包与我的花布书包搭在一起，宛如两件古老的花色木雕，随着向前移动的脚步，不时地微微轻摆着。

我跟在他身后，就像小时候一样。那时候，经常天刚蒙蒙亮，方光耀就会早早地起来，站在我家的栅子门口，扯着大嗓门喊我的名字，杨——依——雪。这时候，我家的黑狗总是拼了命地汪汪汪地叫唤，好在为了避免它伤人，父亲用一条铁链子把它拴在了院子里的一棵榆树上。要不然只要黑狗狂吠着，飞毛腿似的跑出去，方光耀早就该吓得跑没影了。

这时候，家里黑狗的叫声与院外孩子的喊声，总是让劳累了一天的父亲和母亲极为不耐烦。漆黑中，我总能感觉到父亲摸索火柴的窣窸窸窣的声音，然后就听到"噌"的一声划亮火柴的声音，紧接着我家的煤油灯就亮了。

“依雪，依雪，门外方光耀喊你嘞。”父亲似乎还未有睡醒，轻微地哑着嗓子喊我。

“爸，我知道了。”

我在被窝里贪恋了一小会，就边穿衣服，边睡眼惺忪地应承着。

不大的工夫，我就和方光耀一蹦一跳地扯着不成形的嗓音在唱歌了。然后我们一起再去喊上其他的几个小伙伴，快乐的一天开始了。大家追逐着，嬉闹着，如同一群快乐的鸟儿。

转眼上小学了，那时的冬天总是很冷。下了一夜的大雪，第二天早上白茫茫的一片，雪色把黎明前的黑暗都一点点逼退了。这样的清晨里，方光耀又会在我家大门外，高一声低一声的喊叫着我的名字。我从香甜的梦乡醒来，啊，窗外一片白晃晃的世界，真诱人啊。神秘的雪舞，对于我与诸多孩子来说，都是一种极具诱惑与感知的自然力量。我怕冷，却因此而迷恋冬天。

这时候，我不等父亲点亮煤油灯，就迫不及待地从暖烘烘的被窝里爬起来了。

在深深的积雪里，我和方光耀背着小书包，他紧紧拉着我的手，小心翼翼地把小脚放进大人们走过的脚印，一起往学校走去。放眼望去，那巍巍的白雪犹如一块巨大的白绸将整个村庄温柔地渲染、裹紧。这样的大雪有一种豪放不拘、变幻莫测、不可抗拒的魅力，牵引着整个冬天走向最美的高度。

“依雪，想什么呢？这么入神。前面就是人民医院了。”

方光耀的话，打断了我的思绪，一下把我从过去的记忆中拉了回来："哦，这么快就到医院了，我都忘了给方伯伯买礼品了。"我拍了一下脑门说。

"不用，不用，你哪儿这么多事。"方光耀觉得我这样做太过见外，我也就没有再坚持着去买礼品。

进了医院，我像个尾巴似地跟在他身后，仿佛所有将要面临的或者未曾面临的事情都与我有着莫大的关联一样。

第五章

方光耀推开了病房的门。我一眼就看见了自己的父亲，看来他早就来了。此刻他正满脸愁容地坐在那里。方光耀的父亲眼窝深陷，像个蜡像似的躺在床上，身子盖得严严实实的，只露出一个脑袋来。旁边，方光耀的母亲头上顶着一块洗得褪了色的蓝头巾，嘴角一动一动的不知道在嘟囔着些什么。

“依雪，你咋来医院了?”父亲有点惊讶地问道。

“爸，你也在这儿……”

父亲点了点头，说道：“嗯，你方伯伯出了这事，我不来咋办，你考完试了?”

“考完了，听光耀说这事了，就跟着过来看看。”我揪着衣角，小声地说。

父亲用眼白翻了翻我，没有再说话。

方光耀早已经来到病床边，正在和他父亲说着些什么了：“爸，你瘦多了，要多吃点饭啊。”

“哎！我已经成这样了，就别为我操心了，你今天考试咋样啊？”方光耀的父亲这会还在惦记着儿子考试的事情。说完，他苦着脸，轻轻叹了一口气。

“感觉还行。爸，你放心好了。”

“那我就放心了。”方光耀的父亲说着，长出了一口气。

我一直呆呆地站在父亲旁边，看着眼前的这一幕。过了半晌，我才走了过去，安慰方光耀爸爸说：“方伯伯，您会慢慢好起来的，别想太多了。”

还没有等方光耀的父亲开口说话，一旁方光耀的母亲就用怨恨的眼神瞪着我，然后拧了一把鼻涕，甩在地上，呜咽着说：“人都瘫痪了，哪儿还能够好啊，啊啊……老天爷啊……”

她这样的举动和含沙射影的话，让我一下子茫然无措起来。我像一只受惊吓的小兔子，努力梳理着自己慌乱的思路。我支支吾吾，半天才说出话来：“您别难过了，我知道您心里一定不好受。”

这时候，方光耀的母亲忽然间停止了呜咽，她嘴里甩着唾沫星子，冲着我父亲嚷道：“九保，你也听见医生说了，就是再住院几个月，还是这个情况，好不了。我的意思是说，咱都乡里乡亲的，你把该赔偿俺的费用还有后期的营养费一起给了。咱这两天就出院，回家好好养着，这样一来，咱也都不用在这医院守着了……”

我和方光耀面面相觑，我们只知道这件事非常严重，会把两个家庭都拖入更加艰难的境地，只是我们并不能完全理解大人们激烈的心理斗争。

“你也不要着急，有啥事慢慢商量。你说咋办咱就照你说的办。但是你也知道我干这砖窑厂的情况，到现在贷款都没有还清，咱们是不是彼此都体谅点。”父亲沉思了一会，回答说。

方光耀的父亲带着一脸的绝望说：“九保，现在都到这份上了，再住院也是白费钱，我还是出院吧。谁家也都不容易，我这都是命。”

“你别多说话了，好好歇歇吧，这事要回家后找家门的人商量好再说。”方光耀的母亲转回头，低声说了一句。

经过这一番商讨，整个房间的空气仿佛慢慢僵硬了下来。让人感觉一阵紧似一阵的胸闷。

在方光耀母亲的催促之下，我父亲只好找来了主治医师，医生坚决不同意让出院，说是至少要在这里观察半个月。方光耀的母亲见状，也只好不再唠叨了。

我父亲处理好医药费的问题后，要带着我一起回家。方光耀坚持要留下来照顾自己的父亲，方老六说，你母亲在这里照顾我就够了，都留在这也是麻烦，还要食宿的花费。

于是，大家各怀心事地相互告别后，我和方光耀坐上了父亲的拖拉机。一路上，拖拉机发出巨大的“突，突，突”的吼叫声，好像一只久未进食的老虎一般，一路狂奔着。从医院出来一直到村里，父亲都没有和我说过一句话，我更不敢先开口和他说话了。我意识到自己可能哪里惹父亲生气了，只得低着头小心翼翼地坐在车斗里，任由那些坑坑洼洼的土路把我左右上下地晃动着，颠簸着。方光耀同我一样，身体不时地被摇晃着。无意中，我眼角的余光能够感觉到，他的目光不住地落在我的脸颊上，我装作一无所知，把头埋进臂弯里，迷茫地等待着下一个或悲或喜的生活片段的出现。

走到村口，父亲把拖拉机停下来。方光耀轻轻和我挥挥手，我点了点头。他从车上爬下来后，对我父亲说："九保叔，我先回家了，你也别太发愁了，过些日子看我爸的病情怎样，总也不能太让你们家为难的。"

"不要紧，你先回家吧，家里就剩下你和弟弟、妹妹了，你多忙活点。"

父亲用温和的语气说完这句话后，就拿上我的书包向家里面走去，我勾着头慢悠悠地走在他身后。

母亲看见我回家来了，老远就欢喜地在大门口喊我："依雪，我这正念叨着呢，你就回来了……"

我像一只欢快地小山羊似的赶紧小跑着，穿过前面的父亲，穿过门前的那一排树木的细影来到母亲身边。母亲一把抓住我的手说："呀，又瘦了，这闺女在学校咋不好好吃饭呢?!"

"妈，我没有瘦呀，这不结结实实的嘛。"我撒娇道。

这时候，奶奶也从院子里出来了，她拄着一根因使用久了而变得滑溜溜的自制拐杖，慌着和我说话："依雪，让奶奶瞧瞧。”我来到奶奶身边，她爱抚地摸着我的头发，就像小时候一样。

这温暖的场景，我每次从学校回到家里总会再现。因此，在学校的日子，常常会梦见这熟悉而温馨的场景。母亲的期盼，奶奶的爱抚，门前潺潺的河水，都是我这一生中无法割舍的记忆与幸福。现在我再一次沉浸其中，似乎忘记了那些来自遥远地方的悲伤和荒凉。那是一些什么样子的悲伤和荒凉，我现在还看不清楚，只是模糊地觉得那些偶尔出现的想法，是可怕的，是遥远而又切近的。它们仿佛随时会像利剑一样戳穿我的血肉之心，又仿佛像一座庞大的冰窟一样，覆盖住我的生命夺去身体里所有的温度。

奶奶拉着我的手，说：“依雪，你来我这屋，我有好东西给你留着哩!”

“又是姑姑给你拿来的吧，奶奶，我大了，不要。”我心里酸酸的，暖暖的。

“来吧，跟奶奶来。”

我像小时候一样，跟着奶奶的小脚来到她的小屋里。奶奶脱掉鞋子，缓缓地爬到床上，取下床里面墙上挂着的一只旧布包。她小心翼翼地打开一个红塑料袋子，又打开一层蓝色方格手帕，里面露出几个甜果子。奶奶笑着，两手捧着那块手帕说：“来，你自己拿，这都是你的，吃吧，啊。”

我捏起一小块，塞到她嘴里，然后又捏起一块放到自己嘴里。那滋味一直甜到心底。咀嚼着这些细腻而真实的幸福，我在远处晦暗而看不透的未来里，感到了一种难以置信的宁静。

父亲喊我出来，我拉着奶奶来到院子里，忐忑不安地挨着她坐下来。奶奶那一双粗糙又枯瘦的手掌，不断地为我细嫩的双手传递来一股股热量。院子里的葡萄架子，有了越来越浓密的叶子，天气也凉快多了。

父亲板着一张满是皱纹的脸，在院子里的一条板凳上坐下来："依雪!"

"嗯。"我怯怯地应着。

"你凶一个孩子干啥？不会好好说句话啊。"母亲把手里的针线活放下，白了一眼父亲说。

"哎！这孩子，都快被你们惯坏了。再说，她也不是什么小孩子了，都十七了。"父亲继续厉声道。

"你说我咋把孩子惯坏了，难道还要每天打她一顿，你才满意吗?"母亲像是又准备好了一场吵架前的气势。

"爸，我是不是惹你生气了。"我小心翼翼地问父亲。从小看多了他们吵闹，我不想这次他们再为了我发生什么争吵了。

"你还问，我都忍了一路了，我给你说，以后你不要再和那个方光耀一块玩了。今天在县城医院，谁让你去了？你去了，不是给我添麻烦吗？现在方老六已经瘫痪了，咱家光医疗费都花好多了。这下面还不知道他们要准备讹诈咱多少钱呢？……搞不好，咱两家就是仇人了，你也不是小孩了，该知道这个问题的严重性……"父亲燃着一根烟，一边吧嗒吧嗒地吸着，一边瞪着我教训道。

记忆中，父亲从来没有这样大声音地吼过自己，也没有用这样凶巴巴的眼神瞪过自己。我低着头不说话，感觉心里委屈极了，强忍的泪水最终还是吧嗒吧嗒地落下来。

“哭，哭有啥用？你也不是小孩子了，跟着去医院凑啥热闹？你去能管事吗？看这情形，弄不好我们两家要打官司。你哭个啥？”父亲看我哭了，把剩下的半截烟狠狠地摔在地上，一下子就火了。

“你跟孩子发这么大火干啥？有啥事不会好好说吗？”奶奶在旁边袒护着说。

“娘啊，你知道啥？这小孩有错不管能行吗？”父亲冲奶奶顶了一句。

“爸，我错了，我以后不会了。我知道你心情不好……”我止住眼泪小声地说。

没有想到我只这么一句道歉的话，父亲的眼里竟然噙满了泪水。长这么大我从来没有见过他掉眼泪，我以为自己闯祸了，一直紧紧依偎在奶奶身边，害怕极了。

过了一会，父亲去洗了洗脸，然后对我说：“依雪，我这段时间事太多了，你要听话。无论是我管教你，还是训斥你，都是为你好啊。你以后就知道了。”

我点着头，我并不知道父亲口中的以后就知道了，是指多远的以后。只是心里暗暗发誓，以后再也不能惹父亲难过了。

晚饭后，我挨着奶奶瘦小的身体躺下来，正当我迷迷糊糊将要入睡的时候，就听见父亲和母亲在隔壁屋子里吵架的声音。他们的嗓门，高一声低一声：“……家里除了债务还是债务了，一屁股债物，咋过啊……”

“这能怨我吗？方老六出这事，他自己也不想啊。”

“不怨你怨谁？你当初就不该让他们去砖窑厂干活，也就不会有这档子要命的事了……”

“……你一天不唠叨就活不下去啊！现在的情况是我愿意看到的吗？再过半个月，方老六就出院了，他们家门里的人还不知道咋解决这事哩，你以为我就好过吗……”现在，父亲的嗓子几乎被怒气塞住了，几乎说不出话来。

“……我自从嫁给了你，这么多年不知道受了多少苦，到现在还是熬不出头，这日子越来越没法过了……”

“……我看你今天是存心找我的茬……”

“我就是要存心找你的茬……”母亲的嗓门，这会儿比弹丸如雨的战场还可怕。

他们继续争吵着，像两只必要分出胜负的蟋蟀一样，谁也不肯少说一句。

……

黑暗中，我听见一阵“噼噼啪啪”的声音，大约是父亲恼羞成怒打了母亲。我慌忙从床上爬起来，哭叫着：“爸，妈，你们别再打架，也别再吵架了！好不好……”

父亲划了根火柴，点燃了煤油灯，黑着一张脸对我说：“没你事，睡觉去吧。”接着，我就听见母亲一阵嘤嘤的哭泣声，父亲转而开始轻言细语地劝慰她：“好了，孩子都大了，别再没完没了地闹腾了。”

看着母亲安静了下来，我才返回自己屋子里。这时候奶奶已经睡着了，她均匀的呼吸声如同古老的钟声，规则而有序。她干瘦的身体像一只可怜的猫咪紧紧地蜷缩在床铺的一角，可能是她又做了什么梦魇之类的吧，她小小的身子时不时地就轻轻颤动一下。我很怕惊扰到她，就轻手轻脚地钻进了被窝。

大约过了十几分钟的时间，我忽然听见父亲急切地叫声：“依雪，依雪，快起来，看看你妈去哪儿了……”

我赶紧起床跟着父亲手里的手电筒，向院子里走去。匆忙中不小心碰醒了奶奶，她咳嗽了几声，哑着嗓子问：“咋啦，依雪，出啥事了？”我和父亲都没有回答她的话。

出了院子，我焦急地喊着：“妈！妈！……”

漆黑的院落里，只留下一片幽深的寂静。

当父亲的手电筒照射到院子里的一颗榆树的时候，我和父亲同时都惊呆了，母亲像一个衰老的葫芦一样吊在了树杈上。父亲以最快的速度解下了套在她脖子上的一条围巾，然后母亲的身体软绵绵地倒在了父亲的身上。我大概是吓坏了，竟然忘记了哭，疯了似的叫喊着母亲。

父亲把母亲放在地面上，使劲地按着她的胸口，继而口对口地吹气。我呆若木鸡地看着母亲紧闭的眼睛和父亲面如土色的慌乱，心里忍不住开始恸哭起来。泪水无声地滑落出眼睛，一种死亡的悲哀冲击着我的灵魂，我的灵魂在漆黑的边缘横冲直撞……

过了一会儿，母亲终于缓缓地睁开了眼睛。妈妈醒了！醒了！我抹了一把眼泪，如释重负地大叫道。

母亲醒来后说的第一句话就是，不如让她死了的好！我不知道该说些什么，心里五味杂陈。父亲长长地出了一口气，把她抱回了屋里。父亲让我去睡觉，还嘱咐我不要哭，不要脆弱，人活着本来就非常艰难。我看着母亲苍白的脸颊与无神的眼睛，以及喃喃自语的嘴唇，很想对她说点什么话，可是我却硬生生地一个字也说不出来。

擦干眼泪，我转身回了自己的屋子。

“哎，没有一天安生的日子，三更半夜也非要生事……”奶奶蜷缩在床里边，小声地叨唠着。我没有言语，把那条从她身上滑落下来的小褥子，重新搭在她身上。

躺在床上，我翻来覆去睡不着觉，脑海里不断涌现出父亲和母亲吵架时那些带有锋芒利刃的内容，那些挣扎过后的残骸，以及母亲惨白的脸颊，无神的眼睛……想到这些，我的眼泪不自觉又滑了下来。我不知道自己为什么要流泪，为什么要伤悲，但是我清清楚楚地感知到自己的血液仿佛被注入了一种灾难或者绝望的东西。倘若长大必须如此的复杂和艰险，同时还伴有更多不为人知的疼痛，那么我只想就此被黑夜与世俗围困致死。可是，我们没有办法，我们不得不一步一步沦陷进生活的沼泽，然后成为下一个他们……

窗外，明亮的月色拥抱着广阔的夜空和原野。成群的蟾蜍不住地向四周放出它们短促而响亮的音调，远处的夜风，无边无际地吹拂着大地；几抹月光的清辉浸透了家里的院子，映出那棵葡萄树的绿叶子和一些藤蔓的纤弱影子，那一丛丛攀缘到屋顶的粉色牵牛花，缠绕着破旧的雕花窗棂，倾吐着一阵阵沁人心脾的馨香，一些美好的或者荒凉的事物，都随之在这夜色里敞开，漂浮。

第六章

一大清早，父亲就做好了早饭。一家人围坐在院子里吃着，谁也没有提起昨天发生过的事情，好像一切都不曾发生一般。

诸如这样的争吵多得数不胜数了，诸如这样的哭泣和绝望也已多到司空见惯了，谁还会放在心上呢？只是，我不明白，这样活着，和最爱的人在一起，还有可以感受到如此多鲜活的生命，一件多好的事情，为什么母亲却说还不如让她死了的好呢？如果就那样孤独地死去，一切都不存在了，然而其余的人或者动物抑或事物，都还活着，笑着，互相依存着。是的，所有的事物都会依然如常地存在着，而死去的人却永远不存在了。倘若死亡是一种解脱，人就会愚昧地把它当作困境时期唯一的希望，可是事实上那不是一种解脱也不是一种希望，那只是彻底而残酷地对自身的毁灭。当然，死亡是每个生命都不能避免的结局，就像雪花落下来终将会化成水一样。但是，人依然要完整而尽力地活好这一个过程，而不是中途倒戈在自己脆弱的意念当中，让周围的亲人无法承受。这些是我后来也历经了同样解脱的方式后，才从疼痛的心灵中找到的答案，而我当时面对母亲的寻死，除了惶恐再无其他。

我两只手捧着瓷碗，一边喝着稀饭，一边偷眼向母亲望去：她松软的颈部呈现出两道紫红色的勒痕。那两道紫红色的印记就像两条吐着红信子的小蛇一样，印刻在我心里，引起一阵惊涛骇浪的酸楚。是的，我敢直视母亲，我怕她碰上我的眼神会难过，会不知所措。

父亲故意咳嗽了一声，然后用眼睛翻了翻我，我赶紧低头吃饭了，假装什么都没有看到。

这时候家里的那几只母鸡，习惯性地从大门外跑回来，在我们吃饭的地方转来转去，奶奶不住地扬起手把它们驱赶到一旁。

这天是夏季里一个燥热的日子，四处沉闷得没有一丝凉风能够透过来。树上的叶子仿佛扎了根似的从容地站立在各个树枝上。地面上的热气，炙烤得人们胸腔要往外冒火，那几只羊，形成了一块白云似的羊群，它们的嘴巴不停歇地咀嚼着，发出咕噜咕噜的声响，偶尔因为闷热而张大嘴巴哈着热气。

刚吃过早饭，就听大门外有人喊着："有人在家吗?"

父亲答应说，有人。然后，就有两个中年男人走进了院子里。

"九保，你妹妹喝药了，你快去看看吧!"其中一个人神色慌张地对父亲说。

“喝药了？哎！因为啥啊？”父亲着急地问道。

“还不是你妹子又和她婆婆吵架了，你妹夫打了她一顿，她想不开就……”

“她现在在哪儿？送医院了没有？”

“没有，好像是不行了，整个人都没有动静了，这会儿应该还在院子里躺着。”

我的心扑通扑通跳得厉害：昨晚是母亲，今天又是自己的姑姑，怎么所有的不幸都赶一块儿了呢？我紧紧跟着父亲，和那两个人一块走出了院子。

奶奶听说姑姑好像快不行了，一下就愣住了。她挤着干瘪的眼睛，号啕大哭起来，边哭边说着些什么。她拄着拐杖在后面哭喊着，也要跟着去看看自己的女儿。父亲急躁地说，娘，你不要添乱了，我赶紧去看看吧。说完，我们就急匆匆地赶路了。

李庄距离位寺不远，大约一公里左右。一会儿工夫，我们就来到了姑姑家门口。

姑姑家的院子里聚集了很多村子里的人，他们站在那里指指点点，说着些什么。空气中仿佛一下子灌入了大量的雾霾与冷冽，每个人的脸上都带着一份直指内心的惊讶，惋惜或者新鲜。

人群里不断地有人唏嘘着，说着！“她娘家哥哥来了。”不知是谁说了一句，紧接着，他们就不约而同地闪开一条缝，我和父亲急急忙忙地走了过去。

姑姑直挺挺地躺在地上。大约是先前在地上挣扎过的缘故，她的脸上和衣服上粘着一块一块的灰土，头发就像一簇簇秋天之后衰落的毛毛草，蓬松而凌乱地铺陈在地面上。她的嘴唇紧紧地闭着，看不见一丝血色，如同年久的宣纸一般惨白。

父亲在姑姑身边蹲下身，嘴里喊着她的小名，喊了几遍也不见动静。我本应该哭的，可是这会儿却怎么也哭不出眼泪，有谁知道其实我的心一直在无声地痛哭呢？

这时候姑父从旁边走过来，无力地说，哥，别喊她了，她听不到了。其他几个人也你一言我一语地插着话。“他哥，看来人是不行了。”“不知道她喝的啥药，也没有见着院子里有药瓶子。”“是呀，不过她好像还有呼吸。”

父亲狠狠地瞪了一眼姑父，弯下腰身，把手指轻轻地放在姑姑的鼻子下方，没事！她还活着！

这时候不知道是谁叫了一嗓子，这儿！这儿有一只空的白酒瓶！

人们纷纷向着那个人指着的方向望去，在水井旁边静静地躺着一只干净的白酒瓶。父亲赶紧凑近了姑姑的脸颊，用鼻子嗅了嗅，他说：“她估计就是喝了白酒的原因，刚才是院子里打棉花用的农药味，恰好把酒气遮住了……”

人群里发出一阵喧哗、骚动。

“……原来是喝酒了啊……”

“……还以为没气了呢……”

“唉，净是吓人啊，你说这图个啥，放着好好地日子不过……”

各种议论、猜测甚至是揶揄，都汇集在了一起，仿佛热闹的会场下面陡然出现的许多个小丑一样，刹那间千姿百态。

父亲挥了挥手说，没事，没事了，大家都回去吧！人群这才慢慢地散了。随后父亲和姑父把姑姑抬到了一张小床上，姑父准备了一小碗醋，用筷子一滴一滴地灌进姑姑的嘴里。

房间里只剩下我们几个人了，父亲这才问姑父，到底发生了什么事情，导致了现在这样难堪的局面。姑父一边小心翼翼往姑姑嘴里滴着醋，一边吞吞吐吐地说，唉！我现在也后悔啊，她骂了我母亲，我这才忍无可忍动手打了她，等我出去转悠一圈回来后，就发现她躺在了院子里……

父亲说，打她也不亏，她不该骂老人。只是，你以后尽量说服她，不要动粗。姑父听到这儿，点了点头说，哥，你看看我胳膊上、胸口上都是她抓伤的……

父亲只得无奈地叹了一口气，唉！

这时候，我看见有眼泪从姑姑的眼角里流了出来。姑姑！姑姑！我大声地喊着她。

约莫过了几分钟，姑姑终于缓缓地睁开了眼睛，她一眼看见我和父亲，就委屈地抽泣起来。从她断断续续的讲述中才知道，原来姑父出去之后，她心里越想越生气，从不沾酒的她，拿起一瓶白酒竟然在盛怒之下一饮而尽了。随后，她就倒在了地上，什么都不知道了。

父亲安慰了她几句后，又说，你都是几个孩子的母亲了，以后一定要处理好跟婆婆的关系，想办法把日子过好。姑父和姑姑把目光分别都投向别处，不肯或者不愿对视一眼。我站在旁边，心里涌出很多的感慨。我希望姑父能够向她道歉或者给她一个温柔的眼神；我想用些最有力量的词汇来劝慰他们疼痛的内心，劝慰两颗重伤之下血肉模糊的心。可是我找不到可用来描述这些悲哀的、充满荒凉画面的一点点词汇。我心里只有一些浓烈的难过气息，渲染着整个空间的氛围。最后说出来的竟然只是几个俗气的、幼稚的句子："姑姑，别难过了，再也不要难过了。"

没想到，这些话引来姑姑的又一阵抽泣。我忽然觉得手足无措起来，感觉刚才从自己口里说出的句子，都像是伤人的，带刺的，可耻的。

姑姑一面流泪，一面提起过往种种的芝麻小事；她流出的是结结实实的眼泪，出自世俗而琐碎的日子的泪水，出自委屈心的泪水，但是绝不是内心深处的泪水。

末了，姑父识趣地对她说了几句柔软的话，她才停止了哭泣。然后，她像没有发生什么事情一样，从床上下来说："哥，依雪，这都大中午了，我给你们做饭去。"

父亲说，你们做饭吃吧！我俩要回家了，这离得又不远。

回家的路上，我脑子里一直回荡着刚才发生的事情，不得清静。大约父亲也和我一样吧，一路上我们都在想着发生过的争吵、悲哀、生与死，顾不上再说一句话。

我和父亲一前一后地走着。

远远的，我就看到方光耀和方婉吃力地拉着一架车的粪土往田地里去。如果是往常我就会飞快地跑过去，帮助他们推上一把。可是一想起那天晚上父亲对我的一番含糊其辞的训斥，我只好低头走着，装作若无其事的样子了。

走近了，方光耀用衣袖擦了一下额头的汗水，和我们打着招呼说："九保叔，依雪，你们去哪儿了？"

我看了看父亲，还没有等我开口，父亲就说："去她姑姑家一趟了，你们俩去地里呢！"

"嗯，把粪土拉到地里去，过段时间我爸就该出院回家了，看着也干净一些……"

"哦。"父亲从嗓子里发出这么一个字，就没有再说什么了。

我不敢正眼看方光耀一眼，只是随着父亲开始往前赶路。"依雪，你有空的话再给我找几本武侠小说看，上次那几本快看完了，我过两天就还你。"

"好。"我回头望了他一眼，轻声地答道。随后，就跟上父亲往家里走去。

日子细密得像水一般，却残留下来诸多的礁石、腐叶，以及破碎的风声。

转眼半个月过去了。

方老六出院了，晚饭前回到了家里。可是所有的人都知道，这并不是什么喜事。我们家将要面临的是未知的经济赔偿问题，他们家呢？则意味着倒下去了一根家庭的顶梁柱，一个瘫痪的人，需要亲人的许多个日夜去守护，这是必须面对的问题。

晚饭后，方光耀的母亲找来了家族中一些管事的人，当然还有我的父亲。那几个所谓的德高望重的老头子遵照当地的风俗，陆续都来到了方光耀家里。

大伙纷纷来到方老六的床前，说着些安慰的话语。我父亲把提前准备好的礼品放到桌子上，最后才过去问候了他的身体近况。

过了一会儿，大伙讨论到以后生活问题的时候，方光耀的母亲就放声大哭起来，她旁若无人地哭着，好像是要顷刻间用尽全身的力气一样。这时，其中一个老头说，好好商谈一下怎么解决问题，你不能只顾着哭。

躺在床上的方老六看着眼前的这般情景，口中喃喃地说，唉，谁都不容易，其实我活着也没有啥用了，除了连累人啊。

大家好像都在想事，又或者是没有听到他的话语。都各自讨论着接下来的事情。

方光耀的母亲也停止了哭声，她世故地从桌子上拿来一包烟，然后将那些烟一根根发给那几个老人。他们都接下了烟，然后各自划着火柴，轻轻地吐着鬼魅似的烟雾。经过几个老者的一番商讨，最终确定下来，由我父亲承担医疗费用以及后期的营养费用，共计两万元整。

两万元钱，在那个时代的农村基层已经算是一个天文数字了。没有办法，如果私了不成的话只得打官司了，一向死要面子的父亲是不愿意将事情发展到那个地步的。况且就算打官司判定下来的结果也未必尽如人意。最终，父亲认同了大家商定的这个结果。

父亲回到家的时候，我们都已经睡下了。迷迷糊糊中，我听见母亲“吱呀”一声为他打开了院子里的大门。然后就听见她低声地问父亲：“咋商量的？赔偿多少？”“没有多少，你不用操这份心了。我来想办法。”父亲的声音。

母亲这次出乎意外地听话，没有再追问什么。“依雪呢，睡了？”“嗯，等了你好大一会儿，她才睡去了。”

听着父亲和母亲温和的对话，我的心一点一点地松弛下来，很快就进入了梦乡。

第七章

那天早上，燥热的天气渐渐下起了细雨，伴着雷声的轰鸣，雨越下越大了。田野里的庄稼，路边的蒿草以及村庄里的那些柳树、杨树、槐树等，都在那甘霖般的雨水下，绽开了勃勃生机。而一些由于干旱过久已经枯死的庄稼和小树，再也无法感受到这迟来的滋润。

雨水停下来以后，地面很快就没了水湿的痕迹，这当然与几个月的干旱有着直接的关系。

位寺村上的拱桥那儿，农闲时总是聚积着一些人们，蹲在那里像会场一样，各自讨论着一些最近的新鲜事儿。今天也不例外。大人们都站在那里讨论着这场及时雨的好处，接着就讨论起了方老六被砸瘫痪的事儿；孩子们呢，都在玩着一种叫作“打门”的游戏，他们欢快地跑来跑去；那些年迈的老人则都蹲着或者干脆坐在地上，津津有味地讲着些前三朝后五帝的事儿。

我和方光耀小的时候也会去拱桥那儿玩，那里多年来一直是属于孩子们的快乐王国。而现在，我们都长大了，不用谁教导，我们自己都不再往那里凑热闹了。一场久违的雨水，带给我许多欣喜，仿佛一时之间就冲淡了所有的贫瘠、忧伤、庸俗。我坐在院子里静静地陪着奶奶，听着她没完没了地讲述一些微不足道的话题，而奶奶则显得精神大好，因为平时家里人都各忙各的，没有人愿意坐那听她唠叨这些没用的话。

两天前，父亲和母亲一起去老六家把赔偿款清还了，同时父亲还找来了几个证人，签订了一个书面协议，大致意思是说，赔偿款已清，以后再发生任何事情，都不再与杨九保有关之类的话。自此，我们家与方老六家，某种程度上已经是恩怨两清了。

自从上次出了方老六被砸的事例后，父亲和母亲就经常守在砖窑厂干活或者照应。当初父亲为了筹到两万元的赔偿款，找遍了生意场上的朋友，提酒买菜的好话说尽，折腾了十多天，总算筹到了这笔钱。现在，虽然父亲放下了一桩心头的大事，可是巨额的债务还要指望砖窑厂的收入，否则哪里还有什么其他的出路呢。

正当我和奶奶坐在院子里享受着天伦之乐的时候，忽然听到外面一阵一阵的模糊不清的哭叫声，紧接着我就看到很多村民小跑着，喧哗着，从我家门前狂风似的穿过。出于强烈的好奇心，我赶紧起身对奶奶说："奶奶，你先坐着，外面好像有啥事，我要去看看！"

奶奶的声音从我身后传来："依雪，别跑远啊……"

"嗯!"

我回应了奶奶一声，就跟着人群往前面跑去了。

让我没有想到的是，这次人群涌向的恰恰就是方光耀的家。不知道为什么，我心里忽然浮现出一阵慌乱，也许是担心，也许是惶恐，我一时理不出头绪。

方光耀家的小小院子里被挤得水泄不通。我躲在人群里，踮起脚尖，露出半个脑袋想前面望去：方光耀的母亲坐在地上，头发散落得像个疯子一样，她用双手捶打着地面，好像一头遭遇哀痛的毛驴一样，张着嘴巴叫着，嘴里断断续续地哀号着……

过了一会儿，我才听明白，原来是今天早上她忽然发现家里的两万元赔偿金，不翼而飞了，她翻遍了所有的地方也没有找到，不知道被哪个狠心的小偷给偷走了。

人群中哗然一片，有的人唏嘘道，这真可怜！有的人交头接耳地小声议论着，真是祸不单行啊，还有的人摇摇头叹着气。这场景，是多么熟悉的一幕。我知道用不了多久，在这些人们之中又将会有人，无可逃避地成为下一个被围观、被揣测的对象。

这时候，我看到了方光耀从屋子里走出来，他的眼睛直视脚尖，没有抬头望一眼院子里的人群。他伸手想拉起坐在地上痛哭的母亲，还劝说道，别再哭了！回屋去吧。她母亲好像没有听见他的话一样，死命地往下退缩着身子，继续拍着地面哭诉着，而且嘴角还往外渗出一些白色的泡沫。

方光耀怔怔地看着她，这样过了两三分钟，他好像被母亲的倔强激怒了。他忽然厉声道："不要再哭了！"他这一嗓子声音很大，人群里的喧嚣一瞬间都停顿了。他母亲那种如同寒号鸟一样凄惨的哭诉声，这时也戛然而止了。

随后，他的神情有些不安，那是因为来自于心里的内疚，他本不该呵斥母亲的，可是那会儿他没有别的办法。他趁机搀起母亲的胳膊，把她从地面上拉起来，轻声说道："妈，别难过了，我来想办法，您回屋子里吧！"这次，他的母亲没有再执拗。大概是她的腿脚已经麻木了，这会儿在儿子的搀扶下她一瘸一拐地向屋子里走去……

这时满院子围观的人群，就像退潮前的海浪一样逐渐散去了汹涌、热闹、期待或者扫兴。我也随着人群涌出了他家的院子，脑海中却反复浮现出方光耀搀起母亲时那副刚毅的表情。我忽然就有了一种转身回去，想和他说上几句话的冲动，仅仅是想对他说几句安慰的话而已。可是我又迟疑了，因为我想起了父亲那晚对我的训斥。我只得悻悻地往家里走去，不许自己回头。

是的，现在的方光耀让我充满了同情、担心和难过。以前，他就像是从天而降的英雄，他总是像个大哥哥一样帮助我，关怀我。而现在呢？现在这个家都快要无法支撑了，他该怎么办？他会怎么办？我回家以后，不断地想着这些和我并无什么关联的问题。是的，我问了自己的心，的确我和他是毫无关联的两个人，可是为什么我的心却会莫名地为他担忧呢？我知道了，潜意识里我一直把他当作哥哥，我当然不希望自己的哥哥有任何不妥。

方光耀把母亲搀扶到屋子里后，对她说了一些安慰的话。他母亲的嗓子已经哭得沙哑了，她怔怔地望着一个方向，半天才从嘴里蹦出来几个字："这都是命啊。"

方光耀看母亲的情绪不稳定，就安排弟弟和妹妹看好她，自己要出去一趟。她母亲哑着嗓子问，你去哪儿？他回答说，我要去关庙镇上报警去，看看还能不能找到。

她母亲一听就叹气道，别瞎跑了，没有用的。方光耀又说，总得去试试吧！说完，他和母亲习惯性地告别后，就急匆匆地赶往镇上的派出所报警去了。

中午时分，一辆破旧的警车在方光耀家的大门口停了下来。人们端着饭碗就像平常观看猴戏的表演一样，纷纷聚拢在他家门前，一边扒着饭，一边议论着。

方光耀和两名警察先后从警车上走下来。根据方光耀母亲的详细回忆和描述，警察做了一番专业技术的指纹验收以及现场勘察。随后，又对附近的邻居和村民的情况进行了询问和记录。方光耀的母亲试探着问警察，这还能找到吗？其中一名警察回答道，这个现在无法给你答案，需要时间，有线索的话我们会及时联系你们。

对于这样的回答，方光耀的母亲和周围的人都觉得只不过是一场敷衍罢了。在农村像这样的事情多得不胜枚举，一般情况下都找不回来，只能自认倒霉。随着警车的离去，人群也渐渐地散去了。人们三个一群，两个一伙的，边走边说："唉，报警也没有什么用。""就是，丢钱丢东西的多了，去哪儿找啊。"……

方老六躺在床上唉声叹气，他在心里不停地抱怨着自己。从一个健壮的家庭顶梁柱到一个瘫痪的废人，谁又能够知道他在经历着怎样的一种悲痛与绝望呢？

盛夏的夜晚偶尔有一丝凉风吹来，夹杂着河水的味道。蛙鸣声一阵接着一阵地从四面八方呱呱地猛叫着，让人忍不住有些心烦意乱。河床上面的浮萍呈现出均匀而密集的绿色，仿佛要在一夜之间把水域彻底覆盖，再也不留一点喘息的机会。一些高矮不一的蒿草趁着夜晚的露水，蒸腾起来薄薄的一层水雾，远远地看起来那里就像隐藏着一座神秘的古庙残迹。

半夜一点左右，方老六心事重重的还没有入睡。因为，他在等待一个合适的时间去入睡，而且再也不用醒过来。此后，他再也不用自责，再也不用拖累家人，再也不用躺在这狭小的空间里如同等待末日一样等待着新的一天地来临。

自从瘫痪以后，他就被家人安置到了这张挨着窗棂的小床上，这里比其他位置的光线要好一些，可以看到外面的树枝、天空，会让人感觉到点点生机。而现在，这个窗棂俨然已经成了他几天来不断考虑过的死亡之所。是的，几天来他一直犹豫不决，直到早上他的妻子哀号着这仅有的赔偿款也被盗了的时候，他就彻底地下定了决心。

他觉得这个窗棂，现在是帮助他脱离痛苦和绝望的唯一办法了。再也没有比这更合适的位置了。是的，纵然是想终结自己的生命，现在对于他来说都是一件非常困难的事情。他不能够起身，不能够找寻任何有助于自己一臂之力的工具。死，谈何容易；活，何其艰难。黑暗中，他借着尚未褪尽的月光，侧过身子从枕头底下摸出来两根旧布条，然后将它牢牢地系在窗棂上的一根木格上，打上一个死结。

做完这些，他连呼吸都很小心，生怕惊扰到了对面床铺上的妻子。而他的妻子经过白天的大哭大叫，已经困乏到了极致，这会儿正酣然入睡。

方老六深深地望了妻子最后一眼，决然地将头伸进了窗棂上的绳套内，随后用尽全力向下拖着自己的脖子，他的喉管里不由得发出低沉的呜噜呜噜声，没用多久的工夫就停止了呼吸……

他身体内残余的温度随着生命的消逝而渐渐冷却，他的脸色慢慢地变得蜡黄，僵硬的手指蜷缩着保持了临死前的最后一次动作。他再也不会有表情了，包括悲伤的、孤独的，或者欣喜的，任何情绪的驰往，都再也不会出现了。他对一切活着的苦难或者幸福，仿佛在已经合上眼睛的那一瞬间，彻底地漠然了。

天空中一点亮光也没有了，那仅剩的一小半月亮也褪去了。偶尔有几声公鸡的啼鸣，在这个古老的村庄里悠扬地回荡着……

第二天清早，方光耀的母亲还没有睡醒，就习惯性地朝着旁边摸索了一下。这一摸，才发现床边空落落的。她瞬间睡意全无，一下子从床上坐起来，一眼就看见了对面窗棂上已经吊死的丈夫。她的丈夫看起来身体软绵绵的，就像一条死狗似的耷拉着大脑袋，那副死不瞑目的样子，着实把她吓坏了。她面如土色地哭喊着把几个孩子都叫了过来。方光耀三兄妹看到父亲寻了短见，都伤心不已，哭成了一团。他们把父亲的头从绳套里解下来，把他的身体放置好。他们几乎同时俯在父亲冰冷的身上痛哭不止。这样残酷的事实，是他们怎么也无法接受的，方光耀的母亲几度哭得晕厥了过去。也许这几个月的折磨，把她的心理极限冲破了，她坐在方老六的身边，给他蒙上了一个床单，不再流泪。她眼神怔怔地，喃喃地说着，死了好，死了好，不受罪了。

虎子这只忠诚的老狗，好像也懂得了主人家里发生了什么悲哀的事情，它犹如一座老钟似的卧在方老六的尸体旁，不时地从嘴里发出哼哼唧唧的声音。它的眼睛好像能够看明白所有的人的心思一样，它深深地注视着方光耀，它与他泪水模糊的视线相交和，它的老泪一串一串地顺着眼角淌下来……

闻讯赶来的邻居们，看到面前悲惨的一幕，也都禁不住抹着眼泪。

村庄里一阵又一阵的鞭炮声，把我从睡梦中唤醒了。我起床后，跑到厨房里向正在烧火的母亲问道："妈，大清早的谁家在放鞭炮啊?"

"啧，啧，刚才听隔壁的你大伯说，是方老六断气了……"母亲一边往里面填着柴火，一边咂着嘴惋惜地说。

我一听，神经有些绷紧了，有点不敢相信自己的耳朵，又问道："方老六去世了？怎么会忽然就去世了?"

"那还有假？就差等会报丧的来了。听说方老六是昨天夜里自己吊死在窗棂上了……活够了呗……"

奶奶在一旁接腔道："唉！瘫痪到那儿已经够作难的了，这下被阎王爷请去了也好，就不用受罪了……"说到后面一句话的时候，她的神情有些呆滞，仿佛她说这句话的时候不由自主地联想到了自己似的，故意加重、拖长了语气。

“有的人就是这样，好像自己受了多大罪一样。”母亲低声地说了一句。

奶奶虽然年龄大了，耳朵还是很灵敏的。她好像听到了母亲那句带刺的话，就一下子拄着拐杖，挪动小脚往自己的小屋里走去。那拐杖噔噔噔地敲着地面的声音，格外的清晰，仿佛那拐杖每碰一次地面就撒上了一把火药的味道，整个院子显得有些杂乱无序、模糊不清。

我的肉眼和灵魂，仿佛早已习惯了一些不见硝烟的斗争或者讨伐。我不归属于她们两个之间的任何一个分派。母亲或者奶奶，我都深爱着，怜悯着，她们的一生都活得太不容易，我甚至常常幻想着某一天，自己学会了一种奇术，能够以身相抵去置换她们的命运，那样的话，我一定会让她们的生命中只看得见美丽、恩赐、幸福和自由。可是现实中，我是无力的、脆弱的、毫无办法的。

我眼睁睁地看着无数的悲凉，一次又一次地在我眼前发生、滚动甚至无限地扩展。

院墙外面，青蛙依旧呱呱哇地叫着，我心事重重地翻开一本书，却怎么也看不下去。我的思绪像杂草一样蓬乱，心里说不出是什么滋味。想到活生生的方老六，就这样忽然死了，我就觉得害怕。我又想到了方光耀，想到了奶奶、父亲、母亲……我的眼睛不自觉地湿润了。

第八章

固执的斗气和痼疾一样可怕，它有着一种哪怕穷途末路也要硬撑到底的劲头。那些晦暗的、密集的东西，一旦进入了人的心灵，就开始贪婪地啃噬，然后野蛮地流窜到肺腑、血液和身体的各个地方。

母亲做好饭了，奶奶还在自己的屋子里，怄气，不肯出来吃。

我只好把饭碗端到奶奶屋子里去。母亲在一旁刻薄地说，她饿了就知道吃了，不用给她端饭。我没有理会她的话，把稀饭和馒头都拿了过去。奶奶的身子朝着小床里侧躺着，她好像听见了有脚步声走过来，但是她的身体一动也不动。我轻轻探出身子，伸长了脑袋从里侧，看着她泛白的嘴唇，禁不住心里一阵酸楚。我故作轻松地的口气说，奶奶，要吃饭喽！

听见我说话，她好像心里委屈极了，泪水从她干瘪的眼睛里掉下来了。我有些慌神了："奶奶吃点饭吧！别饿坏了身体。"

我的劝慰好像更让她伤心了，她喃喃地说："依雪啊，奶奶这心里堵得慌，吃不下去，奶奶心里不知道是啥滋味……"

"……奶奶，你不要胡思乱想太多事儿，听话把饭吃了吧！"我用手给奶奶擦了一把眼泪，用近乎哀求的口气说。

奶奶就像个孩子一样，肩膀耸动着又抽泣了几下子，然后慢慢地从床上下来了。我把碗筷递到她手里，她用皱巴巴的嘴唇吸吮了两口稀饭，眯着眼睛说："雪，你也吃饭去吧，再等会就凉了。""嗯。"我轻快地答着，就去了厨房。

看到奶奶心头的那口气消去了，砸吧砸吧地吃着饭，我心里总算踏实了。

这时候父亲也从砖窑厂回来了，母亲正坐在门前的河边吃着饭，老远看见父亲回来了，她连忙端着碗回到厨房里，给父亲盛着饭。然后她的内心好像在做着一种宽恕的努力，她的嘴巴张开又闭上，如此反复了几次。慢慢地她的脸色从刚才的阴暗逐渐变得明朗了一些。她用一种很亲昵的口吻向着奶奶的房间喊着，娘，来院子里一块吃饭吧！奶奶这时候从小屋子里响亮亮地回了"哎。"接着，我看见奶奶神色大好地拄着拐杖，端着碗走了出来。我的心瞬间就像沐浴了春风一样温暖、平静、快乐。我多么希望这一次和解就是一生，而不是暂时的妥协。

全家人围坐在院子里吃着早饭，好像根本没有发生过什么不愉快的事情一样。父亲边吃边说着方老六去世的事情，紧接着他坐的奶奶和母亲也你一言我一语地分析着，描述着这件事的前因后果，仿佛她们都是亲身经历者或者她们亲眼看到了一样。他们讲得绘声绘色，比收音机里说书的讲的还动听。我在一旁吃着，看着，听着，没有发言，也不知道该说些什么。总之，我这会儿看到的奶奶和母亲都没有了丝毫怨气和敌对，好像她们此刻是一个部落的联盟，少了哪一个人这部落就会塌陷似的。我看到他们津津有味地谈论着，有时候都忘记了吃上一口饭，似乎昨天的那些不快都未曾发生过一样。

就在这时候，方光耀来到了院子里。我的心立即跳了一下，好在他似乎并没有听到这些谈话。

他的头上戴着一个白布缝成的帽子，腰上还系着一条白布腰带，表情凝重，眼圈有些过分的红肿，好像是之前流空了眼泪似的。我们都还未来得及和他说话，他就立刻扑通一声跪倒在院子里，双手趴在地上哀声说："奶奶，九保叔，婶子，我给你们磕头了。我爸老了，我妈请几位长辈过去商量后事。"在我们那边方言里，"老了"就是去世了的意思。

父亲赶紧站起身说："光耀，快起来，起来。我喝完这几口稀饭就去。"奶奶和母亲的神经也许早就被世俗洗涤得晶透晶透的了，她们没有因为刚才趣味横生的叙说而产生丝毫的内疚，只是迅速地换了一张充满悲悯的脸庞，刻意地说着一些客套的话语。"你看看，我这忙活着，早上听说的时候就打算过去哩，到这会儿也没有去成。""嗯，嗯，这真是太可怜了，把三个孩子丢下太可怜了……"

方光耀从地上站了起来，红着眼圈，没有接这些让人伤感的话。他的眼神好像会说话似的落在我脸上，我俩的眼神恰好碰撞在一起，我忽然想对他说点什么，但是一时又不知道该说些什么。我发窘地移开自己的视线，垂下眼帘。

“九保叔，门里还有几家人，我要去挨户去请。我先去了。”方光耀说着，朝大门口走去。

父亲说：“那你赶紧忙去吧，我也帮不上你啥忙……”

方光耀回头说：“叔，你说哪里的话呢。”随后，就跨出了大门口。

在他的转身离开院子的那一刻起，我的心就像是被种下了一颗忧伤的种子，这颗种子因为某种程度的惦念而发芽。是的，就在刚才我们视线相交的一瞬间，我很想和他说说话，可是我是懦弱的，并且我放纵了这种懦弱的扩展，直到他离开院子，我还是没有敢和他说上一句话。

现在发生在他身上的一切，该让他的心有多么哀伤，我仅凭想象就已经禁不住眼眶潮湿了。是的，从很小的时候，我们的出生、朝夕相伴以及太多密不可分的一起走过来的日子；那些无可更改的点点滴滴，怎么可能会让我的心，不受到一点点的牵绊呢？

“依雪，稀饭都凉了，赶紧喝了。”母亲在旁边催促着我。

我低垂着头，神色慌乱地猛喝了几口稀饭。只是为了应付母亲的催促。我忽然觉得刚才喝下去的是空气或者寒风，根本不是什么稀饭。因为只顾着思索自己的心事，我已经不记得品尝那稀饭的味道了。

为了避免眼神锐利的父亲看见自己难过的样子，我端着剩余的一点稀饭向厨房里走去，还故作轻松地说道："吃得真饱。"

也许是大人们各有各的心事缘故，他们并没有注意到我隐藏着的忧伤。

村庄里一阵接着一阵的鞭炮声噼里啪啦地响着，乡野原有的独特清新的味道，被一股淡淡的鞭炮味遮盖了，天空看起来有些混浊而暗淡的感觉。

母亲买回来了一些黄表纸，放进了竹篮里，然后把那篮子挎在了胳膊上。父亲锁好大门，我们全家四口人一起赶往方光耀的家。奶奶真的老了，她的小脚在拐杖的帮助下，走起来有点蜻蜓点水的感觉，随着每一次脚步的移动，她的整个身体看起来都是一颤一颤的。我小心地搀着她的一只胳膊，走在父亲和母亲的后面。

走进方光耀家的那条深长的胡同以后，鞭炮的味道就更为浓重了。他家的大门口不断地有人在出出进进的，一层层红黄相间的炮纸铺盖在地面上，仿佛一地踩不透的落叶，各自紧贴着形成一幅巨大的、破旧的图案。几个顽皮的男孩子，弯着腰身认真地在炮纸堆里找寻着一些未曾炸过的鞭炮，如果捡到还带有炮捻的鞭炮，那孩子的脸就会乐开了花，因为那样的鞭炮可以用来自己点放了，捂着耳朵站在远点的地方，聆听它或高或低的爆炸响声。

由于方老六在村子里辈分较高，此时院子里已经聚满了村庄上很多熟悉的面孔。他们都着了孝服：男人们头上都戴着和方光耀头上一模一样的白布缝的帽子，女的脖子里都挂着一条白布围巾。还有一些是我不曾见过的人，听母亲说，那些人都是他家的亲戚。一般的亲戚身着的孝服和村民们相同。而那些至亲的人身着的孝服与一般亲戚就有几分差别：男人们除了的头上戴的白布帽子以外，腰里都系着白布的大腰带；女人们除了脖子里挂着白布外，身上还穿着像大衣一样完全裹住身体的白布简制的孝服，乍一看起来如同电影里面的那些惊悚魂魄的幽灵一般。

村民们的神情都很哀伤、难过。

他们都在一个个忙活着给丧礼做准备，抬桌子、拉板凳、择菜、洗盘子等。堂屋里的人更是拥挤，刚一进去，就有人分别给我们家四口人配发了孝布，奶奶熟练地把那条白布挂在脖子上，随后用意味深长的眼神看看我，我明白了她老人家的意思，也赶紧把那条白布不自然地搭在脖子上。

有人点了些黄表纸，顿时，那些薄如青烟的纸灰片飞舞的满屋子都是。随后，我看见母亲坐在地上啊啊啊地大哭起来。我不知所措地站在旁边，偷眼向母亲望去，看见她拿那条白布遮住脸，好像有几滴泪水顺着她的脸颊流了下来，大哭了几嗓子以后，她停了下来。我的心本来就被这种气氛渲染得有些难过，再加上母亲和另外几个女人的哭声，眼泪含在眼眶里竟然快要掉出来了。

每一次有新来的亲戚大哭着来到这个院子里的时候，门外边都会有鞭炮声响起，好像是哀悼的奏鸣曲，又像是提醒人们有新的服丧者来了。随后，有人给那新到的亲戚配发孝布，接着他们就会和我的母亲一样，伏在地上用那条白布遮住半边脸颊大哭起来，只是他们哭的时间更为长久一些，直到有人去搀扶他们并劝说着别再伤心了之类的话，他们才会停止哭泣。而那些身着白布腰带的男人和身着白布大衣状的女人，他们哭得真的太伤心了，他们没有任何的掩饰，尽情地哭出自己的悲伤和难过。那种被悲戚所笼罩的空间里，所有人的心里应该都是压抑的，想哭的。

院子里涌起了一阵喧哗，几个熟悉的村里男人抬着一口黑色的大棺材，嘴里不断地说着，小心点！小心点！朝着堂屋走过来。屋子里的人们赶紧闪开，为那口大棺材腾挪地方。一般村里有老人的家里，都提前会预备好棺材，在我们那里这叫作“喜活”；而像方老六这样忽然辞世的人，就只能找几个家族里的人去附近的集上临时买了，因此这礼事办起来就难免有些匆忙。

棺材放好后，有两三个男人掀开了蒙住方老六尸体的旧床单，从苇席上把他抬起来，然后像装货物一样费力地把他装进了那个黑洞洞的棺材里。然后，亲人们手里拿着沾了净水的毛巾，挨个给他擦试一下毫无知觉的脸庞。擦脸结束之后，有人找来两张黄表纸盖在方老六蜡黄的脸上，再用一根纤细的绳子把那黄表纸固定在他脸上。接着那个厚厚的黑色棺材盖子，就被重重地盖上了。

长这么大我第一次亲眼看到，一个硬邦邦的死人被毫不留情地装入一个与世隔绝的黑匣子里。那种悲哀的、绝望的、与死亡相接近的感觉，都在那一刻从心底涌出来，涌进我的血液里，目光里。方光耀无助地站在旁边，看着这一幕幕，此时此刻他的心情应该比我难受得多吧！在那个黑色棺材合上的一刹那，我看见他的眼泪大颗大颗地淌下来，他的嘴角蠕动着，似乎在拼命压抑内心的悲伤。我们的眼神碰在一起，无言，无声，满满的都是泪花。

第二天，吃完午饭以后，有几个男人把办丧事时用的桌子和板凳都送还给乡邻了。按规矩，亲人们马上要送死者出殡了。

村里的人几乎都赶来了，包括平常那些和方老六有过节的人，也都面色沉重地在院子里忙活着。按照习俗，在村庄的十字路口，人们要给方老六送魂。

棺材该出殡了。那个黑色的大棺材系上了结实的绳子，被四个男人用杠子缓缓地抬出了院子。他们的亲戚和一些乡邻们纷纷跪倒在黑色的棺材前面，放声痛哭一阵才站起来。棺材被抬着前往田野已经挖好的墓地。这一路上，有人不住地放着长鞭炮和散炮，他们的亲戚和家族的乡亲，不断地跪倒在行走的路上痛哭不止，然后有人把哭声惨烈的他们搀扶起来，棺材被抬起来，继续往前走着。就这样，送逝者上路的一个多小时内，一直重复下跪、哭诉、起身继续前行这样的过程。灵柩的两侧和跪地亲属的两侧一路上挤满了看热闹的人们，他们不断地窃窃私语，讨论着，观看着哪些人哭得最真心最感人，哪些人做作、虚假、与逝者关系不够亲密等等。

到了墓地以后，最后一番漫长的跪地痛哭开始了。这次，许多逝者至亲的亲人都哭得凄厉无比，悲痛欲绝，因为他们很快就连这个棺材也看不到了。大家痛哭一阵子之后，棺材开始放到墓窑之中了，这时候跪地的人群中发出的哭喊最为让人肝肠寸断了。方光耀的一个姑姑惨烈地哭叫着，我的哥呀！我再也看不见你了啊！……说着，她趁搀扶她的人不防备，一头就冲向了棺材前面，幸亏前面有人手快拦住了她，否则后果真的不堪设想了。她被人强行拽到了一边，面对这样的让人无法接受的死别，她沙哑着嗓音，极度痛苦的眼神，让人看到后不由得会产生一种心碎！

接着，又是方光耀的母亲冲到棺材前，她用手死死地拽住棺材的边沿，不肯放下，仿佛她一松手下面就是万丈深渊。她拼了命地哭叫着，嗓子已经沙哑得就快要发不了声了。在众人的一番阻拦之下，她无奈地看着那个装有她丈夫的黑匣子，逐渐被一铁锹接着另一铁锹的黄土一点点掩埋。

不大的工夫，那里就隆起来一个锥形的坟墓，远远地望去，犹如一座与世无争的山丘……

第九章

方老六去世大约有十天的时候，一件意想不到的麻烦事儿又发生了。

那天下午，天气尤其闷热，树上的叶子都像被胶水粘住了似的一动也不动。我翻起一本古典小说，有些心不在焉地看着，不知道为什么今天看书总是不由自主地跑神。奶奶坐在院子里不停地摇着蒲扇，高高挽起裤腿露出她那犹如鸡爪子一样瘦削的小腿。

这时候，就听见外面有女人叫嚷的声音。本来就无心看书，我干脆放下它，跑到门外去看个究竟。奶奶也拄着拐杖，踮着小脚跟着往门外走去。

刚来到大门口，就看见方光耀的母亲在不远的地方指手画脚地说着些什么。大约有十来个老人和带着孩子的妇女，站在那里听她有模有样地摆着理。

“……是人都得讲良心哪，要不是去砖窑厂干活，俺孩子爸咋会走到这一步啊……他是死不瞑目啊……你们都听听啊……撇下我和孩子，我以后咋活啊……杨九保他不能没有良心啊……”

一些刚听到动静的人们，也陆续都赶了过来，他们拿着蒲扇，像准备听大鼓书一样带着兴奋的劲头。

奶奶蜡黄着脸，扭头对我说，雪，看来她是准备来咱家闹事了，你赶紧去砖窑厂喊你爸妈回来。

“嗯！”我应声道。接着，我就低着头从人们眼皮子底下穿了过去。我不能理解，为什么人们总喜欢争，喜欢斗，而且是无休止的争和斗。我走得很快，心脏也跳得砰砰响，但自己也说不清在惶恐些什么、畏惧些什么。还没有走到砖窑厂的时候，汗水已经浸透了我的褂子。我忽然觉得非常口渴，感觉身体里血液横流、不成样子。我想马上喝到一口凉丝丝的井水，那种焦渴的感觉，让我一秒钟也不能再支撑下去了。我的喉管里好像有许多熊熊燃烧的火苗，只要我一说话，它们随时都可以窜出来把我烧死。

我不得不停下脚步，好让自己能够冷静下来。这时候，头顶传来几声很少听见的清脆的叫声，我抬头望去，天空中正有两只白色的天鹅并肩飞过，它们又白又大，头上顶着一个红色的大疙瘩。我的眼神追随着那两只白天鹅，越来越遥远，直到它们消失在我的视线之内。多年以后我还能清晰地回忆起当时内心的震撼与感动。是的，那些纯美的、自然的东西深深地感染了我，并且激起了我无限的追寻与向往。

我沉浸在白天鹅的画面里，感觉情绪平复了不少。直到有村里人路过和我打着招呼，我才想起来那件最重要的事情。我站起身，快步向砖窑厂走去。

老远我就看到父亲和母亲正在弯腰卸推车上的砖头。他们浑身都沾满了灰土，就像刚从灰土缸里打捞出来的一样。走近了，我嗅到他们身上透着的汗水味，不由得心里一酸。

看我来了，父亲诧异地问道："依雪，你这时候跑来干啥？"母亲也停下了手中的劳作。

"爸，我来喊你们回家。"我轻声地说。

"这正干着活哩！是不是又是你奶奶这事那事的？"母亲接过话，问我。

"哪有……是，是方老六他老婆……"我吞吞吐吐地不想说。

"咋了？钱也赔给她了，都有协议书和证明人，她现在想咋着？"父亲怒道。

"她在咱家门口闹，引来很多人在那儿看热闹……"我说。

父亲听了这话，一副愤怒而又无奈的样子，叹口气蹲下身来说："唉！我就知道这女人难缠，一辈子了，这村里的人谁不知道她愣头青、凶悍、厉害。我都不知道她这时候还闹啥，该给她的咱给了，方老六也死了，这时候还给我们闹个啥劲？除了让村民们看笑话……"

母亲听了这话，气不打一处来，她脸色铁青地说："谁爱看笑话让谁看笑话去！她也是欺人太甚了吧，我这就回去和她拼一场，我倒要看看她能有多厉害……”

“唉！尽量别惹事，能够大事化小，小事化了那是最好。”父亲说。

“你是想大事化小，可是人家是那样想的吗？赔偿的协议早都谈妥了，字也签了，钱也拿了，现在人家不是还来闹事吗？你不想惹事，可是事惹着你了，你咋办？人家都骂到你家门口了，你还忍着？你还是不是个男人啊？”母亲大着嗓门冲父亲不满地叫嚷着。

“你说咋办，我一个大男人去打她一顿？那能解决事情吗？人家族里面的男人也多，咱这都有啥人啊，一个顶一个的打，咱都没有人啊。”父亲也咆哮着。

父亲的这句话彻底触动了母亲脆弱而敏感的神经，她几乎是尖叫着，带着哭腔地蹦起来：“你这话是啥意思啊？这辈子别人给我的闲气还少吗？过半辈子了，你还是觉得我没能给你生个儿子，你恨得慌啊？人家欺负我没有儿子，连你也跟着欺负我没有儿子，呜呜……”说着，她就委屈得大哭了起来。

父亲气得半天一句话也说不出来。我安慰了母亲两句，她就好像更委屈了似的，拉着我的手，说：“雪，你看看我这辈子受了多少罪啊，这都老了还得受气啊。我命里就只有你这么一个女儿，我能有啥办法啊……”

我不停地给母亲擦着眼泪，心里像刀绞一般的难过，却一时不知道对她说些什么才好。我难过是出于对母亲的心疼，而并非其他因素。对于母亲口中的没有儿子什么的，我虽然在众人躲躲闪闪的眼光中感受过一些压力，但我觉得那些思想都是封建的，落后的。它都不是生活的全部价值，更不是一个人活着的主题，何必如此忧心，如此绝望呢？可是，对于生活在那个笼子般的底层环境中的人来说，我的家人是无论如何都无法轻松地活下去的，因为世俗的眼光、乡邻们的轻视等等，这些都是无法逃避的束缚啊。显然，在那个环境下，我的想法太过于幼稚、过于脱离现实了。可是，除了心疼母亲，我又能够抵挡些什么呢？很多时候，我都在想，我为什么就不能做他们的儿子呢？那些无用的问题，折磨着我的心灵。但是更多时候，我希望有那么一天，父母能够觉得我并不比一个儿子差。如果是那样，该有多好！

母亲停止了哭声以后，父亲才说话："你先和依雪回去吧！我还是那句话，尽量说和，我再干会活就回家。"我明白父亲的意思，解决一个难缠的女人的问题，还是我母亲去比较合适，一个大男人面对一个胡搅蛮缠的女人，既不能打又不能骂，除了受辱再无他法了。

母亲这次没有再说什么，拍打了几下身上的灰尘，转身就拉着我离开了砖窑厂。从母亲快速地转身和有力的手劲，我感觉到她心里还对父亲有着一股尚未化解的怨气。

我和母亲一前一后穿过附近的田埂，最后并肩行走在路程较近的羊肠小路上。那条小路窄窄的如同一条弯弯曲曲的白绸子，并行的两个人恰好把它挤得满满的不剩下什么缝隙，母亲却愿意一直跟我并肩前行。她不时给我讲着，她因为只生下了我一个女儿而遭受的种种白眼和不公平的待遇，我认真地倾听着她委屈的诉说，这至少能够减轻一点她心里的苦闷和压抑。快走到村里的时候，母亲伸着脸颊，问我："雪，快看看我的眼睛还红不红了？"

母亲的眼睛因为刚才的哭泣，明显地还是有一些红肿。可是我善意地对她撒谎说："不红啊，好好的呢！"

"真不红了吗？人家能不能看出来我哭过？"母亲又问。

"嗯，看不出来。"

听到我这样肯定的回答，母亲的神情才放松了下来。

走进村里后，离得老远就看见我家门前，已经围满了看热闹的村民，显然方光耀的母亲还在哭天喊地地向人们数落着什么。这时候有几个妇女一眼看到我和母亲，她们就像是发现了特大新闻似的，叫嚷着，回来了！回来了！

人们让开了一条道，方光耀的母亲一眼看到了我们俩，声音立刻就提高了十分贝，她肆无忌惮地叫嚣着："……俺家没法过了，你家也别想好过，他爸不能就这样白白地死了啊……杨九保……我以后每天都要过来骂，啥时候骂累了我再走……"

奶奶坐在青石门台上，无力地还口道："……你骂吧，累死你才好哩……"

我紧紧地跟在母亲身后，担心她受到哪怕一点点伤害。我凑近母亲的耳朵，小声地说："妈，别跟她一般见识，我爸不是说了，让你尽量跟她说和……"

母亲好像听了我的话，她努力镇静了一下自己的情绪，在众目睽睽之下硬是挤出了笑脸，来到方光耀母亲的跟前说："有啥事咱好好商量着来吧，再说我觉得咱两家素来无冤无仇哩，这样伤了和气也不好……”

方光耀的母亲眼睛里喷着一股火，她打断了母亲尚未说完的话，厉声道：“商量？咱有啥可商量的？我男人就这么白白走了？这可都是你们开砖窑厂害的啊……”

“那你到底想咋着？”我母亲立马气得脸色铁青，浑身打着战，问道。

“咋着，你们也别想好过，我天天来骂你们一家子……”

“你凭啥来骂俺，赔偿款也给你了，你现在没完没了了？”

……

两个女人用手指比画着，声嘶力竭地叫骂起来，刚开始是一些陈谷子烂芝麻的事儿，接着是方老六之死的宿怨，到后来她们竟然面对面地跪下来发誓、赌咒，两手啪啦啪啦地拍着地面连祖宗十八辈都骂进去了。

“……怪不得你家里生不出儿子，怪不得整个位寺村就你家是绝户头……”

方光耀母亲的这两句无比狠毒的叫骂，犹如一把刺刀一样深深地刺进了我母亲的心房，同时也刺痛了我。

这时候我的母亲被这女人的话，彻底激得失去了理智。她猛地从地上蹿起来大声地咆哮着，谁也听不清她嘴里喊着些什么，只能听到啊啊噢噢的声音。她像一头发怒的狮子一样，张开双臂扑向了方光耀的母亲。

方光耀的母亲也毫不示弱，嘴里一边叫骂着绝户头之类的恶毒语言，一边和我母亲拼了命地扭打在了一起……

两个女人像是把门口的地面当成了抵死相拼的战场一样，辱骂着，死拽着，直到最后双双滚到地上厮打着……她们的头发都被对方拽得散落了，纷纷沾染上了尘土；她们好像两只斗红了眼的公鸡一样。一会儿的工夫，两人脸上都添上了鲜血淋漓的长道道……

我简直是吓傻了，站在那里一个劲地掉眼泪，无声地恸哭，这是我怎么也不愿意看到的场面。围观的村民们，都好像在观看一场现场演出的大戏一样，一个个眼睛瞪得溜圆，不想错过哪怕一秒钟的情节。偶尔会有几个妇女，探身上前拉上几把，嘴里劝说着，别打了！别再打了！可是眼见着她俩谁也不肯相让，继续在地上翻滚着，逮着机会就下手，上前拉架的人们索性也不管了，站在一旁无可奈何……

我不知道自己为什么不去拉架，而只会呆呆地流泪。或许是在众多人的围观之下我不想卷身其中，或者是我根本没有勇气去阻止这场沦为悲哀的斗争，又或者是两者兼有吧。总之，我不但没有去拉架，反而从内心滋生出一股想要逃跑的冲动。是的，那种强烈的冲动反复撞击着悲哀的灵魂，我恨不得自己能够遁入尘埃，更恨不得能蜕变成本领强大的孙悟空，念上一句咒语，手中的宝葫芦就可以把躺在地上厮打的两个女人装起来，把这种局面的残骸、热闹、叫骂、污血，都统统装进去。

正在我流着眼泪，焦急无助的时候，方光耀的身影从人群里挤了出来。很显然他也看见了，我赶紧抹了一把眼泪来掩饰自己的窘态。

“依雪，别哭。”方光耀从我身边走过，低声地对我说了一句，然后三步并作两步地冲向地上正厮打的女人。

“妈！婶子！别打了！起来！”

方光耀一边叫嚷着，一边用力把她俩从地上拉起来。我母亲趁机喘着粗气站在了一边。

他母亲擦了一下脸上的血迹，怂恿他说：“妈被打成这样了，你兔崽子也不替妈出口气。”方光耀没有理会她的话，架着她的胳膊想让她离开这儿，可是她倔劲儿又上来了，死命地往下退缩着，整个身体看起来就像是一个快要吊起来的丝瓜。

周围的人们顿时像炸开了锅一样，各种喧哗、议论、起哄，都在漂浮着。

“……光耀这孩子咋不帮他妈啊……”

“……嘿，他妈还拉不走哩……”

……

方光耀听到这些议论，急得满脸通红，他冲着母亲叫道：“妈！别再这样闹下去了！你还讲不讲道理了。”

他母亲听到这样一番指责自己的话，似乎感觉到了理亏，本想着儿子会为自己雪恨呢，却没有料到他当着众人的面就给了自己一个难看。她只得一边顺着儿子的拉扯离开，一边回头叫嚷着，今儿个这事不能算完，我明天还会过来，我要让你们以后都过不安生。

在儿子的羞愤与指责下，她不得不收兵了。她那架势就像一场两败俱伤的战事之后发出的最后吼叫。随后，她用一条胳膊挡住脸庞，假装擦拭脸上的汗水，来掩饰众人讥笑、扫兴、以及意犹未尽的目光。她这一简单的动作，证明她并不是完全不懂道理与羞耻。可是我不明白，既然明知这是一场混乱的、悲哀的、分不出胜负的斗争，为什么还要随着内心不加限制的仇恨而决然掀起呢？

那天晚上的月亮好像是受到了日本鬼子的细菌炮弹袭击一样，刚开始黯淡的半块形状里还透出一点点微光，一会儿的工夫，就被细菌感染得没了踪影。

父亲屋子里的煤油灯还亮着，他唏嘘着给母亲受伤的脸颊抹上了一些红霉素软膏，母亲委屈得发出抽泣的声音。过了一会儿，他们说起下午打架的事情。

“这个泼辣的女人，不知道还会不会过来闹事？”

“她啥时候来，我啥时候跟她拼，她太过分！仗着自己有两个儿子都长大了，就欺负我家没人，你不知道下午她骂得有多狠毒。”

“依雪不是说，她儿子也不偏向着她吗？”

“她小孩知道啥，再怎么着那也是人家妈，他心里说不定有多恨咱们。”

“不管咋说，如果她不再来找咱的事，咱也就算了。”

“我看你是窝囊。”

听着父亲与母亲的对话，让我的内心沉重得像灌了铅一样。

奶奶坐在床头，自言自语地唠叨着一些大概只有她自己才能听懂的话。见我不说话，奶奶喃喃地说，雪，我先睡了，眼睛困得不当家了。我机械地“嗯”了一声，好像连我自己都不清楚自己说的啥。奶奶蜷缩着瘦小的身子，不大一会儿，就发出了轻微的熟睡声。

此时的我毫无睡意，白天发生的事情不断地纠缠在我的血液里。

我迈着细碎的步子来到大门外。借着朦胧的星光，我望着门前的小河，河岸上的芦苇随着阵阵轻风拂过，摇摆出一片波浪起伏的美感。看不清河水的颜色，只觉得它在夜色的陪衬下，多了几分恼人的惆怅。

第十章

那天晚上，就在我一个人站在门前的小河边发愣的时候，忽然看见一个人影顺着河堤慢慢靠近。我吓了一跳，想转身跑回家的一刹那，听见一个声音喊道：“依雪——”我扭头一看，依稀觉得那身影像是方光耀。

从上次放暑假一起回来后，我一直有意躲避着他，好久没有和他说过话了。我又惊又喜，压低了声音问：“光耀，这么晚了，你怎么来了？”他耳朵还挺好使，回答我说：“找你说话呗。”

接着，他猫着身子，两只手交换着抓住坡上的小树或者蒿草，从河堤上爬上来，喘着粗气说：“下午发生的事，唉！我当时有事去了镇上，等我回来才知道她们打架的事，就立即赶过来了。”

方光耀对我说着歉意的话，我觉得这样的歉意应该很快就会把我和他融进强大的世俗之中，而且谁也无法逃脱。我不说话，一把拽住他的袖口向后面空旷的树林里跑去。他听话地跟上我跑着，惊讶道，你怎么啦？我不回答他，直到进了那片寂静的树林，才开口道："我爸都还没有睡，这儿安静一些。下午发生的事儿，也不能怪你。"

"你能理解就好，我妈她是一时不能接受家庭的变故，我知道她心里苦。"方光耀说。不知道他为什么说这样的话，但我一丁点儿也不想听下去，我垂下脑袋，他继续说道："其实，这段时间我也很难过，当那天早上我发现俺爸结束了生命的时候，我整个人都快倒下了。"听他说到这儿，我抬起头，禁不住被他的悲伤感染。黑暗中我望不见他的眼睛，但是我感觉到他一定是哭了。我发自内心地说："我知道你很伤心，我知道。一切都会慢慢好起来的，你还记得吗？以前每当我特别难过的时候，你总会对我说，天黑到极处就快要黎明了。你要坚强起来啊。"

"可是，依雪——"我果然没有猜错，方光耀哽咽了。

"你说，我听着呢。"我说。

"可是，这段时间以来我承受的东西实在太多了。不仅是父亲的忽然离世……还有，我觉得自从这段时间以来，你都在躲着我。譬如上次在田野里碰见你和你爸，你都没有和我说话，就头也不回地走了，我不知道这是为什么？"

我低着头，半天不说话，因为不知道该怎么解释其中的原因。方光耀继续说道："你说，我们之间有了什么误会吗？还是……"

“你说话啊？我不想我们这么好的关系，就这样不明原因地生出了间隙，这让我很难过。”

我不想方光耀一直为这件事烦心，只好把那天晚上父亲对我发火的事情说了，末了我还说：“俺爸好像现在因为两家的恩怨，才这种态度的，不是我躲着你，是必须要疏远。”

他沉默了一会儿，说：“我知道了，先前我以为哪里惹你生气了。你知道的，我一直拿你当妹妹一样看待，我不想因为别的任何原因致使咱们的关系被破坏。你能理解吗？”

我点点头，并安慰他说：“我能理解。另外，你也要慢慢地从悲痛中走出来，毕竟人死不能复生，方伯伯就是想减轻你们的压力才选择了这条路。你要坚强起来。”

良久的沉默，让这夜色的树林显得有些深不可测起来。也许此时的方光耀心里憋着很多想要说出来的话，那些话藏在心里太久了，以至于现在想把它们说出口的时候却百般困难。那些话，就像一根根数不清的藤蔓乱了次序地缠绕在喉咙里，让他有一种置身于井底却努力要爬出去的紧张感。

我想起上次他借走的那三本书——《羊脂球》《红楼梦》以及《飘》，就忙问他：“上次你拿走的那三本书，看完了吗？”他似乎还沉浸在思绪里，恍然地答道：“哦，书啊，你不说我差点忘记了，看完了。也该还给你了，还不是这段时间发生的事情太多了，就忘了。”

“没事，那些书都是姑姑给我邮寄过来的，你有时间再给我拿过来就行。这三本书你觉得哪一部写得最好？或者你最喜欢哪一部呢?”我倚在一颗桐树上，歪着脑袋问他。我平素喜欢阅读文学书籍，因此很想知道他对这些文学作品的不同理解。

他羞赧地笑了笑，说：“这个你算是问到我的软肋了，我好像向来觉得数理逻辑更缜密一点，课外时间对哲学、社会学等学科，通过图书馆阅读过一些，而文学书籍关注得并不多。这三本书都是名著，当然也都是无可挑剔的好书了。譬如莫泊桑的《羊脂球》，它的每一篇都高度体现出了作品的艺术特色，立意高远，使读者不得不为他的写作手法叫好。又譬如，曹雪芹的《红楼梦》，我都看了两遍了，还有去读第三遍第四遍的念想，这种伟大的经典著作充分展示了作者的博学通识，才华满腹。《红楼梦》共写了七百多个人物，其中称得上典型的也有数十人，不过，我最喜欢的一个人物就是贾宝玉了。对了，说到这里，我还有个心得，想给你分享一下。”

我认真听着他对书籍的看法，不由得心里对他多了几分敬佩：“什么心得呀，你快说。”

他继续说道：“你不要笑话我啊，我在阅读《红楼梦》的时候，常常把自己想象成贾宝玉，跟着他喜，也随着他忧。”我不由得会心地笑了。

“瞧瞧，就知道你还是要笑话我，早知道我也不给你说了。”

我忙止住笑声，说：“哪里笑话你了，人家分明是觉得你这人有意思罢了。”

方光耀猜测道：“那我懂了，一定是你在读《红楼梦》的时候，犯了和我一样的毛病，你把自己想象成林黛玉了吧?”我捂着嘴巴，咯咯咯地笑起来。我本不想暴露这些的，没想到被他一语道破了。

“你不说话，那就是被我猜中了。”

“好吧，在你的威逼利诱之下，我只好承认了。”我明知他看不见我的表情，却故意撅起嘴巴说道。然后让他继续接着刚才的话，讲给我听。我觉得，我们这样自由地谈天说地，就像回到了小时候一样，没有任何约束、陌生和隔阂。他仍然是那个陪我一起长大，一起悲喜的好朋友。

他故意卖关子，声称忘记刚才讲到哪儿了，要我提示。我就提示他说，讲到你总是把自己想象成书中的贾宝玉了。然后接着用好奇的口吻问他：“宝玉与黛玉的故事是不是太过悲情?”

他立即答道：“当然悲情!《红楼梦》里面围绕着宝玉的明媚女子很多，而宝玉却心系黛玉已久，在那个肮脏的大环境下，他们不同于其他人物的思想，而是有着自己独立人格的意识以及对脆弱生命的爱惜；他们两颗孤独的心相互映照，精神上已不可分离，可是在残酷的现实面前，好像唯有黛玉相思至死，宝玉没入佛缘，才能彰显出爱情的伟大。”

他若有所思地停顿了一下，又接着说：“我若是书中的贾宝玉，也许结局会是圆满。”

我问：“为什么呢?”他答道：“因为我会冲破封建的世俗，逃离那种身心困扰的环境，然后带上黛玉找一个深山老林隐居下来，过着世外桃源的生活，一起长相厮守。”

我听着他后面的话和语气，禁不住又笑起他来，说：“真应该把你放到那《红楼梦》里去活一世，再跑出来。”他一本正经地说：“你又笑什么，我说的就是真实的想法。你还笑，对了，如果你是那个黛玉的话，你，你敢不敢同宝玉一起逃离贾府，去过逍遥自在的生活?”

我不假思索地答道：“恐怕不会。”说完才意识到他后面的那句话有些一语双关的意思，心里暗自后悔不应该接他的话。为了打破这局促不安的气氛，我说：“咱俩谈《红楼梦》真是有趣，下次等你再读一次《西游记》的话，咱们就谈谈变身为孙大圣，变幻莫测，腾云驾雾的感觉。”

方光耀好像对我口中的《西游记》并无兴趣，接话道：“《西游记》都是小孩子看的，你还把自己当三岁小孩啊。”我咯咯地笑了。

正这时候，远处传来了父亲呼喊我的声音，似乎很焦急：“依雪——依雪——”

“呀！是俺爸找我呢，我要赶紧回家了。”说着，我转身就开始跑。他在我身后，叮嘱着：“路太黑了，你慢点啊，我也回家去。”

我气喘吁吁地跑到家门口，父亲一眼看见了我，喊叫声停了下来。我尽量屏住大口的呼吸，忐忑不安地跟在父亲身后，回到院子里。父亲转身锁了大门，问我：“你刚才去哪儿了?”

我溜进了堂屋里，看到母亲顾不上下午打闹造成的轻伤，又在煤油灯下为一家人穿针引线，心里既感动又难过。“妈，你又在做活了，也不歇歇。”

“妈不累，下午和那个赖皮女人打架打得晚上睡不着了。”

我心里担心着父亲的问话，也就无心倾听母亲的话了。一种寻求袒护的心理促使我在她身旁像猫咪一样依偎下来。

“依雪，问你话呢？咋不说话？”父亲在对面的板凳上坐下来，按捺住一股火气又问。

“我，我睡不着，就到门前的河边走走……”我不敢正视父亲的眼睛，小声地说。

大约是我的表情过于慌张，父亲用犀利的眼神望着我，厉声道：“耷拉着眼皮干啥，我又不打你。”接着，他的语气又温和下来，有点语重心长的感觉：“依雪啊，你要只是在河边上走一走也没有啥，你现在长大了，一转眼就长成大姑娘了。我们也不能跟着你一辈子，自己遇见啥事要多动动脑筋，别整天傻乎乎的。也别被什么人给骗了。”

父亲含糊其辞地说了这么多，我听到他到最后那句话的时候，心里有冤屈又怨恨。心想：什么叫别被什么人骗了啊，我又不是什么小孩子了。父亲到底想说什么呀？我也没有犯什么错啊，就是刚才和方光耀说说话而已，如果不是父亲阻拦着，上次训斥了自己，恐怕这次我也不会跟父亲撒谎了，唉。

见我低头不语，父亲觉得应该把话说得更利索一些，他接着说：“我还是那句话，你别不爱听。”

母亲这时候把手里的针线活停下来，没好气地冲父亲说：“你又干啥啊，孩子咋惹着你了，你这事那事的。”

“我教育孩子，你别多嘴，我管着，你护着，这样下去能够管好吗?”父亲不耐烦吼道。母亲没有敢再言语。

我抬起头，看着父亲，一副毕恭毕敬的聆听状。父亲的目光一下子柔和了很多，他接着说：“我是说，你现在大了，事情的好坏也能够分清楚了。今儿个下午，方光耀他妈还来咱门口闹腾，这不是明摆着欺负人吗？这个难缠的女人说出了很多难听的话，你不是不知道，你只要给我记好了，啥时候也不能再搭理那个方光耀了。”

我明白父亲说了这么多，重点其实都在最后面那句话。我的心头灰蒙蒙的，违心地向父亲保证：“爸，你放心好了，我知道今天你们受委屈了。我保证以后再也不和方光耀说话了。”

父亲这才和颜悦色地说，好了，我说教你都是为了你好，时间不早了，都休息去吧。

奶奶正在熟睡着，我在她的脚边轻轻躺了下来。由于白天发生的事情太多了，感觉很疲倦，倒头就睡了。脑子没有空闲再过滤白天发生的事情，却横七竖八地做了一夜的梦。第二天醒来的时候，感觉头晕晕的，整个人都看起来都是无精打采的样子。

七月的位寺，依然炎热。转眼间，暑假已经度过了一半的时间。

麦收过去以后，玉米、芝麻、花生等秋收的农作物刚刚种植完毕。除了隔几天去田野里拔草、打农药之外，闲暇下来的人们在这样的天气里，也不怎么串门了。一来，家里闷热；二来，少许的家里装了吊扇的富裕人家，也不舍得浪费那个电费。到了饭时，人们可以端着一碗稀饭，拿个蘸着蒜汁的馒头，到平常人多的地方，脱掉鞋子坐下来，边说边吃。吃完了，大家唠叨到尽兴处，往往从中午一直坐到做晚饭的时间，一只饭碗就那样带着结疤被放在土地上。

像往常一样，这个炎热的午后，人们又都聚在拱桥的树荫下乘凉、唠嗑了。这时候一个送信件的邮递人员，骑着特有的绿色自行车，斜挎着邮包，在人堆这儿停下了车子。然后他熟练地解开邮包，从里面拿出一封牛皮信，说："方光耀的家人在这儿不在？这是他的大学录取通知书。"

坐着乘凉的人们中间爆发出一阵的喧哗，他们都好奇地纷纷站起来，挤着脑袋去看那张录取通知书。有的说："不得了，光耀这孩子考上名牌大学了。"有的说："哎呀，这可是大好事，可惜方老六是看不到了。"还有的说："这孩子真争气，有出息了，能考入这样的名校，大约在咱镇上还就他一个吧。"

恰好今天方光耀的母亲也在这人堆里，她在乱哄哄的人群里喊着："这儿，这儿，那是俺儿子的通知书。"邮递员小声地询问了其中的一个村民，证实她的确就是方光耀的母亲后，把牛皮信封递给了她。然后，擦了一把汗水，骑着车子去下一个目的地了。

方光耀的母亲拿着那封大学录取通知书，兴奋地往家小跑着，这中间她还故意多转了几条胡同。她就像一只刚下了蛋的母鸡一样，不停地叫嚷着："光耀考上了！考上了！"不大的工夫，整个位寺村的人都知道了这件喜讯。

人生有时候充满了无限的可能。

就在那天晚上，关庙镇上的警车在村口停了下来。人们纷纷交头接耳，惊讶着，期待着，不知道又有什么新的事情要发生了。

从警车上走下来几名警察，径直奔向村民杨大喜的家中。村民们在后面尾随过来，小跑着，猜测着。杨大喜家大门虚掩着，看样子还没有准备休息。几名警察动作敏捷，推门而入。十几分钟后，杨大喜戴着手铐，耷拉着脑袋，由两名警察监押着上了警车。

随后，又有两名警察来到方光耀家里。从黑色的塑料袋子掏出来一沓人民币，对方光耀的母亲说：“你丢失的钱找到了，这是你们村的杨大喜这个惯犯偷的，我们暗地调查了这么久，案件才算水落石出了。不过这笔钱已经被他挥霍了几千块，我们会对他依法进行处置。你们呀，可要长记性了，明天一早就存入银行吧，避免再出现什么乱子。”

方光耀的母亲对警察千恩万谢，甚至要下跪叩头，警察及时阻拦了她。

人们围着警车唏嘘不已，各种议论就像永无终点似的充斥于这个古老的村庄里。一轮皓月把这样的夜晚，照耀的犹如白昼一般。

在杨大喜家人的哭叫声中，警车飞驰而去，徒留一片荡起的尘埃。

今夜，方光耀注定要失眠了。他躺在床上翻来覆去，手里还捏着那张大学录取通知书。他又想起了父亲，想起了那天早上父亲紧闭的双眼以及耷拉着的脑袋。一些他与父亲之间亲密的细节不断地从心底涌出来，濡湿了他的双眼。

名牌大学录取通知书与失而复得的赔偿款，就像两处千姿百态的风景，摆放在方家人的面前，这又是几许欣喜，几许悲愁呢?

某种程度上人们渴望获得丰富的学识，如同人们极力渴望摆脱陈旧的观念、愚昧的思想一样不可延迟。

夜深以后，狂风大作，麦秸、尘土被刮得纷纷扬扬；一些黑色的或者白色的塑料袋子就像败了絮的棉花，夹杂在空中凌乱地舞动着。在经历了今晚之后，整个位寺好像被大风掀翻了一般，禾苗、蒿草、芦荻，都分别呈现出了特别的绿色。此时，人们对方老六匆匆离世的说法，却仿佛蒙上了一层更为悲哀的外衣，以及更为鲜明的惋惜。

第十一章

高考落榜好像是我意料之中的事情，因此我并没有感到十分沮丧，只是有一些小小的惆怅。父亲没有责怪我，反而鼓励我说，不要气馁，再复读一年吧，会如愿以偿的。

那天晚上，方光耀和他母亲一块来到了我家里。奶奶小声地嘀咕着，这女人不知道又耍啥花招了。

方光耀的母亲一进门，就满脸堆笑地说："吃过饭了吧？"

母亲没有吭声，父亲冷冷地让他们落座之后，说："吃过了，你们来啥事？"

"瞧你说的，没有啥事都不能来串门吗？"方光耀的母亲笑着，把手里的两包烟放到桌子上。顿了一顿，她又干笑着说："前些日子，对不住了，都是我的不对。"

我母亲看她这样说，不由得心也软了，说："都是邻里邻居的，谁能保证没有个脸红的时候呢？”

看她们彼此说了一大堆的客套话，我才算松了一口气。临走的时候，我母亲非得让她把那两包烟拿走，可推让得几乎连衣服都要撕烂了她也不拿。看此情形，我母亲只得作罢。

走到院子里，方光耀用几乎有些乞求的口吻，问我父亲：“九保叔，我能和依雪说说话吗？”

我父亲足足愣了一分钟，才说：“这孩子，我啥时候不让你和依雪说话了，说个话有啥。对了，你考上名牌大学了，她落榜了，你还是劝她想开一点。”在这么多人面前，我父亲的这些话很是得体。我原以为方光耀的这句话会惹怒父亲，没有想到父亲如此的宽宏大度。我的心头禁不住涌起一种温热的感激。想想以往的叛逆和对父亲的不满，内心更增加了一份惭愧。原来父亲从来都是理解孩子的，而我却很难真正地去理解父亲的心。

方光耀的母亲走后，我跟父亲说，爸，我们就在门口说会话，等会就回来了。父亲说，去吧，没有啥。

站在门口，方光耀却半天没有说话。我先开了口：“你怎么不说话啊？”

“一时之间，忽然就不知道和你说些什么好了。”方光耀笑笑说。

“祝贺你考上了梦寐以求的大学。”我说。

“唉，有什么好。你要复读吧。”方光耀的情绪低沉了下来。

“嗯，我复读一年，明年再不行，就放弃了。”

我接着又说了自己的一些打算，他好像都没有听到心里去。

还问我刚才说的什么。我说，你怎么回事，说话总是跑神，那我不理你了。说着，我就想转身回家。他却一把拉住了我的手，说：“依雪，我有很多话想对你说。”

他的举动，让我一下子惊慌失措了。我挣脱了他的手，说：“那，那你说啊，别拉我。”

“对不起，我只是想知道，在你眼里我是一个怎样的人?”方光耀幽幽地说。

“很好啊，学习好，乐于助人，很多很多。”我说。

“哦，我知道了，你回去吧，等下你爸该喊你了。对了，那本《普希金诗选》，过几天我看完再给你送过来……”

我点头，说着好，好。

就这样各自回家了。

生活有时候就像一座魔幻城堡，谁也无法预测自己未来的日子，会遭遇或者发生怎样的人和事。如果说每一种遇见都是缘，我不知道自己与云倾国的遇见，是轮回了几世的厚缘。

大约离开学还有十来天的光景，我每天都会牵着家里的几只白羊去田野里的小路边，然后把它们都拴在小木桩上，让它们尽情地啃食地上的野草。而我常常就会把提前准备好的书籍拿出来读。

那清新的空气，飞翔的鸟儿，吃得欢快的羊群，都是那样令人沉醉、痴迷。那些地头或者地沟里一般都生长着各种绿绿葱葱的青草，有狗尾巴草、马齿苋、车前草、野灰菜等。羊群们每次到此都会美餐一顿，等它们卧下身子的时候，通常已经是吃饱了。这时候，我会熟练地唤着它们去附近的小水沟里饮水。它们不仅很通人性，也很有自身的灵性，一旦听到我唤着它们去喝水，他们就会马上听话地跟在我身后或者飞快地奔跑到小水沟旁边，然后将前蹄跪在水沟边，俯下身去张开嘴巴，就大口大口地饮起水来……

那是一个多云的天气，偶尔有微风徐徐吹过，太阳像是一个害羞的孩子，忽而现出它的身影，忽而又杳无踪迹。我给羊群们拴好了木桩，它们开始欢快地啃食青草了。这些可爱的羊群，早已吃出了美味的经验了：地面上最为脆嫩的那些青草，总是会被抢先吃掉，剩下来的它们再回头慢慢吃，也就不争不抢了。这时候，我摊开一本宋词，坐在一片结巴草的上面，入神地阅读。

不知过了多久，我下意识地把马尾辫子撩到背后，然后把看完的那一页折了一个印记。当我抬起头的时候，不禁有些惊愕了，内心一阵慌乱。

在离我不远处的地方，一个陌生的男子正半蹲着身子，手执画板与画笔，不时地瞄我一眼，再继续低头画着些什么。凭感觉，我意识到那个人的作画与我有关或者根本就是在画我。

“姑娘，配合我一下好吗？你先别动，继续看书，我很快就画好了。”那个画画的男人用非常标准的普通话对我说。他的声音醇厚、圆润而且方正，仿佛那声音弹出来的时候，灌入了一种强有力的磁性。

猜测的没错，他果然是在画我。刹那间，我的脸颊飞起了两片红云。我没敢看他一眼，就莫名地按照他说的，继续低着头看书了。虽然我还保持着原来看书的姿势，可是内心却不再平静，竟然连一个字也看不下去了。

过了好一会儿，画画的男子说，好了，谢谢你了。我这才把书合上，朝着那个人望去。他看上去大约二十五六岁的年纪，长着一张英俊儒雅的脸庞，那巧妙的五官相互搭配，近乎完美。一双深邃得望不见底的眼睛，高高的鼻梁下面有着一张好看的嘴巴，只是他的嘴唇看上去略显苍白了些。一头长及肩头的黑发，浅浅地遮盖住了半个眉梢，仿佛那里面蕴藏着一种绝世的潇洒，甚至是一种潇洒到“醉里挑灯看剑”的气势。他的肤色犹如北国城墙上的晶雪，透彻得不染一丝纤尘，让人禁不住想起“肤如凝脂”的字样。他上身穿着一件白色的丝绸褂子，下身穿宝蓝色裤子，显得颇为协调。高高的身材，略显一丝消瘦，在这旷野之间，他从容地站在那里，犹如一尊古典雕塑。我忽然感觉他就像一个白衣英雄，是老天安排他出现在了我的面前。是的，没有比这更为准确的感觉了，英雄！

“姑娘，这些羊都是你养的吗？它们真可爱！”那男子看了我一眼，指着羊群说。

我绯红着脸颊，回答他：“嗯！它们是我家里养的。我赶上了假期，就放它们出来吃草了。”

“真好，你们这里的田园风光很美丽，一切都是这么自然、纯净，让人禁不住涌起很多艺术灵感。”他望着广袤的田野，由衷地赞美着。

“你是画家?”我揣测地问道。

他看了看我，用强调的口吻说:“是画画的，不是什么家。”

“哦，我可以看看刚才你画的画吗?”我轻声地问。

“当然可以。”他展开了刚才那张画纸。我走上前去，啊，好美的一幅画呀！辽阔而蔚蓝的天际边，袅袅地飘舞着朵朵婀娜多姿的白云，下面是大片绿色的田野、青草。旁边是正在吃草的洁白的羊群，它们看起来十分享受口中的美味，仿佛那一个个咀嚼的嘴巴都动起来，有了最真实的动态一样。挨着羊群的地方，一个扎着马尾辫、衣着朴素的女孩，正坐在草地上，膝盖上摊开了一本书，两眼入神地望着葱葱郁郁的野草，似乎她的灵魂正在梦幻的王国里自由地翱翔。姑娘如同蜡像一动不动，她清秀的神情如同一条涓涓的溪水；也许是一句词或者一个字使得她神往不已，将她送进了幻想的城堡。

我惊讶地看着这幅栩栩如生的画，忍不住夸赞道：“这画真美，就像是拍的相片一样，但是又比相片多了深蕴与内涵。”

他谦虚地说道：“你对绘画艺术的领悟力很强。这的确和相片有很大区别，尽管它们看起来有相似之处。”

我连忙说：“我不懂绘画，也不懂艺术，只是凭着真实的感觉说出来而已。这幅画，真的很好。”我说最后一句话的时候，实在想不出能用更好的词语来形容它了。

“如果你喜欢，就把它送给你好了。”他依旧表情淡定，仿佛属于他的面部肌肉生来就是固定成型的，不能有所变化的。

“哦，不，这是你好不容易得到的灵感，花费了心血的画作，我不能要。”我摇着头，没有想到因为我对它的喜爱，他会随手相赠。

他从携带着的背包里，掏出了一枚玛瑙色的印章，在那张画的角上摁了一下，那里立即显现出了一个方形的红印记。我睁大了眼，也看不出上面的四个篆字是什么。可是，我不敢问他，怕他会看轻了自己。只得心虚地称赞着说，真好，真好。

他的头下意识地向后面扭动了一下，额前的长发跟着洒在了脑后。他似乎看出了我看不懂那几个篆字，巧妙地说：“书法中的篆字是最难写的一种，譬如我这印章上的名字，云倾国，这三个字我都练了很久，只是我还是喜欢行书的写法，更具有高山流水的顺畅……”

从他谈及书法的过程中，我才知道他的名字叫云倾国，画作一角的那个红色印章是云倾国作四个字。他不俗的谈吐以及极具修养的举止，都不由得让我对他产生了一种敬慕，看见他第一眼时的那种慌乱感慢慢消失了。

“好了，这幅画，归你了。”他小心翼翼地把那幅画折好，递给我。

我没有再拒绝，欣喜地接过那幅画，对他表达着最为平常的感激，谢谢。除了这两个俗不可耐的字外，我再也想不到更为奢华或者绚丽的词语来表达内心想说的话了。

不知道为什么，我忽然很想让他知道我的名字，但是他一直没有问，我不知道该如何开口说。

“你明天还会来这里作画吗?”我问他。这对于我来说已经是莫大的勇气了，我本该更矜持一些的。

“不一定，哪儿能够给我带来灵感，我就会去哪儿，没有固定的地点或者方向。但是，所去的地点一定要足够美。”他望着远方，回答道。

我不知道自己想要什么样的一个答案，这个与我仅仅一面之缘的人，我又凭什么向他索取答案呢？可是，他的回答还是让我有些失落，无法控制的那种失落感。我不清楚这到底为什么，只能意识到自己的心在不知不觉地发生着一种未曾有过的变化。

我想再继续问他点什么，却没有再问下去的勇气了。他也不再说话，静静地把那些作画的画笔、画板等一一收拾好，看样子他是要准备离开这里了。

这时候，羊群们好像是口渴了，它们不再低着头吃草了，都站在那里望着我“咩咩咩”地大叫着。

“它们这样大声叫唤，是怎么了？”他看着羊群，疑惑不解地问我。

“它们是口渴了，吃饱了就该喝水了。”我为自己能够解答他的一点疑问而感到暗自欣喜。

“那怎么办？这里好像没有水。”他又问。

我用手指着前面，告诉他说：“那儿，那儿有一条小水沟，我们当地人都叫它杂草河，那是因为它里面生长着种类繁多的水草而得名。”

“走，带上它们去喝水，我也想去那里看看。”

我听了心里一阵莫名的喜悦，忙说：“好啊。”

“我可以牵你的一只羊吗？我想感受一下这是一种什么样的感觉。”他问我。我高兴地点点头，脑后的马尾辫就像微风吹过的河面一样，一颤一颤地荡起好看的纹路。

他朝着羊群们走去，弯下腰解开了一只羊绳子，握在手心里牵着。那只羊却动也不动，扭头望着我，好像只有它的主人才能够对它发号命令，它的神态让我感觉到了它对主人充分的忠诚。

我抿嘴笑笑，把剩余的几只羊都牵在手上，对它们说：“走喽！喝水去喽！”羊群们就像听话的乖孩子一样，高扬四蹄跟着我向前奔跑起来。云倾国牵着的那只羊也开始跟着向前跑了。我索性撒手，松开了绳子，任由它们竞相向那杂草河飞奔过去。看我撒了手里的绳子，云倾国也把手里的绳子撒开了，他在我后面跑着，喘着气问：“它们知道杂草河吗？不会跑丢吧？”

我笑着回过头，停下脚步，等他离我近了，答道：“它们经常去那儿喝水，当然知道河水在那儿啦，它们不会跑丢的。”

“它们真是太有灵性了，这太有趣了。”他感叹道。

时隐时现的太阳，偶尔透过路边的枝杈，洒下一层金黄色的光辉，它们滑落到他脸上，犹如镀了金的白雪，生出一片生机盎然的俊雅。在这样的小路上，我蹦蹦跳跳地跟在他身后，犹如一只欢快的小鸟。

小路的两边盛开着许多漂亮的牵牛花、狗尾巴花、刺脚牙等野花。我弯腰采撷了一把，拿在手里不时地放在鼻子跟前嗅一嗅。云倾国的眼神跟着我蹦跳的身影，移动着，偶尔受到我的感染，他也会弯腰采上一两朵小花。我就像一只自由的羊，一只撒了绳子的羊，身体里流的是无拘无束的血，因了他的陪伴，更是快乐无比。这种诱人的自由，诱人的欣赏，是任何训斥和刀子或者鞭子都征服不了的。它在我心底，在我血肉里自由地生长出来，犹如我生来热爱自由的灵魂一样。

当我们来到杂草河的时候，羊群们已经提前到达了，它们有的已经喝饱了，有的两只前蹄还跪在地上，正大口享用着清凉的河水。河水里很多的小蝌蚪犹如滴滴浑圆的墨汁一样，欢快地游来游去，那些长着尾巴的蝌蚪，就像一笔有力的书法一样，各自有着自己的神韵；那些绿色的水藻、水草还有那些吸附到岸边的大大小小的蛤蜊，都是那么的可爱动人、都有着强烈的生命感召力。

云倾国蹲下身去，伸出手在河水里撩拨起一层层水花，他掬起一捧河水洗了把脸，重复着："这里真美，真美!"

我甜甜地笑着，伫立在小水流的岸边，手里还拿着刚才在路边采撷来的一束鲜艳的花朵。我感到自己心中的不平静，这是在我生命中从未出现过的。但是，我很幸福，快乐、欣喜，这些好的词语，此刻都环绕在我的身边。

今天的空气对我来说是最为新鲜的，生活是明朗的，我觉得全身轻快得像个婴儿，没有一丝累赘和尘俗。我想奔跑，想用手捕捉在水里畅游、仿佛踩着滑板一样的鱼儿。我低头不时地嗅着花香，禁不住哼了一句苏轼的名句："不知天上宫阙，今夕是何年?"突然感受到了我以往从没有体味过的意味深长。

"太好了，你保持一下这个姿势和状态，我想再画一幅画。"

云倾国惊讶地说道。

我的脸蓦地一下变得绯红。很快，我就故作调皮地说：“那你再画一幅吧，上一幅归我，那这一幅就留给你了。”

他飞快地整理好了画板、调色盒、画笔等。然后，完全投入到绘画的境域之中去了，他的心情大约已经处于可以发掘对方全部优点所需的境界，并且要用瞬间迸发的意念和热情，将它们通过画笔完全表达出来，这种热情是真正的艺术家的灵感。

我一直保持着固定的姿势，在嗅完花香后，沉醉在美好的幻觉里，心情更多了一分宁静的色彩。

当这幅画完成以后，他好像长长地吐了一口气。我小跑着过去细细欣赏，这又是一幅相当完美的图画：清幽的小河流，里面的杂草、鱼儿、蝌蚪都像是鲜活的，旁边悠闲自得的羊群；最耀眼处，是旁边一个手持野花的女孩，那清澈的目光，微醉的双眸，就像能够随时能够从画上走出来一般。

“你真是名副其实的画家，虽然你不愿承认。”我由衷地赞叹道。

他好像对我说他是画家有点抵触，冷冷地回道：“我说过了，我只是一个画画的。”

他情绪的转变让我有些摸不着头脑。我不好再多说些什么了。

“我该走了。”他的眼神望向远方，好像远处有着某种深不可测的磁场。他也许是意识到自己的话语过于冷漠，接着又说道：“对了，谢谢你了。”我低着头，羞赧地笑了笑。

就那么一瞬间，我忽然觉得自己有很多话想对眼前这个人说出来。我鼓足了勇气，低声对他说："我叫杨依雪，很高兴认识你。明天你还会来这里吗?"说了名字以后，我又问了先前已经问过的这个问题，也许潜意识里我太希望能够再见到他了。

"哦，好听的名字。我说过了，不一定。我，四海为家。"他的声音依然冷冷的，就像被寒霜打过了一样。自始至终，我都没有看见他笑过，一张英俊的脸上似乎铺满了冰雪，凝重然而更多的是一种隐藏的忧伤。可是，他的冷漠阻止了我对他的进一步了解。为什么我会对他有想要了解的欲望，我自己也无法明白这到底是怎么一回事。

他要离开这里了，我从来都没有感到哪一天的时间能够比今天流逝的更快。我不管他的声音有多冷，硬是把憋在嗓子里的话对他说了出来："我现在改变人生理想了，我要报考艺术院校，以后像你这样游山逛水地画画。"其实，我本想说像你一样当一名画家，想到他之前的情绪转变，我就改口了。

他说："有这想法也不错，去努力实现它吧。"

他的话，让我原本卑微的心感受到了一些鼓舞与肯定。但那只是很短暂的，因为很快我就觉得自己或许根本不具备那种艺术的天赋。

"我真的该走了。"没有等我说再见，他就头也不回地朝着远处走去，他长长的头发随着他身体的摇摆，如同漂亮的水波纹一样晃动着。

我赶着羊群，有些失魂落魄地走在回家的路上。是的，是有些失魂落魄的。我没有了临出门时候的那份蓬勃与精神。

我突然间自问：一个一面之缘的人，为什么使我变得不再是原来的我了？没有遇到他之前我心静如水，诸事如意；而现在呢，沮丧、不满、枯燥、淡淡的忧伤都一起挤向了我。这就好像是自己的心肺、脏腑同时都被一位得道的神仙，在短时间内调换得移了位置一样。而这样的调换，好像没有解药和秘方，只有期待他能够再一次的出现……

第十二章

人的感情有时候很是奇怪，它拥有一种不可阻挡的力量，就像一颗饱满的花树遇见了春天，一旦抽出了纤细的蕊，很快就会绚烂地盛开。

和云倾国相遇的那天晚上，我竟然鬼使神差地失眠了。我从来没有这样把一个人放在脑海里，翻过来倒过去地重复他的容貌、声音乃至举手投足的细节。窗外的月色渐渐褪去，报时的公鸡奋力啼鸣，天已经蒙蒙亮了我才迷迷糊糊地入睡。

在梦里我又见到了云倾国，看到了他冷漠而英俊的脸；后来不知何故他背对着我，一副参不透的神秘感。我使劲地呼喊他，他却怎么也不肯回过头来；接着，天上竟然下起大雨，他耗费心血的画作被淋湿了，画中我的身影变得模糊不清。

“依雪——，依雪——”就在我被难过的情绪困扰的时候，云倾国忽然就回过头来，微笑着呼唤着我的名字，那一刻我仿佛感受到了世间最大的幸福。可是，等我睁开眼睛醒来的时候才知道，刚才只是做了一个梦。母亲腰里系着围裙，在喊我起来吃早饭了。

我应声起床后，开始了像往常一样简单的梳洗。我忽然想象着今天去田野说不准又会遇到他，就不由得拿镜子多照了几次。梳洗完毕之后，仍觉得不妥，照着镜子反复扎着不同样式的辫子。先是将头发束成高高的马尾，过了一会，又觉得过于单调；后来又将头发梳理成公主发型，又觉得过于造作；最后干脆梳理成两条简单的辫子，自然地垂在肩头，照过镜子之后，自我感觉还是扎成两条辫子可爱一些，就没有再变换了。

早饭后，还没有等到清晨露水下去，我就满怀期待地牵着羊群去田野了，临出门的时候我没有忘记拿上一本《泰戈尔诗选》。我喜欢诗，我更期盼着在诗歌的意境里，再次遇见云倾国，而且这次我要问他许多昨天没有勇气问或者没有来得及问的问题。他对于我来说，真的是充满了梦幻与神秘，让我有一种想要探索、发现、接近的强烈愿望。

今天的天气有些热，没有云彩，斑鸠在一个接一个的树杈上咕噜咕噜地叫着，它们的声音里充满了愉悦，和我心里包含的情绪多少有些相似。前面的羊群就像一朵朵欢快的浪花奔跑着，它们在寻觅一片合意的、茂密的嫩草作为今天的美餐。不宽的小道旁，长满密密麻麻的结巴草，那些草儿在羊群的眼里算是下下品了，只有等到那些脆嫩的蓬蒿、狗尾巴草等等都没有了的时候，它们才会将它作为进食的目标。田野深处，那些像溪流一样蜿蜒的小径与绿色的庄稼相互辉映，铺展成一副迷人的景象。

我又来到了昨天那个地方，尽管那里肥嫩的蒿草基本上已经没有了，我还是怀着无比美好的心境把羊群放在了那里。然后把它们每只羊的绳子都细细地拴在了木桩上。我确信我在做这些琐碎小事的时候，是没有丝毫烦躁的，反倒是极其耐心而又享受这个过程。

看着羊群都津津有味地啃食着青草，我情不自禁地笑笑，却再也无心读书了。我左顾右盼地张望着，就这样任由时间一点点流逝。接近中午的时候，我还是没有盼到自己想要看到的那个人。他也许已经走在另一片田野上或者另一面的秀水青山里，更或者他正在另外一个清纯的如同莲花一般的女孩对面，入神地作着一幅画。我胡思乱想着这些不着边际的事情，渐渐地心情变得暗淡了下来，甚至开始有些悲戚的感觉了。

我尽量调整着这低落的情绪，在草面上坐下来，把摊开的诗集放在膝头，慢慢地赏读起来。起先我看不进去，后来心灵平静下来以后，就对这些文字认真起来。

以往我看这本诗集的时候，并没有什么特别的感觉，而现在不同了。当我再次入神地阅读着泰戈尔的这首《生如夏花》的时候，整颗心似乎都被它融化了，触动了，如同冰冻了经年的雪山忽然被四十摄氏度的温度所温暖。

我轻柔地，反复地读着这些小小的句子：我听见回声来自山谷和心间/以寂寞的镰刀收割空旷的灵魂/不断地重复决绝，又重复幸福/终有绿洲摇曳在沙漠/我相信自己生来如同璀璨的夏日之花/不凋不败，妖冶如火/承受心跳的负荷和呼吸的累赘/乐此不疲//……我听见爱情，我相信爱情/爱情是一潭挣扎的蓝藻/如同一阵凄微的风/穿过我失血的静脉/驻守岁月的信念

当我满怀着感情读到下面这两节的时候，竟然忍不住有泪水从眼角滑过：我相信一切能够听见/甚至遇见离散，遇见另一个自己/而有些瞬间无法把握/任凭东走西顾，逝去的必然不返/请看我头置簪花，一路走来，一路盛开/频频遗漏一些，又深陷风霜雨雪的感动//般若波罗蜜，一声一声/生如夏花，死如秋叶/还在乎拥有什么　（泰戈尔《飞鸟集》中仅有“生如夏花之绚烂，死如秋叶之静美”，而并无此诗。当为作者笔误——编者注）

读到最后一句的时候，我简直要泣不成声了，整个把自己的感情思想深深地镶嵌在了这凄美忧伤的意境之中。

正这时候，我感觉到有人向这边走了过来，我禁不住一阵慌乱和欣喜，哦，云倾国还是来了？可是当我抬起头的时候，才发现向我走来的并不是他，而是方光耀。

“依雪，在这儿放羊呢?”方光耀在我旁边自然地蹲了下来。

“嗯，你也到地里来了。”我心不在焉地说。

“嗯。咦！你可真一个充满着诗情画意的人，坐在这儿看诗集，那太合适不过了。”他的眼神停留在了这首《生如夏花》上。

“你喜欢泰戈尔的诗?”他接着问道。

“嗯，很喜欢，这首诗思想感情充沛，字里行间的每个缝隙都有着一种让人感动的力量……”我轻声答道，眼睛里的湿润还

没有褪去。

“你好像刚才哭过，不会是因为读了这首诗的缘故吧？”他看着我的眼睛问道。我没有回答他的疑问，更不想让眼泪泄露心底的秘密。他还在盯着我看，我有些不好意思了，将头扭向了一边。

“看来我没有猜错，如果你读这样一首诗能够被感染成这样的话，那么只有两种可能。第一种是这首诗歌的确写得很好，深入人心；第二种是这首诗不仅仅写得很好，更重要的是它碰触到了这个读者的心弦。这证明了，这个读者她有了心上人。”方光耀剖析着，语气里似乎有着一种难以觉察的兴奋。

我依旧没有回答他什么，只是听他这样一说，我的脸竟然一下子变得通红了。

“看吧，你都脸红了，这有什么不好意思啊，你有了自己的心上人，也不知道跟我分享一下你的幸福。”他看起来很高兴，继续说着。

“没有，没有。”我红着脸争辩道。

他挨着我坐了下来，声音轻柔地说：“我就知道，你的心和我是一样的，心心相印，大概就是……”

我感觉到他的脸颊离我很近，呼吸也很近。我虽然没有看他，却感觉到他的眼神一直在深深地注视着我。我知道他一定是误会我了，我不能不说话了，但我的确不想伤害他的心。我有意往旁边挪了一下，和他保持了一定的距离。

我很艰难地才对他说出这么几句话：“光耀，不是你说的那样，我一直把你当作哥哥一样，或者最好的知心朋友一样的。我从来都没有过其他的想法。”

他的脸色忽然间变得铁青，说：“这，我不相信是这样的。你从来没有过其他的情感？你对我从来都没有过什么感觉？可是，可是你以前从来不是现在这个样子的，我总感觉你有一些的变化。”

“我……”我低着头，不知道该说些什么。

他笑笑，装作很绅士的样子说：“这没有什么，这真的没有什么，我一直都希望你能够快快乐乐的，幸幸福福的，这就够了。”

我忽然被他这些话感动得想哭，我一点都不忍心让这个十七年来和自己的生命紧密联系在一起的男孩，为了我而遭受任何的难过或伤心。我想告诉他，毫无保留地告诉他有关我心里的故事和秘密。仿佛只有这样做，我的内心才会觉得坦然。

我下意识地咬了一下嘴唇，然后故作轻松地对他说：“光耀，我想给你说件事……”

他连忙说道：“你说，你所说的话，我都感兴趣，都会认真倾听。”我忽然有些语塞了。短暂的沉默之后，我还是把昨天自己在这里放羊，巧遇云倾国给我画像的事情讲给了他听。末了，我还告诉他，云倾国的画作工笔讲究，水墨淋漓，意境隽永。他笔下流淌出来的那些色彩与线条都是那么的充满灵性，他对自然的描绘有着敏锐的理解力，他太有才华了。

“谢谢你把这些分享给我，你还像以前那么信任我，这很好。”看得出，方光耀在努力掩饰着内心深深的难过，表现出一副平静的样子。

我笑笑，为他听完这些还能够把我当作最好的朋友而欣慰。我心想，他总算是不再误解我对他的感情了，他也就会收敛或者熄灭自己的感情，仍然回归到以前我们亲密朋友的状态了。

我说，我给你读一遍这首《生如夏花》吧，它真的可以称得上绝世之作了。他幽幽地说，好啊，我准备好倾听的耳朵了，不过，好像以前你对这首诗并没有如此地热衷过。

说后面一句的时候，他的声音变得细小。

我怀着自己的感情，为他朗读着这首诗。在整个诗篇里人类爱情的高尚与美好，经过我的心脏与口舌，仿佛一下子都沸腾起来，它啃噬着我、追逐着我，燃烧我炽热的灵魂与生命……在诗篇的最后，仿佛有一个哀伤的声音在为人类的爱情而叹息，那个声音偶尔是泰戈尔的，偶尔是世间千千万万个男女的，我被覆盖在声音的最底层，努力拨开那些细小的音符，我仿佛窥见了你，窥见了爱情。

带着这样一种爱慕和恳切的语调将这首诗读完后，真的能够使所有的心，包括羊群、禾苗、蒿草、河流等都会涌起一股爱的愿望。我的眼角又有清泪不自觉地滚落，像之前读这首诗一样，它好像从来都不曾庸俗过；它涌到唇边像是一次倾心的呼唤，一次虔诚的祈求，更像是此生的一个梦想和等待千年的最后一个恩典。

方光耀大约是想起来从前我们一起读这首诗的时候，我就像读一篇普通的文章，而现在我读它的时候，似乎忘记了所有，竟然还有泪水涌出来。他早就听不下去了，什么也听不下去了。一阵阵锐利的忌妒与酸楚发作了，不停地将他撕裂，将他推置于毫无退路的山巅。他本想掏出手绢来替我或者让我自己来擦干眼泪，可是现在他不愿意那么做了，他想让那些泪统统掉下来，摔碎，渗进土壤永远消失不见，因为那些泪是为另外一个人而流下的，它是该死的！

他没有见过云倾国，仅凭我的描述，他在脑海里勾勒着他的身形、相貌，画作等，他几乎恨上了这个人，这个他想象之中的男人：不就是一个画画的吗，他有什么好的，他有自己和依雪之间的十七年共同成长的联系吗？他有自己与依雪在一个村庄里长大以及同一天出生的巧合吗？不，不，他都没有，他什么都不是。可是他多么可恶！多么可憎！这么多年来，依雪从来不懂得什么是爱，什么是心动，而现在那个可恨的人却启迪了她的灵魂，萌动了她的爱情。这太可恶了！这是他方光耀苦心守护的、心爱的姑娘，怎么能够被另一个仅仅出现在这里一次的男人而摄取了魂魄？她还在读一首诗的时候哭了！那分明是她的心，她那原本一无所知的、空白的、幼小的心觉醒了，抖动了，感动了。在这儿，他就在她的旁边，她没有想到他，然而她却对自己心里面的那个一面之缘的男人殷切期盼。她获得了对爱情的启示或者启蒙，而这些是她通过那个忽然出现过的画画的男人所得到的。

方光耀这会儿几乎连那个作古多年的大诗人泰戈尔都恨上了，因为是他写了这样一首感情炽热的诗，而且是这首诗引得他心爱的姑娘又想起了那个人。

方光耀想说些这首诗的缺点或者不足之处，可是他根本找不到合适的理由来反驳它，如同一个小说家想要修改被已经被读者所认可的作品，根本找不到更有力、更完善的素材、情节、语法以及悬念构造。他只得硬着嗓音赞叹道："你读得真好，很有感染力，真的！"

听到方光耀的夸赞，我才从沉陷的情思之中抽离出来，不好意思地说："让你笑话了。"

他忙说："没有，没有，我怎么会笑话你呢。"方光耀嘴上这么说着，心里却在承受着一种痛苦。他曾经因为不能确定我是否对他产生了爱情而痛苦，但是现在他宁愿不知道，宁愿还回到那种他对我猜测着、抱有一丝希望的痛苦中。可是，回不去了！他明明白白地知道了我从来都只是把他当作好朋友，所以现在的痛苦更真实更残酷。

他想起来了，那些个青梅竹马的岁月，我只是他的邻家妹子，我是独生女，我比任何一个孩子都更渴望友情和温暖，而他不知什么时候就萌发了对我的怜爱，紧接着是朦胧的喜欢。而当他意识到自己对我产生了另外一种感情的时候，他有些害怕了，自责了，可是他没有办法控制自己的心，尤其是当这份心会燃烧时。它有一种无比强大的力量，甚至可以说是一种飞蛾扑火的力量，他某一天终于知道了，它就是爱情。它的的确确地在我毫不知情的状况下，在他一个人的心里悄悄地发生了。

他还想起了大约最近两年来的事情，想起了他每次见到依雪不自觉地紧张、羞涩的细微心理，但是他每次又都渴望能够见到我。哎！他回想起了所有因为我的无意、冷漠等这些零星的态度，给他以莫名的打击以及各种痛苦的痕迹。每当哪个男孩子无意间多看我一眼，他都会嫉妒、难过。我的读物、伙伴，几乎一切我喜欢的，他似乎都要嫉妒。他嫉妒过一个才华出众的作家，嫉妒过一个跟我打了几次排球的男孩。因为当一个人深爱上另一个人的时候，那个人就已经是他的全世界了。有人说，爱情要宽容，要放开，只有两种原因，第一种，除非这个爱着的人极度感受到了爱情的煎熬和折磨，从而近了佛缘或者接触了佛家思想；第二种，除非是这个爱着的人爱得还不够深，不够真切。方光耀清楚，在他的心里不可避免地对依雪生出了专横的要求，他想要依雪的眼里只有他。如果有好几天都见不到依雪，他就会莫名地难过。这些都是他自己无法阻挡的，不可名状的。

方光耀若有所思地看着我，我不明白他在想些什么，只知道他还愿意做我最亲密的好朋友，可以分享我的幸福，分担我的痛苦，这已经很好了。

“光耀，我想好了，我再复读一年，就去报考艺术院校。”我毫无保留地告诉了他我的这些想法。

他的面目表情有些僵硬了，继而脸上的肌肉有些不易察觉地颤动了几下，他的口吻透出来一种惊诧：“以前我们不是说好的吗，要考同一所大学，你明年可以接着考那所大学啊，到时候我正好大二，那多好。”

我望着远处，说：“我现在改变主意了，我觉得自己喜欢上了艺术，我想学画画……”

方光耀慌忙劝道：“你怎么忽然改变志向了？学画画有什么好，艺术本来就是空洞的东西，不是每一组灵感付诸艺术的时候，都能够成为得意之作的，另外现在都是市场经济时代了，你还梦想着自己能够成为一个伟大的画家或者艺术家吗？我先不说你成为一个画家的概率有多少，就算是你真的成了一个画家，那生活也好不到哪儿去。画家、艺术家，穷死的、落魄的多了去了，你以为你真的有那样一份伟大的精神去坚持走下去吗？”

听了方光耀的这番话，我从心底对他涌出了一种前所未有的反感。我无法得知这是为什么，如果放在以前他像这样对我醍醐灌顶、指点迷津的一席话，我都会听的，而且我还会感激他。可是现在我就像一匹脱了缰绳的马，认准了艺术的脱俗，画作的圣洁，无论如何我都不愿意再听取他的建议了。他的建议也许有道理，有意义，但是却让我感到了庸俗、厌恶，特别是当他说到后面那几句话的时候，我简直都要对他横眉冷对了。他不懂我，他不再是那个懂我的人了，我心里恨恨地想。

我的喜怒向来是写在脸上的，很少情况下能够伪装成另一个样子。

我生气地对他说：“这就是我们的人生观、世界观、价值观的不同了。你去追求你的经济学硕士、博士吧，我是不会改变自己的这个理想了，我不在乎未来的物质收获有多不堪，我更在乎精神层次的追求，如果有一天，就算我因此饿死街头，那也是死得其所，甘心情愿的事情。你根本就不懂，艺术特有的价值，某种程度上它并非金钱能够去衡量的，成功的艺术作品往往饱含着创作者的激情与灵魂，人的肉身存在于世的时间相当短暂，而一个人的灵魂却能够通过艺术来复活，甚至永生。”

方光耀的脸色变得十分难看，但是他很快调整了情绪，只是他仿佛已经隐约地看到了那个画画的云倾国，若不是他，依雪怎么会连心肺脏腑都发生了不可逆转的变化！他仿佛看到了依雪和那个留着长头发的男人站在一起画画的场面。这种幻想使他充满了嫉妒。

他为了阻止我因为谈论这个话题而重新提及那个人，他接着我的话说：“你看你，怎么忽然就生气了，我们只是说说，别生气呀！”

我才不管他怎么想，就一股脑地说：“我没有生气啊，总之我就是要朝着这个理想努力了。”稍微停顿了一下，我又接着说：“我要成为一个像云倾国那样的人，随心所欲地去画画，去生活，去很多很多的地方，欣赏很多很多的美景。”

这些话，方光耀原本就知道的，只是他害怕我说出来，可是我为了证明自己的理想是正确的，又一次提及了云倾国。

这一下子，他脸上的表情都收紧了，看上去就像一个煮熟后刚刚剥去蛋壳的鸡蛋一样，他心痛得无法忍受了。

正这时候，有几个村民路过这里，他站起身说：“村里的人走这儿了，咱们也各自回家吧！你先走吧，你还牵着那么几只羊，走得慢。我等会走。”为了避嫌，他细心地对我说。我忽然心里有点难过了，感觉不该对他说出那些话，更不该生他的气。

于是，我由一只和他赌气的山羊，瞬间就变成了一只乖巧的小兔子。我温和地对他说，好，我先走了。他回我，嗯！去吧！开学前我把那几本书还给你，顺便把我的地址给你。我牵着羊绳子，回过头看看他，点了点头。

我心里灌满了无边的低落情绪，当然这绝不是来源于方光耀。从那个时候起，我仿佛就开始了漫长的等候，整个上午云倾国都没有再出现，也许他真的行走在另一条村庄的路上或者山水之间了。可是他已经被我围困在了心里，恐怕这一生也无法走出了。

方光耀一个人默默地坐在田野里。这些原本美好的自然风光，现在一点都不美好了，甚至有些黯淡了。他刚才还在忍受着感情的煎熬，痛苦与嫉妒的炼狱，而现在剩下他一个人单独待着，他忽然感觉心里十分的害怕。就在依雪准备走的时候，他差点就忍不住拽住了依雪的手，要留依雪再坐一会儿。可是他不能那么做，依雪今天的整个话语，都已经让他疼痛的无法承受了，还是让依雪走吧。

那样想着，方光耀忽然就觉得思维峰回路转了，他感觉一下子心头变得轻松了起来：是啊，他不应该绝望的，这不是没有一点希望的：那个云倾国只不过是一个过客，他再也不会出现在这里了，也不可能再出现在依雪的生命中了。那么依雪的眼里，注定就只有他方光耀一个人了，这准没有错！

第十三章

如果说世间的每一个物体都是有灵性的，那么时间也是颇有灵性的一种摸不着却看得见的灵物了。时间渐渐地在我年轻的心上产生了一股无法阻挡的威慑力。它快，它比刀刃更锋利；它绝，它比慢性毒药更无形。它有更多的灵性，譬如它承载着当下与历史，过滤着善恶与因果等等。

转眼之间，我已经二十五岁了。

我比几年前的思想成熟了，清澈的眼神里多了些生活的痕迹，还多了些挥之不去的忧伤。岁月是最强大的，谁也无法与之抗衡。几年的时光已经把我从一个懵懂的小女孩打磨成为一个坚强的大人了。生活那一双有力的大手，把我一点点推入了浩瀚的世俗之中，从疼痛到挣扎，再到不得不去适应生活，我很少能够再看到从前那个简单快乐的自己了。我不想陷入无休止的纷争，所以我依然坚持着内心的那一垄净土与梦想……

那年落榜之后，我复读了一年，总算如愿考取了北京的一所艺术名校。和我一同考入这所学校的还有方光耀的妹妹方婉，只是她学的是声乐，我学的是美术。而方光耀也在这个城市的一所大学就读，周末的时候他总会来这里看望我们。他每次过来，我们都会去校园的小路上走走，说说家乡的事情，更多的时候是说我们以前开心的事情。除此之外，他再没有提起过个人感情的事。

直到那个礼拜天，我才从方光耀口中得知了他刚来读大学时候的一些事情。我觉得他变了，具体哪儿变了也说不清楚，反正他不再是从前那个木讷、胆小、沉默的小男孩了。

方光耀刚到大学报道的时候，心情是沉重的。只要一想到父亲的死亡，以及家里今后的重担都要全压在母亲一个人身上，他心里就难过的像堵上了一块石头。弟弟妹妹由于在学校过于省吃俭用，身体一个比一个瘦弱，他看在眼里疼在心里。去学校报道的头天晚上，方光耀把母亲用手绢缠了几层的学费打开，从里面拿出几张破旧的钱留给自己用，剩余的偷偷地塞给了弟弟和妹妹，当作他们的生活费。像之前临近高考期间去窑厂干活一样，他总觉得自己会有办法的，这次自己一定有办法能够支撑下去。他骨子里就是这样的执拗，总想着突破自己，改变一些陈旧的东西。

方光耀与家人依依不舍地告别后，踏上了北上求学的列车。梦想中的大学如今微笑着向他敞开了怀抱，这里的一切对于他来说都是全新的，陌生的。到校后，按照学校报名程序，每个学生报道的时候都要先交学费，再办理入校手续的。

班主任沈老师把他安排到一个寝室的上铺，临走的时候还嘱咐他，明天去财务室办理入学手续，后天就该正式上课了。方光耀嘴里答应着，好，好，心里却乱糟糟的。

第二天，方光耀心事重重地来到了校财务室门口。恰好班主任沈老师和两个新来的同学也在这里。

这个沈老师，身材不高，是个四十多岁的有些秃顶的男人，几根稀疏的鬓发好像被抹了油似的紧贴在头顶上，这样一来，他的秃头更显得锃亮了，甚至多了几分滑稽。他戴着一副眼镜，看起来比较斯文，说话的口音听起来像是皖北一带的人。最让人过目难忘的是他腮边的那一颗黄豆大小黑瘊子，那黑瘊子上面还长有一小撮褐色的汗毛，让人禁不住会想起孙悟空的三根救命毫毛来。

“进来，进来，你叫方光耀，对吧?”班主任沈老师温和地笑着，对呆站在门口的方光耀说。

“嗯，沈老师记性真好。”方光耀走进财务室，礼貌地回道。

那沈老师上下打量了一下他，嘿嘿地笑着，算是作答。

“先坐吧，稍等一会，你前面还有两位同学在办理入学手续。”正在写材料的女会计，头也不抬地说。

“嗯。”方光耀在挨着沈老师的一张椅子上坐下来。他忽然像想起了什么似的靠近沈老师，小声地说：“老师，您能出来一下吗？我有点事想和您商量。”其实，为这件事他昨晚上几乎失眠了，现在他决定大着胆子说出来。

沈老师一愣，没想太多，随即起身跟着方光耀了来到了外面的走廊里。

“方同学，喊我出来有什么事?”沈老师像是习惯性地抱着双臂，问道。

方光耀支支吾吾地低头看着沈老师的脚尖，那显然是一双质地不错的方头皮鞋，被主人擦得锃亮锃亮的。哎！他暗暗提醒自己，老师的鞋子有什么好看的！

“方同学，有什么事你就说，现在是开学时间，我还有一大堆事要处理。”沈老师下意识地看了一下手表说。

方光耀这才抬头看着沈老师的眼睛说：“沈老师，是这样的，我学费暂时还没有筹借好，等家里人筹借好了，过几天就给我汇过来。请您帮忙想想办法，宽限几天吧！”

“这个，你也不能为难我啊，这事都是校领导做决定，我管不了这些。”沈老师一听这事，立即就推脱起来了。

“沈老师，我现在实在没有办法。就在前不久我父亲刚刚意外去世，一时筹不到钱。您就再宽限我几天，等筹借的汇款一到，我立即就过来交学费了。”方光耀几乎哭腔地哀求道。

沈老师沉默了一会，终于开口说：“那好吧！我等会儿给领导说说，给你宽限几日，不过，你要尽快把钱准备好！”

方光耀感激地点点头，嘴里说着：“谢谢沈老师，谢谢沈老师！”

大学的生活就这样在忐忑不安中开始了。转眼开学已经一个星期了。因为学费未交，方光耀已经被沈老师叫到办公室两次了。

这个礼拜二的上午，沈老师上完课后，来到方光耀的跟前，小声地说："方同学，你出来一下。"方光耀的心立即提了起来，他猜想又是催促学费的事情了。他心里乱哄哄的，轻轻地跟着沈老师从班级后门走了出去。

"方光耀，这都上课三天了，你的学费怎么还没有交上来？校领导都催我了，现在全班级就剩下你一个人没有交了，你还准备再拖几天？"沈老师抱着双臂，眼睛死死地盯着方光耀问到。

方光耀不敢抬头看他一眼，小声地嗫嚅着说："沈老师，我的学费家里还没有筹借好，再等几天吧！"

沈老师不等他把话说完，就厉声说："不行！从来都没有过这样的例子，无论你想什么办法，都必须交上来，否则学校的寝室也不会让你住下去了！"

方光耀听他这样说，心里没底了，一时之间不知如何是好了。他略微平静了一下自己，不卑不亢地说："沈老师，我一个穷学生能有什么办法，就是让我从寝室里搬出来，我今天也交不了。"这时候，他抬起头，刚好撞上沈老师那一双似鹰隼般锐利的眼神，他赶紧将视线移开了。他用眼角的余光感觉到沈老师腮边的那颗黑痣子连同上面的毛，都在一动一动的，彰显着它特有的威严。

他忽然觉得自己的心像是被掏空了一般的难过。他稍微犹豫了一下，从兜里掏出几张票子，递给沈老师，言辞恳切地说：

“那这样吧，我这里有三百块钱，先交上去吧！剩余的过几天汇款到了，再交好吗？”

沈老师脸上绷紧的肌肉慢慢松弛了一些，他接过那三张破旧的钱，说：“那好吧！你抓紧时间把剩余的学费补齐好了。”说完，他将钱随手装进了西装兜里，并没有提起写收据的事情。方光耀把这些全都看在了眼里，心想，沈老师为什么不给自己写收据呢，自己要不要提醒他呢？转念一想，算了，也许自己的机会来了。

随后，他和沈老师像什么也没有发生一样，各自离开了。

日子就这样平静地过了三天，沈老师又把方光耀喊了出去。这次方光耀感觉内心一点也不慌张了，他直视着沈老师的眼睛。

沈老师下意识地扶了一下眼镜，说：“方光耀，这都又过去几天了，你快把学费交了吧。我明天还要出差去一趟外地，你的事一直处理不好。”他的面部表情，看起来有些柔软，甚至有些温和了。

方光耀直接把他前面的话忽略了，接着他后面的话，回道：“沈老师，明天要出差呀，我这里还有几百块，你拿上吧，路上好好照料一下自己。”这话还真管用，那沈老师果然没有再提学费的事情，笑眯眯地把钱揣进了兜里。见此情景，方光耀心情轻松了许多，几乎是哼着小曲回到教室的。

大约过了十多天的样子，沈老师又把方光耀喊了出来。不同于往日的是，这次沈老师显得神色不安，他依旧抱着双臂，只是语气急速了起来：“方光耀，你可不能再拖了，校领导今天都过来了，就差你的学费了，必须要交了……”

方光耀不慌不忙地说：“校领导来了，我也没有办法，再说了，我不是前后也交给了你两次学费吗？沈老师，难道你没有入账财务室吗？”

或许，沈老师没想到方光耀会说出这样的话，只见他的脸一会白，一会红，腮边的那颗大瘊子因为过度的气愤而痉挛着，那一小撮褐色的汗毛就像被抛弃在风中的纸屑，不安地抖动着。他抱着的双臂，不知道什么时候已经掉下来。他用手指着方光耀，气急败坏地说：“你！你什么意思？等会儿校领导找到你，你今天就得从学校里搬出去！你所交的那几百块钱，连住宿费都不够！”

到了放学后，方光耀连同沈老师都被校领导叫到了办公室。经过校领导的一番盘问，方光耀如实把家里的情况说了出来。校领导听了，连连咂舌头，原来像这种特困家庭的孩子，学校可以免收学费和学杂费的。方光耀的家庭情况，如果调查特困属实，学校会给予减免第一年的学费。得知这样的消息，方光耀总算是长出了一口气。只是那个斯斯文文的班主任沈老师，因为私自收取学生钱财而被校方勒令辞退了。

方光耀绘声绘色地给我讲完了这些事情，歪着脑袋等着发表内心的看法。

不知道为什么我忽然感到内心一阵艰涩，不容分说地堵在了胸口里。良久，我只说了一句话，你好像和以前不一样了。他笑道：“我哪里和从前不一样了？倒是你，和以前比起来变了不少呢。以前的你，整天叽叽喳喳的像只欢快的鸟儿，可现在，你的眉眼间生出了许多的忧郁，也很少听见你的笑声了。”我不知道该怎么回答他这个问题，因为就连我自己也没有一个清楚的答案。

一直以来方光耀对我的关怀我并不是不知道，只是一直很小心地躲避着。好几次，他都问我，如果有一天他要是不在了，我会不会哭。我表面上笑他，瞎说，并且冷语道，我才不哭。心里却明白他想要对我表达的情感，这对于我来说，有些太沉重了。而我心里惦念的那个人，如今却又不知身在何方。

方婉大约知道她哥哥对我的感情，所以常常在我面前提起方光耀的一些我所熟知的优点。我呢，只有佯装不知她的意思。性格外向的她，整日里爱说爱笑。她长得眉清目秀，一双大眼睛如同两滴透亮的墨水，她的皮肤称得上洁白无瑕了，只是略显得苍白了一些。平日里她喜欢梳着一个高高的马尾辫，走起路来那马尾辫就一甩一甩的，看起来很有朝气。

那天晚上在校阳台上，方婉又向我提及此事，我就回寝室把以前云倾国的那幅画拿出来让她看，我希望她能明白我的心。她看了后，惊呼好画，好画！还想借走做个临摹，看我面露为难之色，她只好又还给我了。之后，她央求着问我，云倾国是一个什么样的男人，致使一面之缘后我还魂不守舍，念念不忘。说到这里，我就像重新回到了那时的场景，把当时自己在田野里放羊，偶遇云倾国的细节一一讲给她听。讲到后面的时候，我满眼含着泪花，接着禁不住连声音也哽咽了。她温柔得像块棉花一样，把我揽在怀里。我的身体一抖一抖的，像个委屈的孩子。她抱着我喃喃地说，我才知道这事，我哥对你太痴情，你又对那个云倾国太痴情，可是那个人再也不会出现了，你要明白。

我从她怀里钻出来，坚定地说："不，他一定会再出现，一定会的。"

她说："依雪，我觉得你太执拗了，他仅仅是一个路过的人，你不该再对他心存幻想的。

而我哥呢，他悄悄喜欢了你多年，你难道从来都不曾感动过吗？"

我们就这样并肩坐着，聊着，我不禁内心生出一种"伯牙遇子期"的感动。我说："婉儿，不是我执拗，是我根本无法忘记他，我觉得他是这个世界上最完美的人。是的，他给了我太多的幻想，太多唯美的感觉，尽管这样我还是会像等候泥沙中的火焰一样，去等候他。光耀喜欢我，我怎么会不知道？可是我不能接受他。我爱慕的是那个云倾国，这你知道的，如果我现在接受了光耀的感情，这显然对我们俩都是不公平的。不是吗？我希望光耀能够遇上更好的女孩，遇到一个爱他的女孩。"

"可是，依雪，这你分明是知道的，你都无法去忘记那个仅仅相处了几个小时的人，光耀他怎么可能会放弃和他青梅竹马一起长大的你呢？"

她接着说："还有，听你描述他的年龄，在你遇见他的那时候，他应该已经结婚了，或者已经有了心爱的人。那么一个优秀的男人，不可能还单身着。"

“也许吧！这个问题我也想过，可是依然无法说服自己的心，甚至我不奢求和他会有什么样的结果，我只想再见见他，就只是再见见他而已。或许，我就会慢慢将他忘记了……”我的眼睛里再次噙满了泪光。

“哎，真是闹不明白，爱情到底是什么样子的，它有着怎样的一种魔力，会让你们的心如此受罪。”

我没有再说什么，只觉得她用“受罪”这两个字真是恰当。想来方婉还是像我当初未曾遇见云倾国的时候一样，简简单单。想到这儿，我不禁羡慕她还能够拥有这样的好时光。

后来，我们将话题转向了美术与声乐。她说：“你画的人物画要比山水画好一些，你觉得呢？”

谈及画，我自然就想起了云倾国送我的那幅，神情顿觉黯然。我幽幽地说：“我觉得都不好，工笔与写意气韵都不够，我还是更喜欢写意，它更显得生动些。心灵感受，笔随意走。”

“要说起琴、笛、弦我还懂一些，画我就一窍不通了。”方婉顽皮地说。

我说：“干脆以后没事的时候，你教我弹琴吹笛，我教你画画，好不好？”

“对，这个想法超好，对了，我见过你发表在校刊上的现代诗，写得真好。”

我有些惭愧，低头笑笑说：“哪里好，只不过乱写的而已。”

“乱写能写好，那更是有才了，都说诗言志，一点不差。”方婉偷笑道。

“你胡说些什么，我瞎写的，什么言不言的，我不懂的。”我忽地脸红了。

“我哥新诗写不好，旧诗倒是行家。我欣赏过他写的一些旧诗，好是好，只是有些悲愁。哪天我向他要过来，你也看看吧。”方婉又意图往她哥身上扯了，我忙说：“等以后有空了再看吧，这不还得请你教我学琴的嘛。”

方婉看我回避话题，就不吭声了，手托腮胳膊肘放到栏杆上，不知道在想些什么。我明知方光耀根本写不出什么好诗来，读高中的时候也见识过他写的一些所谓的旧诗，感觉过于造作，又不押韵，实在称不上什么像样的诗作。更何况我根本不想和他扯上更深层次的关系了。

日子就这样一天天地过去，绘画与思念几乎成了我大学生活的主题了。

生活有时候充满了魔幻的色彩。

就在我进入艺校第二个学期的时候，学校请来了当代的知名画家程卓然，来给我们做一次有关绘画技巧的专场讲座。这个程老师大约三十五六的年纪，戴着一副金丝边的眼睛，看起来一副学问很深的样子。在这个画家为我们做专场讲座技巧绘画的过程中，他向我们无意中谈起了他一位朋友的画作特点。让我感到无比意外的是，他口中的朋友竟然就是云倾国！这太令人激动了，我差点从座位上站起来，跑到他身边，追问有关于云倾国的所有消息！可是理智告诉我，要控制情绪，因为这儿有许多双眼睛。

原来，我的猜想并没有错，云倾国的的确确就是一名出色的画家。可是他为什么不承认，反而生出厌烦的情绪呢。还有他冷若冰霜的那张脸，那张看起来永远挤不出笑容的脸，这些都是为什么呢？我不知道，我沉浸在疑惑里。

可是我很快就否定了这个答案，这个世界怎么会这么巧？这个画家口中的云倾国和我所见过的云倾国是同一个人吗？上天怎么会如此的眷顾我？我的心情慢慢黯淡了下来，心跳也平稳了下来。

我迫切地希望能够从这个画家的口中证实这个问题，我一刻也不想再等下去了。我期待着那个画家能够说出一些更多关于云倾国的话题，可是他故作深沉地扶了扶眼镜，干咳了两声，又开始讲起了枯燥的绘画。我听不下去了，简直一个字都没有再灌输进耳朵里。直到同学们掌声雷动，我才知道精彩的讲座已经结束了，匆忙之间，我也赶紧机械式地拍着两手，却觉得没有一点力气，仿佛自己的掌声被淹没在了巨大的喧嚣之中了。

画家程卓然习惯性地打开眼镜盒，掏出一小块绒布，然后取下眼镜，细致地擦拭了镜片，再重新把它放回鼻梁上。他腋下夹着一个咖啡色牛皮公文包，急匆匆地走出了教室。

我本想紧随其后，好伺机向他打探云倾国的消息。可是，讲座刚一结束，同学们都像是放飞的笼中鸟儿一样，朝着教室的前后门口潮水般涌去。我的眼睛只顾盯着那个画家，却被同学们挤在了后面，等大家都散去的时候，那个画家的身影也找不到了。我急得差点哭了，恨自己跑得太慢，又要抱憾终生了。我赶紧快步冲向学校大门口，也没有发现他的踪影。他应该不会这么快就走远了，对！还有校务室，说不定他去了校务室。想到这里，我又转身跑向了校务室。到了那里，我一眼看到他坐在椅子上，正咕噜咕噜地喝着茶水，他手上那只如水一样透明的杯子里，不断地飘忽着一些尖尖的绿色的小叶子，那是我初次见识到一种叫毛尖的茶叶。随着他的喉管不断咽水的次数，那些叶子都像河里的浮萍草一样贴在了杯壁上。他又转过身，在饮水机里接上了一杯水。

他显然是讲课后，太口渴了，一口气喝了那么多水。这时候他好像意识到有人站在校务室门口，他抬起头，看了看我说："这位同学，你什么事情吗？"

我不知道该怎么向他开口，支支吾吾地说："程老师，我……我还真是有点事要问你呢。"

"是有些绘画问题搞不清楚吧？没事，你说。"程卓然喝了一口水，脸上并没有不耐烦的表情。

听他这么说，我更是一时有些语塞了，我站在那里，硬着头皮说道："不，不是，是这样的……刚才你在讲课的时候，我听您提到您的朋友云倾国……"我话还没有说完，就被他打断了："怎么了？你想学习他的画作？"

"不是的，我想问一下您说的那个云倾国，他是不是和你年龄差不多，高个子，长头发，喜欢四处行走写意？"

程卓然惊讶地看着我，说道："你认识倾国？"随后，他点点头又说："他就是你说的那个样子，喜欢漂泊，不拘世俗。"

从他刚才点头的动作里，我就确定了这两个云倾国就是同一个人！我感觉到自己的心脏在颤抖了。我尽量让自己平静下来，小声答道："嗯，认识。"

"老师，您知道他现在在哪儿吗？"我紧接着问。

"噢，我都有半年多没有见过他了，不知道他又云游到哪儿了。坐，你坐着说话吧！"程卓然说完，客套地指着旁边的一把椅子示意我坐下来。

"谢谢，我不坐了，一会就该走，打扰您的休息时间了。"我过意不去地说。

"没事，没有想到你也是倾国的朋友……"

"其实，我只见过他一面，那是几年前的一个暑假，他去我们那里的田野里作画……"我把自己与云倾国的相识简略地讲给了他。

"噢，我说呢，你怎么会认识他的……"这时候，他的传呼机响了，他看了看上面的信息，对我说："真的不好意思啊，我还有个饭局，他们都在等我。有什么事情，咱们改天再说吧！"

我本想再多了解一些云倾国的情况，这下子问不成了。我只得点头说，好，老师您先忙吧！可是我真不知道是否还能见到他，因为他是学校请来做专场讲座的，平时并不在这里供职。

情急之下，我真想向他索要呼机号码。可是我没有勇气那么做，怯懦与卑微好像生长在了骨子里。哎！我分明知道那是能够再见到云倾国的唯一希望了，快点，快点，对他说，老师把你的呼机号给我留一下吧。可是，就在我犹犹豫豫之际，他已经和我挥手说了再见，并走到了校门口。我想跑过去，追上他，可是我的双脚怎么也不听使唤。我一动不动地站在那里，眼睁睁地看着他上了一辆蓝色的出租车。

我忽然感觉到一阵剧烈的绝望，不，我不要这样绝望的感觉！我疯跑到马路边，摆手拦下了一辆出租车，刚坐上，我就气喘吁吁地对那个司机说："快，快，撵上前面那辆蓝色的出租车！"

"好。"大概是我慌里慌张的样子，使得那司机觉得我像是遭受到了什么特大的事情。他应了一声，就踩油门跟向那辆车。

几分钟的工夫，两辆出租车就平行了，我摇下车窗玻璃，喊道："程老师，等一等！"

程卓然一看，愣了一下，问："怎么了？什么事？"两辆车同时速度都慢下来了。

那两司机说，你们有事快点说，这不能停车。我焦急地说："老师，请把你的传呼机号给我留下好吗？"

"好，你刚才也不说。我说你记一下吧！"程卓然明显有些烦躁了。

"好，好。"我已经顾不上那么多了，从口袋里掏出一支笔，在手心上记上了他的呼机号。

我从出租车上下来后，看着手心里的那个传呼号，心里踏实多了。

我知道，这根本不是我向来的为人处世风格，可是为了那个让我朝思暮想的云倾国，我已经不再是我了。我就像是一只执着的飞蛾，拼命地奔向那熊熊燃烧的烈火，就算朝生暮死也好，就算化为灰烬也罢，我也绝不会退缩。

尽管如此，我还是一直都未能再见到云倾国。大学四年期间，我经常会和程卓然取得联系，当然全都是为了探听云倾国的消息，可是每一次我都是失望的。他总是在电话里半开玩笑地说，大约云倾国归隐到深山老林里去了。我只有蹙眉轻叹了，根本笑不出来。其实我很想更多地了解一些关于云倾国的事情，可是女孩的矜持与羞涩我占全了，那些想问的话语也始终说不出口。

有几次，为了不使这唯一寻找云倾国的线索中断，我还特意邀请了程卓然一起吃了便饭，当然每次我都会带上方婉，如此一来，大家都不会觉得拘束了。

我们三人的谈话是离不开艺术的，更确切地说是离不开绘画。时下，在书画界像程卓然这样似乎永无出头之日的“画家”，不在少数。每次当谈及一幅画作的构思、解析等之类，程卓然的座右铭就是这句意存笔先，画尽意在。对于初出茅庐的我来说，这样的话可谓是寓意高深了。而方婉这时候总会叽叽喳喳地说，说得好，说得好！其实好与不好，我想她也不是很清楚，因为她本身是学声乐的。况且她一直有这个习惯，譬如几个人一起聊天，聊到某些陌生的领域或者不懂的东西，就算她根本一无所知，也会装作内行人的样子，频频点头。世上绝大部分人是喜欢被人夸或者被人恭维的，这正是一个人需要外界认可自己的一个证明，程卓然当然也毫不例外。这时候他总会一副为人师表的样子，望着方婉说，婉儿爱学，等有空了我教你学画。方婉欣喜道，那先谢谢老师了。

不知道为什么，我总觉得方婉每次看程卓然的眼神，蕴藏了一种看不清的东西：是崇拜？敬慕？抑或是喜欢？我不敢再往下想了：方婉是个心高气傲的女孩，一般的男孩很难入得了她的眼，难道现在她对程卓然动了芳心？而程卓然呢？从他零星的话语里得知，他有贤惠的妻子，可爱的女儿。他又能否经得起一个年轻女孩投递过来的好感和诱惑呢？鬼才知道！转念一想，一个人产生错觉也是常有的事，大约我是出现了错觉。

这些事情，如同秋天的风儿一样，慢慢地消散了。如果说还留下了点什么的话，那一定是过去的时间以及空间里的干枯记忆了。

时光飞逝，我从未停止过对云倾国的思念与期盼。他当年送给我的那幅画，如今几乎成了这些年慰藉我心灵的全部了。无数个忧伤的夜晚，我独自面对着那幅画发痴、发呆，我回忆着有关他的每一个细节，直至不知不觉中已泪流满面。如果过多的回忆与眼泪，会让那短暂的相遇与画面固定、再现，那该是多好！即使他从来都不知道，即使他依然冰冷如霜。

从我见到云倾国的那一天起，我就渴望走近他，甚至渴望长大后成为他，可是事实上我再也没有见到过他。我经常拿出他送给我的那幅画潜心临摹，常常一画就是一整天。慢慢地我的画技有了很大的提高，同时在画的风格上也有了与云倾国作品相似的神韵。这是一件让我感到欣慰的事情。

毕业之后，凭着出色的绘画天赋与满腔对艺术的执着，我进了当地规模最大的一家美术馆从事专业的国画创作。方婉则去了一家外企做营销策划，这是与她所学专业毫不相干的一个职业。人各有志，这也许才是她真正想要施展抱负的行业。不过，这并影响我和她之间的友谊，周末的时候，我和方婉还是经常会见面，谈心。

进入美术馆后，我的生活一直过得十分清苦，几乎和读书的时候差不了多少。我和单位的另一个女孩挤进一间小阁楼里面，吃的、用的都十分的节俭。尽管如此，我还是觉得生活是充实的、美好的。

就这样，一天又一天，白昼与黑夜在无休止地循环着，这些分秒排成的无穷列队，在一点一滴地蚕食着我的身体和生命。我不知道在余下的生命里，是否还留有一些时间喂养我渴望的爱情，喂养我与他传奇的重逢。我只知道，一个真正热爱生活的人，他的灵魂与生命绝不仅仅是属于他自己的，它们是属于更多人的，或者是属于这个世界的。

方光耀早我一年毕业，他被聘请到了中建六局担任项目经理。那里的待遇还算丰厚，足以配得上他这样名牌大学的高才生。不知道为什么，我总是觉得他身上总有一种不安分的东西在涌动，而这种东西又恰恰是浮躁的、没有规则的、甚至是极端化的。小时候在一起玩耍，他总能让我感到一种安全感，而现在不同了，他的思想里如今充斥着强烈的金钱欲望以及许多现在我还捉摸不透的东西。他现在越是靠近我，我越是想要远离他。

也就是在那年，“非典”气势汹汹地来临了。当时这种病症是在中国广东省的佛山市最早出现的。由于病者出现肺炎病征，所以当时将之归入非典型肺炎类别，中国媒体普遍简称其为“非典”。其后，此病经由旅游、商贸、移民人群迅速扩散到了香港地区，并由我国香港地区再扩散至越南、新加坡、中国台湾及加拿大的多伦多。到了 2003 年 5 月间，北京和香港的疫情最为严重。

当时整个北京城仿佛一下子都笼罩在“非典”的阴影之下。人们出门都纷纷戴上了口罩，每天坚持喝板蓝根，每天的媒体报道都是又新增了多少例“非典”患者。人们打电话问候的第一句就是，照顾好身体啊，预防“非典”！各个城市的药店里，板蓝根的价格疯长，直到生产厂商供不应求，出现了断货现象。而各地方的洗手液、口罩也相继出现了短期内涨价、断货的现象。

那时无论是单位或者学校，一旦出现发热症状超过 37℃，持续体温升高者，就会被送到医院进行专家会诊，确认为疑似“非典”症状后，将会被隔离治疗。

那些日子，单位里的人都人心惶惶的，每天戴着口罩上班，闲下来就开始喝板蓝根。而我并没有把这事特别的放在心上，也没有做什么防范措施。方光耀却给我送来了好几袋板蓝根，并嘱咐我每天要坚持喝。我并没有按照他说的做，只喝了两次就都放在那里了，恰好同事说药店的板蓝根已经断货了，昨天赶过去都没有买到。我就把方光耀送来的那些板蓝根都拿给她了。我反倒觉得心里轻松了很多。

方光耀每天不厌其烦地打电话嘱咐我照顾好身体，抽空就会来看我。我直觉得多事，让人心烦。

那是一个礼拜二的上午，我觉得脑袋晕晕的，怎么都进入不了工作的状态。喝了些水后，头晕还是没有减轻，身体却感觉有些发冷了。一旁的同事伸着脑袋问我：“你怎么了？脸色那么苍白？”我有气无力地回道：“不知道，就是感觉头晕，有些冷。”

她将一只手放在我的额头上，又赶紧放下来，惊恐地说：“呀！你的头很烫。”

随后，她迅速地跑到离我较远一些的位置，大惊小怪地嚷着：“呀，依雪发烧了！发烧了！”她好像不是在说我发烧了，而是像发现了重大新闻似的告诉别人，我患上“非典”了。可是我已经顾不上那些了，我想站起来却觉得两眼直冒金星，双腿发软，就像长跑了数公里的路程，浑身没有一点力气。

紧接着，大约过了十几分钟的时间，听到消息的领导以及其他部门的同事都赶过来了。他们纷纷议论着些什么，大多数都是说我恐怕是得了“非典”。他们都围在我的创作室外面。我听见主任的声音，他说，这大约只是单纯的发烧，应该不是“非典”，咱们单位消毒防范措施比较好，还没有出现过这样的病例。另外有人接着说，这也不一定，有了第一例，很快就会有第二例，第三例，太可怕了……

我听见馆长拨打了120电话，说美术馆有一个工作人员发烧了……

我感觉口渴得很，嗓子像是被燃着了一把火，烧得五官生疼。配合我工作的同事，都唯恐被传染，不知道什么时候都跑出去了。

我伸着手，轻微地喊着："水，喝水。"过了大约两三分钟的时间，我看见一个同事戴着口罩走了过来，她手上还戴着不知道从哪儿找来的一次性橡胶手套。她拿起我的水杯，给我接了水，然后递到我手上。我当时内心很感激，却无法开口说话一样，端起杯子，一口气把那水喝完了。这会，我觉得好受了一些，如果这会方光耀在我身边，他一定不会不管我的。这样想着，我就拨通了他的电话。电话里，他听到我的声音很微弱无力，就急切地问我出什么事了。我喃喃地告诉他，我发烧了，在单位。

大约过了十五分钟的时间，方光耀就乘坐出租车赶到了这里。而这时候 120 救护车还没有赶到。他穿过创作室外面的人群，疯也似的跑到我身边。我俯身在桌子上，迷迷糊糊地看到了他一张焦急万分的脸。

他伸出双手把我抱在了怀里，低声叫道："依雪，你怎么样了？我这就送你去医院。"

我没有丝毫的挣扎，那一刻，我觉得他的怀抱就像一个温暖的城堡，将我倔强的灵魂孵化在了其中。我微睁着眼睛，轻声回道："他们打了 120 电话，救护车应该很快就到了。光耀，快，快放开我。你没有戴口罩和手套，万一我这是得了'非典'，你就会被感染的。"

"不，不会有事的。你需要我，我知道。"他的目光里充满了怜爱。他的脸庞离我那样近，他宽阔的额头下，那些浓密的睫毛，高挺的鼻子，以及他眼睛里闪动着我小小的影子。

我心头热热的，原来他知道我是需要他，我是瞒不过他的。“可是，你不怕被感染吗？你知道的，这种病治愈率很低。”

他的眼睛里充满着无限的温柔，低声说：“傻丫头，如果你不在了，我也就不在了。别多想了，你不会感染这种病的。”

他的话让我禁不住流下了眼泪，那是怎样的泪水，我说不清楚。有感动、委屈、伤感、更多的是内疚。这么多年来，我的心里只有云倾国。而方光耀对我的好，我这一生却无法去回报，这究竟是怎样的一种痛楚与交错呢？

正这时候，120急救人员赶到了。方光耀执意一个人把我抱上了救护车，我在他的怀里像是睡着了一样的安宁。

到了附近的医院，经过专家会诊，我被确认为疑似“非典”患者。很快我又被转入北京传染病医院，进行隔离治疗。在医护人员把我关在隔离区的时候，我感觉到自己好像真的离死神不远了。方光耀在外面喊着我的名字，我听到有医生不断地赶他走：“小伙子，赶紧走吧！这里关的都是‘非典’疑似病例，你没有任何防御措施，一旦感染就晚了。”

惶恐、孤寂、担心，面对那个冰冷的房间，我心里难过极了。我想起了家里的父母，亲人，想起了云倾国，禁不住泪流满面。我不想就这样死去，我还有许多许多未了的心愿。

方光耀的喊叫声，慢慢消失了，他大概是被门口的保安和医护人员赶走了。

这里的医护人员，都是全身包裹得严严实实的，只露出两个眼睛来，乍一看起来就像电影里面的外星人一样。我无力地躺在床上，接受他们的检查、治疗。

接着，疾病预防控制机构就对我所在的美术馆进行了调查。他们对我在发病前期以及发病后所涉及的场所和人员，进行了逐一排查，最后确定密切接触者总计十五人。对密切接触者——我的几个同事以及方光耀，进行了严格的医学隔离观察，每日进行测量体温等检查。

在入院被隔离后，我又一次感受到了极度的孤单、哀伤。可是被隔离的患者，只能这样在等待中度过漫长的时日。第二天晚上，经过入院以来的抗炎、抗病毒治疗，我的体温就下降为正常了。

第三天，经过专家会诊，我身体状况良好，体温正常。因此，基本排除了疑似病例诊断。但是还是要在医院接受一个礼拜的观察。同时，方光耀和那几个同事也都脱离了隔离观察室。

当再次见到方光耀的时候，我觉得总算是见到亲人了，难过得差点就哭了。

短短几天不见，方光耀明显地消瘦了，他的眼窝有些深陷，看起来没有一点精神。一见到我，他就声音低沉地说："依雪，你瘦了。"

我眼圈红红的，没有说话。

他拍拍我的肩头，安慰道："别难过，虚惊一场，我们应该感到开心才是啊。"

我这才开口说："这次害你也被隔离起来了，都是我不好。"

他意味深长地对我说："你不用自责，你的事就是我的事。这不，经历了这场虚惊之后，我倒是觉得像是经历了一场生死离别。其中滋味，只有你知我知。”

我不知道该怎么接他的话才合适，只好什么也不说。我觉得这一场病，把我折磨得浑身都没有一点力气了。我感觉到一种从未有过的疲惫与憔悴。

方光耀喊了一辆出租车，我们一起坐在后排。他一只手撑着脸颊，就那样神情专注地望着我。我装作看不见，故意看向窗外的车水马龙。

他把我送回到单位的寝室，又叮嘱我有什么事，一定要及时打电话给他。我像小孩子似的点头，他微笑着和我道别后，才依依不舍地离开。

这次“非典”事件，的确让我和他之间的距离拉近了不少，可是我心里清楚，这种距离的拉近仅仅源于内心的感动。

这不是爱情。

我依然痴痴等待着云倾国的再次出现，如同等待经年的梦想一样等待着他。

倾国，你在何方？在山的尽头，在水的一侧，你是否记起过我这样一个为你望穿秋水的女子呢？

我早就觉得方光耀不是一个安于现状的人。他骨子里有太多不安分的东西，这也正是我所抵触的、不喜欢的。果然，他在中建六局工作了大约两年的时间后，他就跟我说，他熟悉了单位里的业务环节，想辞职自己开公司。对此，我给出了模棱两可的参考意见。大概意思，还是让他自己拿主意。本来我们追求的就是不同的事业，不同的价值观，所以我真的无法给予他什么可取的建议或者意见。况且，他的脾气和性格我还是了解的，他一旦想到或者认准的事情，就会不惜一切代价去行动。最主要的是我根本不关心他的这些事情。

没过多久，方光耀毅然放弃了原来的工作，成立了自己的公司——光耀房地产开发有限公司。万事开头难，方光耀公司刚开业，招商引资等，诸事繁多，来看我的次数就很少了。连续有一段时间，我的生活相对都是安静的。

我一直还在那家美术馆里工作。中间有几个月，我没有和程卓然取得联系，后来再打他的传呼机，提示已经停机了。也难怪，这年月通信行业发展得尤其迅速，我们都换上手机了，程卓然怎么还会用原来的呼机呢？还好，他知道我们单位的电话，如果真的有了云倾国的消息，他应该会告诉我的。心里这样想着，我才觉得没有那么难过了。

为了理想和生活，我好久没有回过老家了，想念与日俱增。那次回老家，为了给家人一个惊喜，我事先没有打电话给他们，就踏上了回家了的列车。家里的人，我最挂念的莫过于奶奶了。她患上了严重的肺心病，医生也无能为力。她总是在一阵剧咳后，喘着气说，她咳得肠子都快断了，很疼。听到这样的话，我心里特别难受。

每次我打电话让奶奶接，她总是很高兴，只是久病未愈的原因，她的声音越来越虚弱。她总是问我胖些了没有，什么时候回家。听到奶奶问这些，我心里就很难过，想马上生出一双翅膀飞到她身边。知道奶奶冬天手脚冰凉，怕冷，这次在回家之前我为她买了一个电热毯。我想要奶奶以后在每个冬天，都过得暖烘烘的。可是，等我下了大巴车，走到那块埋着我爷爷坟墓的麦地里，却意外地看到了爷爷的坟地增大了不少，而且上面好像全是新土。在坟墓的上面，有许多燃烧过的纸灰以及一些未燃尽的黄表纸块块。看到这些，我的心瞬间揪紧了：难道是奶奶？不，不，也许这只是父亲为爷爷添了更多的新土。我迷惘地看着眼前的增大的新坟，泪水不自觉地打湿了脸颊。我不敢往下想了，拎起行李包，飞快地往家里跑去。

我回到家，直奔奶奶的小屋，喊叫道："奶奶！奶奶！"无人应声，小屋里很潮湿，被褥都不见了，只有一张高粱秆编织的席摆在床上面。

"依雪，别喊了，你奶奶她老了俩三月了。"父亲的皱纹又增添了许多，他坐在院子里吧嗒吧嗒地吸着烟。

我一头趴在奶奶的小床上，痛哭失声，难过、遗憾、愧疚各种悲伤袭击着我的心脏，我几乎两天都没有吃下任何东西。父亲和母亲看我如此伤怀，心疼极了，他们一遍遍地问我，想吃点什么。我一句话也不想说。母亲说，她知道这是他们的不对，奶奶病重的时候一直喊着我的名字，他们却没有给我说一声，还不是怕耽误了我的工作。听着母亲说这些，我联想到奶奶临走的时候，那惨烈的表情，那期待看到我最后一眼的绝望泪水……我忍不住又低泣起来。生离死别，再没有比这更痛的了。

我知道，即使这件事过去许多年以后，回想起来依然会让我难过不已。

第十四章

窗前的梧桐叶都开始渐渐泛黄了，偶尔有风吹过，会发出一阵沙沙的响声。秋天又来了，我仿佛就在此时才发现了秋天的来临，这种发现如同很多崇洋媚外的人们都喜欢打抗生素治疗感冒的时候，才发现国外的人们普遍都在用中医养生一样。

我坐在窗前，忍不住又忧伤了。这个城市的月光很少见，我不由得又怀念起家乡的月亮，亲人，以及那些清新自然的树木、花草、河水……

这种丝丝缠绕的忧伤就像盐水泼在了我的血肉里，肆无忌惮地腐蚀着我。我忽然有一种想哭的冲动。我又深深地想起了云倾国，想起了那个仅仅一面之缘的人。所有等待他、期盼他的日子都像是漫长的无穷无尽。我摊开了笔记本想为他写下一首诗或者写下几句思念的话语。正这时候，楼下传来了喊叫我的声音，我一听就知道又是方光耀。我从窗户上伸着脑袋，有些不耐烦地问他："有什么事啊？"

方光耀双手拢在嘴巴旁边，喊道："依雪，下来，咱们出去散步吧？"不知道是不是他双手拢住嘴巴的原因，他的声音很大，我看见有两家窗户都探出了脑袋，上下看着我和方光耀。我顿时羞臊得脸红了。

我不敢再说些什么，唯恐这里的窗户内，会探出来更多的脑袋，就急匆匆地往楼下跑去。

我拉起他的胳膊朝着附近的人行道走去，他愣然地望着我，想说些什么，又欲言又止了。

到了一段幽静的路边，我冲着方光耀怨气道："你刚才喊那么大声音干什么，我又不是耳聋……"

"哎呀，我下次声音小点就是了，只是到时候，你可别又说听不见我说话。"方光耀笑道。他前些天好几次打电话到美术馆里，想约我出去一起散步，我都推辞了。他不肯死心又让方婉过来喊我，我怕伤了她的心，就嘴上答应着。谁料正逢上那几天陷入了灵感的深渊，我不舍得放下，就只好先忙绘画了。这会他看我出来了，掩饰不住内心的欣喜。见我不说话，他又说："我还不是怕你听不到，不肯理我呀！你这丫头也真够狠心的了，都忍着快两个月了也不肯见我，原来当了画家就是不一样——忙呀！"

"瞧你说的都是什么呀。"我没好气地说。

听到他后面那句话的时候，我心里觉得十分别扭，就像喉咙里卡了一根鱼刺一样难受。本来我想说，我不是故意不见你之类的话，可是一时之间却说不出话来了。我忽然想起了原来这句话我像是对云倾国说过，那时候我提到他是画家的时候，他就一脸的黯然。我难道是受了他情绪的感染，或者是骨子里有一种不自信？好像又都不是。其实，潜意识当中我是为云倾国当年的那种奇怪的表情在寻找答案，因为我一直想了解这是为什么。特别是在我从程卓然口中证实到他确实就是一个著名画家的时候，我更加疑惑了。

但现在方光耀又说起了“画家”这俩字，我好像一下子豁然开朗了，那个答案逐渐清晰了。没错！因为我不想别人这么尊称我什么“家”，哪怕真的当之无愧，我也不想别人这么称呼我。我更想别人能以一种不让我有心理压力感的平等友人的态度、称呼来对待我，如此我才能感受到相处之间的舒适、坦然。那么云倾国呢？云倾国也一定是这么想的，尽管他当时已经是一个知名的画家了。

我得出了一个结论，他一定是个温和、谦逊、善良的人。我为自己忽然释疑了埋在心底多年的一个疑问而惊喜。我觉得自己的眼光真好，云倾国是一个值得肯定、值得倾心的男人。

我和方光耀步伐散漫地行走在人行道上，恍惚的路灯下，拖出了两条黑色的影子。“依雪，你今天看上去心情不错，偷乐什么呢？”方光耀看我抿嘴微笑，关切地问道。

听他这样问，我才从自己的思绪里回过神来，不无羞涩地回道：“哪儿有偷乐了？我这是明着乐啊。”

“让我猜猜看哈，你今天完成了一幅得意之作？或者，或者是见到我了的缘故。”

我听他又扯到自己身上去了，忙半开玩笑地辩解道：“错了，都不是，都不是，亏你还是和我一块长大的哥哥哩。”

我本以为这半开玩笑的口吻，既不会伤害到他，又巧妙地回答了他。他却低着头，半天都没有言语，这样的沉默让整个气氛都变得僵硬起来。

我回味着刚才自己说过的那句话，想弄清楚自己是不是说错了话，从而让他难过了。他忽然拉起我的一只手，放在了他胸口，望着我说：“依雪，我都等了你这么久，这么久，难道你不知道……”

不等他把话说完，我就像被蝎子蜇了一下似的猛地抽回了手，恐慌道：“光耀，你怎么了，我们可是一起长大的好朋友……”

方光耀此时好像有些失去了理智，他站在我面前，眼睛直直地看着我的眼睛。他近乎咆哮着叫道：“依雪，有句话我想告诉你，我一直都想告诉你。从高中的时候，我就在等待，一直等待着到了大学，直到毕业、工作，我一直都在等待！我一直都想告诉你，可是我发现你从来都只是把我当作朋友！为什么会这样，你说为什么会这样？你的心呢？你的心在哪里？”我被他这样一番激烈的告白与质问吓得呆住了，我看到他的双眼情不自禁地涌出了泪水，这太令我惶恐了。是的，我不知道该说些什么，也不知道他为什么会忽然间如此激动，我觉得这不像他原来的样子。

他的身体离我很近，近得我都能够听到他粗重的呼吸。我隐隐约约嗅到他的呼吸之间游弋着一丝淡淡的酒气。长这么大，我从来都没有见他沾过酒，我怀疑刚才自己产生了一种错觉。这种几乎没有距离的靠近，让我慌乱了。我不由得后退了几步，他紧跟过来。他高大的身躯遮挡着我的视线，我不敢抬头看他一眼。他忽然用双手托起我的下巴，我看到他的眼睛里闪动着晶莹的液体。一瞬间，我心里哀伤的要死。我喃喃地说："光耀，别这样，你冷静点，冷静点。"

他好像没有听到我的话一样，呜咽着打断了我的话："不，依雪，我不要什么冷静，我等了你这么多年，我再也不需要什么冷静了。我要告诉你，我爱你！但我还是尊重你的选择，我不会勉强你。"

我后退了几步，他托着我下巴的手也不得已放了下来。

"光耀，有些话我必须要和你说清楚了。我们是不合适的，真的不合适。"我说。

"有什么不合适的，你可以说出来。难道你还在惦记那个云倾国？这也太令人匪夷所思了吧？"夜晚的微风似乎擦干了他的泪痕，他眼睛红红的，语气中充满了忌妒。

我稍微犹豫了一下，干脆地说："是的，你说一点都没有错。就那么一次遇见，我再也忘不掉他了，这是我没有办法的事情。"虽然我不想让方光耀伤心，但是事到如今我不能再给他留一点点希望了，否则这对他将是更长久的伤害。

在灰黄的路灯下，方光耀脸上的肌肉明显地痉挛着，他痛苦的神情怎么也无法掩饰。

“依雪，你别天真了，他仅仅是一个过路的人，你难道要为此等上一辈子吗？不瞒你说，云倾国的相关资料我查得清清楚楚的，他是一个浪子画家，喜欢行走山水。你再见到他的概率几乎为零。”

“这不关你的事。”我神情黯然道。他一语戳到了我的痛处，我感觉到自己的心在恸哭。

“依雪，你清醒清醒吧！云倾国再也不会出现了，他只是一个梦幻而已。我爱你，这是真实的，永远都不会改变的。”他的声音低沉而深厚，好像是要极力把这些话灌入我的耳朵里、血管里。

我说不出话来，眼睛被泪水朦胧了，嗓子也被一种难过的情绪所堵塞了。好像我原有的一丝期待与希望，经过他的口舌过滤以后，就一下子都绝望了。云倾国再也不会出现了，他只是一个梦幻而已！这多么可笑，我的痴心多么可笑。是的，我忽然间就感到他在嘲笑我，嘲笑我的痴癫、天真。我恨恨地对他说：“光耀，我一直都清醒，就算他只是一个梦幻，我也会继续等下去。”

方光耀苦笑道：“依雪，别再逞强了，你心里很苦，我怎么会不知道?”

“有什么苦的，真正爱上一个人的时候，就会心甘情愿地为对方无私地去奉献。哪会有什么苦呢?”我倔强道。

一阵凉意袭人的秋风吹过，我禁不住打了个寒战。方光耀迅速脱掉外衣，披在了我身上，他微微低头用一种十分爱怜的目光望着我说：“冬天又快来了，以后多穿点衣服，别冻着了。”风把他的发型吹散了，看起来有些凌乱，甚至狼狈的样子。我忽然间有些心疼他、可怜他。

我心里乱糟糟的，不知道是什么滋味，生硬地对他说了句，谢谢。我想表达的是真正内心的感动，却不想这种客套，根本就是词不达意。

“依雪，你什么时候变得如此客气了，这让我感觉到了生疏。我多想回到从前，回到我们小的时候，那时候我们生活得那样的快乐，那样的无拘无束……”

“回不去了，回不去了。”我喃喃地说。

梧桐树上的很多叶子都落了下来，那些金黄的叶子和灰黄的路灯相互映照着，显得整个城市都充满了衰败、忧伤、错落。

他忽然不知道从哪儿摸来了香烟和打火机。他点燃了一根烟，熟练地吐了一个烟圈。

我惊讶道：“光耀，你什么时候学会抽烟了?”

“这有什么大惊小怪的，我还学会酗酒了呢！就在我来找你的时候，我还自斟自饮了几杯白酒……我现在喜欢用香烟和酒精来麻醉自己的神经，那样我什么都不用再苦闷了。”他大口地吸着烟，带着怨气对我说道。

不知道为什么，我心里竟然生出来一种无与伦比的哀伤。是的，是哀伤。我虽然不喜欢他，可是他早已嵌入到了我的生命里，他就像我的亲哥哥一样。我不希望他变成现在这个样子，这简直不是过去那个他了。我怎么能够不哀伤呢？我叹着气，难过得说不出一句责怪他的话。

这么多年了，他太了解我了，他显然看出了我眼神里的痛苦和哀伤。他忽然对我说道："依雪，我就知道你是在乎我的，你一直都是在乎我的，对不对？我知道你不喜欢我现在的这些爱好，可是我实在是太苦闷了，才拿这些来放松心情的，你理解吗？只要你说让我改掉，我一定改，马上改，好不好？依雪，我会一辈子对你好的，答应我吧！做我的女朋友。我都想好了，恰好我们俩同一天生日，到时候我们的婚礼就在生日那天举行，那将是多么浪漫而又有意义的一个婚礼啊。"

"光耀，你在说些什么呀？我替你难过，是源于一种亲情，但我知道这绝非爱情。我是不愿意你沾染上那么多坏习惯，我不想眼睁睁地看着你变成另外一个人。光耀，佛经里面有两个字叫惜福，你应该理解吧。"我掏心掏肺地说。

"依雪，我不想听什么惜福不惜福之类的话。我只想问你，那个云倾国他到底哪里比我好？他不就是一个画画的吗？我哪一点比不上他了？"方光耀丝毫听不进去我说的话，他一连串地问道。

那句"他不就是一个画画的吗"深深刺痛了我的心，触动了我愤怒的神经。这种懊恼与愤怒不可遏制地在血液里穿行，犹如一个作家呕心沥血地写了一天的字，关闭文档的时候忘记了保存，又如同一个画家专心致志地投入到一幅完美的肖像画时，不小心落上了滚烫的烟灰。

我真的没有想到他会气急败坏地说出这样的话来。这不像他，这完全不像从前那个儒雅、谦和、温良的他了。我本想迅速地从他眼前逃跑，不想多看他一眼了。可是我的双腿像被绳子绑住了一样，怎么也动不了，我觉得自己身体里的血液在那一瞬间都停止了流动。

我声嘶力竭地冲他喊道："光耀，你怎么能这样说话？你是我从小到大最好的知心朋友，我从来都没有拿你们做过任何比较！这是两种完全不同的感情。我是不会接受你的，因为这对我们彼此都不公平。我的心灵无法对你燃起爱情的火花，这你应该知道！你很优秀，各方面都很优秀，你身边也不乏频频对你示好的女孩，你选择一个对你好的女孩，结婚吧！"

说完这些话，我才觉得浑身轻松了些，我不屑地望了他一眼，转身跑开了。他在后面追着我，喊叫着："依雪，你回来！你不要生气，我刚才说错了。"

我不想听他任何的解释，我只想快速地逃离。

他看我不愿意听他再多说什么，只好无奈道："你别跑了，我把你送回去吧！"听他这么一说，我才放慢了脚步。

事实上，没有人知道，他就像我的父母一样，熟知我一天天长大的喜怒哀乐。在我还是一个小姑娘，而他还是一个小男孩的生活历程中，属于我们的童年以及少年的时光，都是共同的。只有他才和我一样清楚我们长大的过程、环境、记忆，这些成堆的遥远的事情，是我心底最原始的甜美情愫。只有对他，我仍旧可以说："那时候，那河水里的黄鳝就像一条条大蛇，我害怕它们，蒙上眼睛不敢看……我们两个小孩子嘀嘀咕咕地说着很多很多的话，一起坐在泥土地上数着天上的星星……"直到现在，如若不是他渴求了爱情，我们依然可以像过去那样见面后，细数着童年那些琐碎淘气的往事。而现在，他的渴求，让我害怕了，退缩了。我多么担心我们深厚的友谊、亲情会因为这无法实现的爱情而滋生出来怨恨与愁苦，我不想破坏那再也找寻不到的真挚情愫了。可是现实是，我们现在的年龄都已经不小了，早已到了谈婚论嫁的年纪，偏偏却都因为爱与不爱而僵持不下。这该怎么办呢？这真的是一件特别痛苦的事情了。

我和方光耀看起来犹如一对闹了别扭的情侣一样，一前一后走着，谁也不说一句话。来到单位的宿舍楼下，我嘟着嘴巴把他的外衣脱下来还给了他。他的眼睛里装满了痛苦和懊悔，嗫嚅着说："依雪，你别生我的气，不管怎么样，我都不会放弃你的。你不知道，一直以来我有多么期盼，期盼着你能够喜欢我，甚至爱上我。当我知道你喜欢的是那个画家的时候，我几乎绝望了，那段时间我过了一些极其痛苦而又可怕的日子。依雪，我常常这么想，上天把我们的生命早早地串联在一起，我们注定会有着生死不离的缘分。其实你喜不喜欢我，都已经不重要了，因为我早已离不开你了。"

我刚才还一肚子的气，听他说起这番话，一些怜悯的情绪都拥挤到了心里。我给他披上外衣，说："好了，别整天为这些事伤神了。我已经不生你的气了。你回去吧，我好累，只想好好睡一觉。"

他松了一口气，却坚持要把我送回寝室里才放心。我没有拒绝，昏暗的楼道里，他像小时候一样拉着我的手往前走。那一刻，我觉得他没有变化，他回到了从前的那个他，我心里暖融融的。

我躲在窗户的旁边，悄悄看他，他走在楼下不时地回望一下这里，我还算敏捷，他并没有发现我。看他失望地垂下头走去，我确定他不会再回望了，才从窗户里探出脑袋，目送着他的背影消失在茫茫的夜色之中……

他无法理解我对他的这一份深厚的情谊，也许正如同我无法理解他深爱上我的这一份痴心一样。

秋天的夜晚，漂浮着一股淡淡的苍凉味道。

我坐在窗前想起一些关于亲人，关于故乡的往事。一阵阵的秋风不时地吹拂着树梢，大片的叶子不由分说地飘落了下来，大气中充满了抵达初冬的丝丝寒意。我还从来没有这么为难过、愁苦过。我无法接受方光耀成为自己的恋人，我不喜欢他，这是没有办法的事情。如果仅仅是为了同情而稀里糊涂地答应他，我们未来的幸福又在哪里？我根本看不到！我茫然了，真的茫然了。我思念的人——云倾国，他又在哪里呢？

一想起云倾国，我就忍不住缩紧了思绪，那是何等深刻、真实，以及令人难以忘怀的感触啊。那些莫名其妙的感触紧紧地挤压着我的灵魂，心脏、胸口、以及肌肉，我的泪水禁不住落了下来，思念就像一根长满疼痛的荆棘，纠缠不清地排列在如同此刻一样的日日夜夜……

云倾国启迪了我的爱情，这是毋庸置疑的事情，而我只能可怜巴巴地靠着他留给我的一幅画，支撑着这么多年来的期待、梦想以及无法言说的隐忍。靠着那几乎绝无希望的一丝希望，我心甘情愿地接受了给人揭示烦恼和爱情神秘世界的洗礼。他在自己一无所知的情况下，打开了我纯洁的心扉，而现在我历经数载也未能把它合上。如同方光耀所说，我只是爱上了一个梦幻而已。不错，他就是一个梦幻，美丽得不可触摸。可是，他毕竟真真实实地出现在过我的面前，他冰冷的表情，如同雕塑一样精致的五官，至今还清晰地萦绕在我的眼前。我对他的崇拜、爱慕犹如一团付出全部力量的火焰，这是没有什么可抵抗、可否认、可熄灭的，纵然我再也不曾见过他。

我曾无数次地幻想过，云倾国早已娶了另一个女孩，或者他早已儿女绕膝，这时候我的心会禁不住地被一种内疚、不安所笼罩，可是尽管如此，我也愿意这一生就这样远远地望着他，就够了。如果是那样，我将永远都不可能从他那里得到一丝怜悯，更别提奢侈的爱情。我的难堪与痛苦，也是不为人知的秘密。我到底会等待他多久？我不敢想，我会茫然，会心疼。为了这份心中完美无瑕的爱情，我已经等待了太久，我又怎能轻易放下？我强烈感到自己就像一只大海里的红鱼，极力想跳出水面却也只能是发不出音调的声嘶力竭。

想着这些烦躁而忧伤的事情，我毫无睡意。我把壁柜里的锁打开，小心翼翼地取出了云倾国送给我的那幅画。我把它展开，挂到了画架上。由于太多次的翻看，这幅画的折纹处有些地方已经快要出现了破损，好在我已经在上大学那会，把它拿到画廊简单地裱了一下。

我坐在那里看着那幅画面，试着想重新让那天的情景重新涌现。那画上的女孩依然清纯的不染一丝尘埃，她翻开书本，眼睛入神地望着远处；那些白羊在青草丛中自在地咀嚼着美味……

我的思绪被彻底拉回到了那一天——蓦然回头，云倾国正在不远处描绘着，我的脸颊禁不住绯红……

我站起身来，走到镜子前，我看到了镜子中的自己，脸上还挂着红晕，二十七岁了，我竟然还能够像十七岁的时候一样，羞涩的脸颊绯红。这是多么宝贵的感情，我无法用语言来形容，我只知道岁月和生活把我打磨得浑圆了、沧桑了、麻木了，只有一个人，能够让我保持在不渝的时光里，那就是云倾国。

夜深了，城市的夜晚好像也有着数不尽的喧嚣，我的心久久不能平静下来。当我把那幅画轻轻取下来，俯身把他们放好时，我仿佛闻到了一阵阵田野的气息，而这些旧时的、伤感的、孤独的气息，都和云倾国有着不可磨灭的联系。

第十五章

艺术不仅来源于生活，更来源于创作者如火一样的热烈情感。

由于我对绘画的热爱与投入，笔下的画作逐渐地呈现出了一种清逸、蕴藉和澄澈之境，我因此也获得过几次奖项。对于这些所谓的荣誉，我就像很多执着追求理想的人们一样，最初有过激动和欣喜。然后，就慢慢没入了平静，因为我走上绘画之路的最主要原因是因为云倾国，可是我却再也没能见过他，这终究是我无法释怀的遗憾。

几年后，美术馆分给我了一套两居室的房子，这倒是一件很让人欣喜的事情。由于平时工作繁忙，我回故乡的次数也是比较少的。父母只有我一个孩子，我对他们的挂念与日俱增。

在一个初春的季节，我接了父亲和母亲来北京，我们仨终于又可以团聚了。

早在我准备选择绘画这条路的时候，方光耀就劝阻我说，诸如画家、作家这类的职业，生活相对是清贫的。当时听他这样说，我眼睛里满满的都是对他的不屑。其实他说的话，并没有错。如今，我除了假日里喜欢行走山水外，平日里的生活都是比较节俭的。

我总觉得，一个人的精神追求愈清晰，物质追求就会越模糊。因此，我在物质上的追求并不多。

很多时候，我都沉醉于自己吟诗作画的氛围中，满足于这样一种活着的方式，并从中找到了自己的方向和价值。因此，我觉得自己一生都不会为这种职业的选择，而产生悔意或者彷徨。当然，我对云倾国的崇拜是引起我热爱绘画的源头，这是不可否认的事实。

爱情与艺术同样伟大，同样有着一种异常强大的力量。从事国画创作的几年里，我愈加感受到艺术带给人类的不仅仅是精神上的富足，更是表达思想境界的一种力量。很多时候，我都会把自己幻想成云倾国，甚至捕捉、感受、模拟他所生活的一种状态。这种幻想显然是虚无的、缥缈的，因为我真正与他相处的时间，只有那么短短的几个小时。

那短暂的相处，却成为我这几年来最为惦念的时光。浪迹天涯的云倾国又怎会知道，在那个夏季的田野里，始终保留着一个少女，一生中最动人、最伤感的记忆。

父亲还是老样子，喜欢看书，恰好我书柜上的各类书籍较多，够他老人家慢慢读上几年的了。父亲老了，头发几乎全白了，眼睛也看不清东西，老花眼，只是他每天戴着眼镜也是要看书的。母亲闲来无事，还是经常爱唠叨，有时候恰逢我下班回来，他们正在为一件小事争吵得不可开交，看我回来了，他们都装作没有发生什么事一样，阴着脸说说笑笑的。我每每看到这些，心里都有一种说不出来的滋味：难道夫妻之间非要吵吵闹闹、磕磕绊绊的才能够过一辈子吗？难道夫妻之间就不能相濡以沫、举案齐眉地过一辈子吗？也许这只是我所看到的，也是这只是我的父母亲才这样过活的。幸福的伴侣多了，就像我未来所渴望的，譬如我与云倾国。想到这儿，我就忍不住脸红了。我想，假如有天生活在了一起，我一定会什么事情都谦让着他，一定会把最好的一切都奉献给他，哪怕是我的生命。

日常的一些聚会上，还是经常有人以画家这个名词来称呼我，我不习惯，但也不能直言相告。直到慢慢地对这个称呼麻木了为止，我觉得他们用一个空洞的、冰冷的名词，将我原本富有血肉的那个名字代替了。除此之外，我想不出来，那个名词所带给我的任何好处。

常常有人会问起我，你创作的灵感来自哪里或者你这幅画创作的初衷是什么，我总会苦涩地笑笑不予回答。我甚至有段时间非常害怕有人问起这个问题，因为没有人知道，在我的心里深扎着一根年久的刺芒。一旦他们问起那样的问题，就犹如触动了我的那根刺一样疼痛难忍，鲜血横流。他们更无法知道，我所有创作的最直接的心愿，就是某一天我的画作能够被云倾国看到，并且让他看到我的一颗为爱而生的心、一颗为他而长久守候的心。

与此同时，在我所在的行业内，此时的云倾国已是一个享誉国内外的著名画家了。他富有、慈善、声名显赫，取得了种种至高的荣誉，虽然他常常不知所踪，刻意隐蔽自己，可还是被大家热忱地关注着。他画了很多用古典式铭牌标名的活人肖像，他智慧，勤奋，执着地从事于不断变化的幻想，醉心于他深入妙境的艺术。他靠着心灵的敏锐与丰富的情感，赢得了卓越的表达技艺的才华和成就。社会以及行内都给予了他极高的评价和肯定：他现在的一些作品堪称是先锋派画意的统帅，而早期的那些作品又倾向于传统化，被称为传统派画技的招魂人。

更令我惊讶与惊喜的是，他曾以一幅牧羊姑娘的人物画像，获得了国际罗马奖。从那些人对那幅画的描述中，我基本确定那正是当年我与云倾国在田野相遇时，他画下的另外一幅画作。我几乎有点不敢相信自己的耳朵了，可是这些都是有关他的真实的消息！

每每参与一些个画展会或者笔会，那些提及云倾国的人士，口吻里总是充满了对他的羡慕与尊敬。这时候，我不说话，总会悉心聆听着一些人对他的描述与赞叹，内心里感觉到一种特有的宁静。我觉得自己苦苦暗恋了他这么多年，是值得的，幸福的。

有几个晚上，我连续都做着一个相同的梦：我像是置身于一个宽阔的画廊里，寻觅着一张新画的题材，眼神迷失到了遥远的田野外……我完全不像是原来那样自信果断地捕捉灵感的切入口，却像个心神不宁的人，游移在一个长发的男人身上。那个男人忽然回过头来，冲我温和地笑着，呀！云倾国，是云倾国！我使劲地喊着他的名字——倾国！倾国！可是我好像忽然被一片河水包围了，它们湍急地埋没了我的身体、颈部，我怎么喊也喊不出声音来，等我再看云倾国的时候，他已经消失不见了。我哭着，用尽悲伤地哭着……直到醒来的时候，我才发现刚才只是做了一个梦，而泪水却打湿了枕头。

美术馆里的同事们，不断问起我，你都快奔三十了，怎么还不赶紧找个如意郎君把自己嫁出去啊？是不是你还在等待自己的真命天子啊？

我总是敷衍说，还小呢，暂且不想这个问题，说不定我这辈子都会选择单身生活。在这样对云倾国毫无边际的期盼下，我慢慢地感受到了一种强烈的失落感、忧伤感、以及绝望感。可是我依然对这个遥远的爱情梦幻，倾心、痴迷。

北京的冬天又如期而至了。

这里要比故乡的冬天更加寒冷。如果这个时候，人们待在室外的话，只需开口说上一句话，就能看到嘴角升腾出一股白色的热气来。仿佛那些从体内散发出来的气息，一旦遇上寒冷，就会结成无数个细微的白珠子，串联起生命与自然的源头。

来到这个城市上学的第一个冬天，我的手上就长满了冻疮，每到春天的时候，这些冻疮就会掉痂、脱皮，留下一块块淡黑色的印记。那时，细心的方光耀在发现我的手长了冻疮后，就悄悄给我买来了冻疮膏与一双毛茸茸的皮手套。

那是长这么大见过的最漂亮、最奢侈的一双手套了：它有着淡紫色的油光皮质，手套口周围镶满了好看的动物绒毛；十指处有着精美的刺绣碎花，看上去就像十朵初绽的紫罗兰花。当他从背后像变戏法似的把那双手套给我戴在双手上的时候，我禁不住又温暖又难过。我慌着想把它取下来，说："光耀，你怎么买这么好的一双手套啊，我不要。"

他忙把我去掉的手套重现戴好，看着我的眼睛说："快戴上吧！这里的冬天太冷了，以前你的手从来都不长冻疮，可现在都冻烂成这样了，看着挺可怜的。"他接着又说："我知道你从小就喜欢紫色，就跑了好多家商场，才买到这双紫色的手套。"

我没有再推让，左左右右地看着戴在手上的手套，仰着脸问他："那你就买个毛线的好了，为什么还要买这么好的啊，这得你一个月的生活费了吧？"

"唉，你这丫头，就别操这份心了。这是我近段时间勤工俭学赚来的一些钱，给你买再好的东西，我都觉得值得。等以后我毕业了，有了很多很多钱，我会把世界上最好的东西都买给你。"方光耀的脸上洋溢着光泽，看着我说。

我有些不好意思了，这毕竟不是小时候了，他说这些话让我感到了压力和惶恐。我说："你呀，又在胡说了，以后再也不要给我买任何一个东西了。"我其实想说，你以后要好好这样对待你未来的爱人，但那个人不是我这样的话给他听。可是又觉得不妥，就改口了。

他说，好，好，好。我才觉得心里轻松了下来。

记得小时候，我曾织过两双不成样子的手套。那时候看人家稍大点的女孩坐在太阳底下织手套、毛衣之类的物件，心里也痒痒。方光耀看我羡慕，就用削铅笔的小刀子刮了几根柳条棍，又偷来他母亲的一团毛线，一起拿给了我。我手脚笨，虽然有心，却做不出好看的针线活来。

我总算织成了两双针法错乱的小手套了，我和方光耀每人一双戴在小手上，高兴得就像小山羊一样蹦蹦跳跳。

现在想起来这些，还觉得心里暖暖的。方光耀忽然像是看见了我心里的想法似的，抿嘴笑着说："对了，依雪，以前小的时候你还给我针织过一双毛线手套呢。那时候的冬天好像一点都不觉得冷，一到下雪天，我们几个孩子就会忙着堆雪人、打雪仗，我手上戴着那手套去玩雪……"

他的眼神里装满了遥远的神往。他讲得很细致，也很兴奋。这让我觉得很惊讶，我刚刚想起旧时的那些事情，他怎么就说了出来呢？想想，这也难怪！我们一起长大，原本就有着很多不可抹去的共同记忆。

"依雪，这些小时候的事情，你都还记得吗？"他看我不说话，追问我道。

我点点头，我想说，其实是我先想到这些，然后你才接着说出来的。可是，我怕他会说出来一些诸如心有灵犀一点通之类的话来，所以我硬是没有吭声。

那些诸多的往事，常常浮现在我的眼前，犹如一层层铭刻已久的象形文字，沉淀着厚重的情愫。

这几年，方光耀的事业发展得颇为顺利，可谓是如鱼得水。

从商业范畴来讲，他的确也算得上一个业内奇才了。短短几年的光景，光耀房地产开发有限公司，由以前的几个人发展到几百人的大规模企业。几年来，在全国成功施工建造各大社区、商城多达六十几处，凭着过硬的信誉质量才有了如今的规模。

这对于他未来在领域内的扩展奠定了坚实的基础。

企业内部的项目经理人共有十五人，方光耀的弟弟方光杰则是其中的一个。

方光杰原来在乡下教过几年书，母亲去世之后，便跟随哥哥来到北京。隔行如何山，其他业务他都不熟悉，方光耀索性给他办理了一个假的项目经理资格证，让他出任公司里设计部门的项目经理人。一旦涉及具体事宜，还是由其他有资历的经理人出面，以免造成专业知识环节的尴尬。当然这也给公司埋下了莫大的隐患，这些都是后话了。

这些年，经过生活与社会的淘洗，方光耀已经历练成一个看起来沉稳老练的商业高手了。只有我和他在一起的时候，他还是会显现出一些从前的孩子气。

那是一个礼拜天的傍晚，他打电话约我出去吃饭，我推脱太累，不想出门。没有想到十几分钟后，他开车径直来到了我家楼下。

我身着睡衣，蓬头乱发地正窝在沙发里看书。接到他电话后，我从窗户往外看，他果然就站在楼下，手里还提着一大堆的礼品。我只好喊他上来。他把礼品放下后，亲热地和我父母说着一些家常话。

母亲在一旁数落我道："光耀大老远地跑过来了，你就和他一块去外面转转吧。"

方光耀很善于表达，他拉起我父亲的手说："叔，要不，咱们全家人一块去吃饭吧，我这就打电话预订酒店包间。"

父亲和母亲说什么也不肯跟着一块去。他们俩口径一致，都说我不能总在家看书，出去吃吃饭，散散心也好。

父亲和母亲其实早就看出来了方光耀对我的感情，并也多次试探我，说什么你都老姑娘了，也该考虑考虑婚姻大事了，光耀那孩子也是不错的，别整天挑三拣四的了这些话。我听了笑笑，也不好对他们提及云倾国。我知道如果他们知道我在等待一个仅仅一面之缘的男人的话，那他们肯定要气坏了。所以，关于我的婚事，他们催促，我就嘴上应付着。

方光耀坐在那里拿起遥控器，随口说："叔，婶，再有几分钟，市电视台的新闻上，就会有咱们集团捐助永和医院六百万，还有免费救治股骨头坏死病人二百名的现场报道。"

母亲睁圆了眼睛，夸张地叫喊道："啊呀！光耀又上电视了，前几天我和你叔还在报纸上看到你了，我都为你高兴呢，多行好事多作福啊。"母亲惊讶的样子似乎大大满足了方光耀的虚荣心。他脸上笑着口里却谦虚道："婶，这个世上需要帮助的人很多，我也是略尽绵薄之力。"

母亲说："我不知道啥是绵薄之力，我只知道你这是做好事呢。"父亲在一旁接话道："光耀这不是在做好事。"母亲诧异地望着他，他顿了顿，又说："他这是在做慈善事业啊。"

方光耀呵呵地笑着。我有意挖苦说：“你真是一个伟大无私的人啊，敬佩，敬佩。”

父亲白了我一眼说：“你这丫头，不要说这种阴阳怪气的话，光耀做的本来就是使人敬佩的好事。”

这时候，母亲又尖叫着喊道：“快看啊，光耀在电视上呢。”看父亲他们像在观看外星人似的，出神地看着电视上谈笑风生的方光耀，我忽然觉得他们的眼睛里已经装满了敬佩之情了，当然就连方光耀也对电视里面的那个人物肃然起敬了。

我抬头看了一眼电视里的方光耀，就再也没有丝毫看下去的兴致了。这绝不是因为嫉妒他，而是一种隐隐的厌烦，这种厌烦我却一时理不清。

我转身回到卧室，换上了外出的衣服。刚一走出来，就看到方光耀笑眯眯地望着我。我禁不住有些脸红，冲他嚷道：“笑什么啊？”他故作神秘，也不说话。

大约是方光耀短暂的新闻播报结束了，母亲又开始在父亲跟前感叹，光耀这孩子怎么怎么有出息之类的话来。方光耀自然是心里乐开了花。恐怕这时候，造物主真懊悔没能让人也生出一副雄鸡鸣叫的威风喉音来。

临下楼的时候，方光耀亲热地和我父母道了别，那样子真让人会误以为，他们就是方光耀失散多年而又刚刚重逢的生身父母。

刚走到楼下，方光耀就俯在我耳边轻声地说：“知道我刚才在笑什么吗？你头上戴着这只小红卡子，就像回到了十几岁的样子，真好看。”

我心里一紧，忙打趣道：“你这人，好像越来越会油嘴滑舌了，也不对，你的意思我现在的年纪就难看了么？”

他下意识地笑笑，故意迎合我说，现在的你更漂亮了。我嗤嗤地笑他，谎话说多了，会做噩梦的。他说，他从来不做噩梦，只做美梦，因为他做梦的时候，有我在。我说不过他，只好闭口不言了。

他绅士地给我打开副驾驶的车门，看着我坐了上去，又将车门关好。一路上，他都放着逸韵高雅的轻音乐，我沉醉在那悠扬清雅的韵律里，似乎顾不得问他要带我去哪里。

他带我来到一家西餐厅。坐下来后，又是音乐声响起。不知怎么回事，或许是刚刚听过音乐的原因，又或许是这首音乐有些纷乱，我觉得有些嘈杂。随即让服务员把声音调小了许多。

方光耀把菜单推到我面前说：“来，想吃什么，就点什么。”

我笑笑，把那菜单又推给了他。“你点什么，我就吃什么。”

“好，好，我就愿意听你这样说话，很乖的样子，很像你小的时候。”他笑得很灿烂，就像万里无云中陡然升起的阳光。他点了黑椒牛排，意大利面，比萨，红酒，各两份。然后对我说：“就要这些，不够的话我们再去中餐厅，如何?”

我取笑他：“真没有发现，原来你很会生活啊。”他问：“这跟会不会生活有什么联系?”

我一本正经地说：“当然，一餐本来一顿即可，你可倒好，一餐分为两顿吃，还把中西餐全计划在腹中了。这不是叫会生活吗?”

他拿起面巾纸遮住嘴巴大笑道："承蒙夸奖了，我决定以后就用这种吃法，把你迅速养胖。"

我想打他，却觉得不成体统，气得直说："你把自己养成胖子好了，你才没有养我的机会呢。"

他的脸色好像不经意间黯淡下来了，我们彼此好一阵子的沉默。我忽然记起，他早已是众人眼中的总裁了，这让我顿觉不自在。

在我们用餐的时候，邻座位置上，来了一位衣着时尚的十四五岁的女孩，手里还牵着一个大约七八岁的男孩子。听他们一大一小的对话，才知道他们是姐弟俩。

那姐弟俩看起来非常亲密，他们一边吃饭，一边好像在谈论着学习的事情。"……你呀，就是不爱学习，每次都要催着你做作业……"姐姐说。

"……那谁不贪玩呢，我们班级的孩子都喜欢玩……"弟弟发出稚嫩的声音。

"……头悬梁，锥刺股的故事，就是在讲刻苦学习呀……"

"噢，姐姐，我想起来了，我好像听老师讲起过这个故事。很感人的。我知道那个锥刺股是怎么一回事。可是，那个头悬梁是什么意思呢?"弟弟疑问道。

那个姐姐迟疑了一下说："头悬梁就是把头发用绳子拴在梁上。一旦打起了瞌睡，一低头，绳子就会猛地拽一下头发，感到了疼痛，也就驱走了睡意，就又可以发奋读书了啊。"

"噢，把头发拴在梁上，那个梁是什么啊?"弟弟又问。

听到这孩子问到“梁”，我和方光耀相互看着，满眼睛里都是答案。这让我们不由得又想起了故乡的老屋，河水，房梁等等，那里熟悉的一切。

那个姐姐半天也没有答上来，她怕弟弟再闹着问她，急忙往弟弟嘴里塞了一口比萨。那弟弟只顾得吃，总算不问了。

姐弟俩的对话，我和方光耀不约而同地听在了心里。我看那姐姐一时答不上来，我真想走过去告诉那个弟弟“梁”到底是什么东西。我还没有起身，就被方光耀使了个眼色，我嘟着嘴问他：“咱俩知道答案，去给他们解开疑问有什么不好。”

方光耀小声地说：“别那么多事了，你是生怕别人不知道你老家曾经有过那种房梁啊。”听他这么说，我心里一股子的气恼，如果不是在这样的公众场合，我定会把手上的刀叉硬生生地撂在桌子上了。

我忍不住嘲讽道：“光耀，现在对您这样一个企业家、董事长、大老板来说，我们小时候的生活，似乎不符合如今的身份吧?”

方光耀的脸马上红了，又羞又愤地辩解道：“你纯粹是瞎说，我哪里觉得小时候的生活耻辱了，我常常都会惦记那时候的时光，你不会不知道啊？只不过，我不想你去打扰他们姐弟罢了。”

看他着急的脸红脖子粗的，我笑了起来。“真的是我瞎说就好，我可不想你才有点起色，就忘本了，虚荣了，膨胀了，找不到北在哪儿了。”

“放心好了，我才不会是那样的人。咱俩一块长大的，你还不了解我啊。刚才听那姐弟俩对话，讲起‘梁’字，我心里头一下子涌出来很多温热的记忆。那时候咱们那里的房子哪家的没有屋脊、房梁呢，记得有一次……”他先是信誓旦旦地对我下了保证，又饶有兴趣地说起了很久以前的往事。我暗暗责怪自己怎么能以小人之心度君子之腹，不免心生内疚。

为了缓和刚才心里的别扭，我主动举杯和他喝了些红酒。

从西餐厅出来后，方光耀看起来心情很好，嘴里不停地吹着悠扬的口哨，我被他的这种快乐感染了，坐在车座里享受着这种兜风的感觉。后来，他带我来到了名门世家别墅区门口，将车子停了下来。

名门世家就坐落于区黄金地段。早在去年该房产还没有建成的时候，市区的户外广告，宣传页等，就已经大肆做过宣传了，所以这里我还是早有耳闻的。生活在这个城市的人都知道，名门世家这样的别墅区都是一些上层社会、达官新贵们的理想住所。对于北漂一族或者普通的工薪阶层来说，这样的天价房产也只有望而却步的份了。

随着他口哨声的停止，我才回过神来，问他：“光耀，带我来这里干什么呀?”

“带你来看看呗，雪，你觉得这里怎么样?”他侧着脑袋，温柔地望着我说。

他对我称呼的改变，让我觉得非常不适应、发窘。平时除了父母喊我雪以外，从来没有人这么喊过我。

“来这里看什么，没有觉得有什么好与不好啊。”我疑惑道。

"走，进去看看吧!"他为我打开车门，拉我下来。他和我并肩走在小区里，不时地用手指着那里的假山、流水、以及名贵的树木，并且满面春风地给我介绍着它们的特点和益处。

我不由得点头赞叹，这里的设计风格果真像一个名门闺秀，又像是一处世内桃源。它安静大气，别出心裁。草坪上或者小径旁，隔不远的地方就塑有一个百合花或者玫瑰花状的音响，那音响有一本书那样大小，乍一看去俨然就是一些漂亮的花朵，只是走近了才知道从那些花蕊里流泻出了舒缓美妙的轻音乐。使得人们对这里的一草一木都不禁产生了不可捉摸的乐曲幻想。一曲终了，整个空间归于沉寂，又一曲轻起，像是让思绪赋予主题一种含义，并且让心境漂游在追寻一种自由高远的概念。

我们走到一排名贵树木的小径上，从那儿看到别出心裁的照明，再走进环形的假山瀑布旁边，那里有汉白玉雕塑成的神态逼真的几只海豚，它们腾空而起，嘴里一直吐着清澈的白水，好像一个不小心它们就会真的从那水里跳出来与旁边的人们嬉戏。一两个巡夜的保安在漫步溜达，偶尔有一对步履蹒跚的老夫妇或者一个悠然的年轻人从旁边经过。

我们来到一片流水环绕的楼下，在一楼门口停下来。他从衣服兜里掏出来一串崭新的钥匙，递到我手上，轻声地说："雪，这是属于你的。"

我有些莫名的发慌，忙问他："什么？你这是做什么啊？"

他不说话，拿起我手中的钥匙，打开了眼前的防盗门。出现在我眼前的是一套装饰豪华的上下层复式楼。

我充满了疑惑，禁不住问："这是……"

他故作神秘状，低声在我耳边说："雪，你不用觉得意外，我前段时间特意为你买下了它，它以后就是属于你的了。"他眉毛上扬了一下，微笑着望着我继续说："这里的每个视角、采光都很不错，而且临窗和阳台的地方，都可以随时看到水域。这里相对幽静、宽敞，应该很适合你作画，我想你一定会喜欢的。"

说完，他很快地去准备了两杯咖啡端过来。我们坐在沙发上，他递给我一杯，说："雪，喝点东西吧。"

我心里乱糟糟的，根本无心喝咖啡，就随手把它放在了茶几上。或许是我用力过猛，那咖啡抖动了一下，一些黑色的液体立即溅了出来。

他赶紧取了茶几上的纸巾擦拭，嘴里还说着："没有烫到你吧？怎么这么不小心呢。"

我摇头，顾不上和他说话，心里七上八下，早已乱作了一团：他这样的做法简直太让我为难了。其一，在我心里他就是我的一个亲人；其二，如今我已经有了些云倾国的消息，这让我更坚定了原有的信念。我怎么能够接受他的房产呢？这意味着什么我怎么能够不知道！我只觉得一股无比烦躁的气息，霎时间堵在了胸口里，吐不出来也咽不下去。

我惶恐得有些不知所措了，急切地问他："光耀，这么重要的事情，你为什么事先不给我商量一下呢？"

他像是没有料到我会是这种反应，脸上幸福的笑意顿时僵硬了。他喃喃地说："雪，我对你的心，你从来都不明白吗？我愿意把最好的一切都给你，看着你幸福我也会幸福。可是，这么多年了，你却始终活在自己的梦幻里，一心只想着那个虚无缥缈的画家。你瞒不了我，你的诗、画，还有你的眼神里都装满了忧伤和疼痛，难道不是吗？我不想你再过那样的日子了，我想看到你小时候那样，每天都能开开心心的。雪，忘了他吧！让我好好照顾你一辈子。”

我的眼眶湿润了，不是因为他，而是为了他口中的云倾国。那是我心底的一个死结，只有云倾国一个人能够打开的死结。可是这个时候，他偏偏提起了他！

我哽咽着，用近乎央求的口吻说道：“我知道你对我好，我一直都知道，可是我真的无法接受你。我忘不了云倾国，这一生都忘不了了。怎么办？光耀，你现在把我推在了比悬崖更为高耸的地方，我下不来，却一不小心就会滑下去。这别墅，你卖掉也好，怎么处置也好，我都不会要。不要给我太多压力了，我真的承受不起太多了。”

他站起身，紧挨着我坐下来，眼神里满满的都是痛苦。“雪，别再这样折磨自己了，也不要再折磨我了，好不好？给你的就是你的，我永远都不会再拿走，你值得拥有最好的一切。我很早就暗暗发誓，一定要娶你做我的女人。你知道的，我一旦认准的事情，就不会轻易放手。雪，有时候，我真的想不明白，我到底该怎样做才能让你认可我，答应我。你告诉我啊？你从来都没有对我有过一点点心疼吗？不要回答我，你从来都没有。我不信！我根本就不信。”

我不忍心伤害一个如此深爱我的男人，更不忍心他每天忍受着这种痛苦的煎熬，我该怎么办？怎么办？我茫然了。

以前每一次我对他说出冷酷无情的话，以及冷漠无比的态度，都是为了让他死心！可是他太执着了，就像我对云倾国一样执着！这不能不让我心痛、难过、彷徨。

“雪，你别这样，你说句话啊。”方光耀用极为期待的目光望着我。

我喃喃地说：“再给我一段时间吧，让我好有个心理准备。”

方光耀高兴得差点跳了起来，在我还没有反应过来的时候，他迅速地拥抱住了我，并吻了一下我的嘴唇，动情地说：“雪，你终于想通了。”

我使劲从他有力的怀抱里挣脱出来，说道：“不，别这样！”我心里难过极了，在心里我早已把云倾国当作我的全部了，而现在我觉得自己有了污点，就像一朵洁白的莲花渗进去了一滴泥水一样。两行清泪怎么也止不住，从我的眼睛里流下来。

看我伤心了，方光耀赶忙放开了我，他不敢正视我的眼睛，歉意道：“对不起，真的对不起。”

看他诚惶诚恐的样子，我心里的气随即消了一些：“光耀，你以前不是说过吗？你永远不会勉强我的，会一直尊重我的选择。”

他像小鸡啄米似的点着头，脸上一阵羞红，如同君子之口说出来的话，无意变成了小人之为的行径，愧得抬不起头。他轻声说：“雪，对不起，真的对不起。我说到做到，再也不会勉强你了。你不要再哭了，你一哭，我心里比什么都难受。”

我止住眼泪，让他送我回家。到了家里，我才发现他不知道什么时候把那房子的钥匙，放在了我的皮包里。我坐在沙发上，拿着那串钥匙发呆，想着自己答应他的事情，难道真的再过一段时间，自己就会把那个云倾国忘掉了吗？真的就这样要和自己不爱的男人共度一生了吗？我忽然想起来，刚才方光耀吻了我的嘴唇，忍不住心里一阵难受。我放下手里的钥匙，跑向洗漱间，快速地打开水龙头，不停地用水冲洗自己的嘴唇，好像那上面沾了什么脏东西一样，必须拼命地搓洗掉。直到感觉嘴唇搓洗得生疼，我才关掉水龙头，望着镜子前的自己。镜子里面的那个女子和我相持着，相望着，我仿佛看到了她肉身之外的灵魂，我觉得她可笑、悲惨、痴傻。她和我一样，内心有着尖锐的疼痛，等待着一个多年来无法重逢的梦境。我忽然发觉她又是可怜的，我想要抱着她哭上一阵子，可是伸出手去，她只是存在于玻璃中的一个影像。她走不出来，我也走不进去，我们继续含泪对望着。爱情？她和我一样守候着爱情、信仰着爱情，可是今天她的肉体被莫名其妙地沾上了点邪恶，这是多么令人伤心的事情！

那天晚上，父亲和母亲好像商量好似的，郑重其事地找我谈了话。

我们一家三口坐在阳台上，父亲沏了我爱喝的普洱茶，不抬眼睛地问我：“雪，你也老大不小了，都快三十了吧？这要是在老家的话，早就该成家了。有些话，做老人的也不能不说。你想想，我就你一个孩子到现在还形只影单着，我和你妈心里挂念得慌啊，遇到合适的人，就成个家。”

在一旁的母亲也说道：“是啊，你爸说的话你可得听啊，这女人啊，终究是要嫁人的。遇到对你好的人，知冷知热地疼你，就别再挑拣了。”

我低着头，喝着茶，眼睛望着那幽红的茶水，不知道该对二老说些什么。

母亲看我不说话，焦急道：“你这闺女，咋不说话，我跟你爸可是早就想和你说这些话了，你别不放在心上。”她停顿了一下，接着说：“我看啊，光耀这孩子就不错，咱们两家知根知底的，他对你又好，女人一辈子图个啥？嫁个男人疼你爱你的就是幸福，别整天想些不着边际的事儿。其实啊，光耀这孩子为了你的事啊，来咱家好几次了，求我和你爸帮帮他。他还一再嘱咐我们，不要让你知道，怕你更是疏远他。唉！雪，要我看，光耀这孩子真是不错。”

母亲终于把她的心里话说出来了，我心里不知道是什么滋味，唉！可怜天下父母心。可是，我的心事怎么能够和他们说呢？

云倾国太虚幻，太遥远，连我自己都快没有坚持下去的信心了，还拿什么来说服他们呢？有时候，我都不知道自己到底在坚持什么，或者我坚持的只是对爱情的信仰吧。我如果对父母说出来这些内心的话，除了让他们徒增烦恼外，根本就是毫无益处。所以我几次想提及云倾国这个人，话到了嘴边又都咽下了。

在他们殷切眼神的期待下，我仿佛一瞬间就做出了决定——

同意父母的建议，过段时间，择吉日与方光耀订婚、完婚。父母听我这次答应得如此利索，反而心里觉得没有那么踏实了。母亲一再问我，雪，这可不是开玩笑的啊，这事就这么定下来了。我说，好，好，我也是认真的啊。他们这才放心了，笑逐颜开地夸我懂事、孝顺。

这件事过后，我自己都觉得很惊讶，因为我从来都是一个优柔寡断的人，那天却干脆地答应了父母。父亲曾说，人，很多时候就是这样，折磨多年的问题，也许一瞬间就放下了。而我觉得我不是放下了，而是向现实妥协了。因为在我心里，除了云倾国以外，和谁结婚都没有什么两样了，和谁结婚我都无法摆脱隐藏在内心的痛苦了。我爱云倾国，爱得坚定、爱得执着。

很多时候，我都颓废地想：至少，我确定方光耀是深爱着我的，就这样吧！如果说爱一个人是幸福的，那么就让他是幸福的吧。我一个人的痛苦，必须一个人来承受。这或许是我最茫然的选择，但是除此之外，我好像已经别无选择了。

第十六章

北京的春天，有些寒冷，但是仍然透露出无限的生机。许多年轻的男女都已经早早地换上了薄点的衣衫，走起路来都冒着一种欢喜的轻盈感，仿佛只这么一下子就卸掉了包裹了整个冬天的沉重。这春日盎然的气息就像婴儿出齿时的牙龈肉，鼓动得一些湖水都绿了，一些花儿也开了。

方光耀一如既往地对我好，这让我渐渐对他生出了一些愧疚与同情。因为我无法答应他，做他的爱人，可是他一直等待着我，如同我等待着云倾国一样。这实在是个让人难过而又无奈的事情。

为一个虚幻的梦想，我等待了十年，这十年我是怎么过来的，恐怕只有自己心里最清楚。我觉得自己快要支撑不住了！我不想方光耀每一天在痛苦中度过，也不想自己继续在无望的等待中老去。如果那样的日子再延长一段时间的话，我想，我已经向命运妥协了——做方光耀的女友、妻子。我再也别无选择，再也不用担心看到方光耀痛苦的眼神了。可是，生活永远充满了戏剧性的变化，有些未知的事物或者事情永远都先于人类的思维。

在我和方光耀二十八岁生日来临的前半个月，方光耀去了我家。他征得我父母的同意之后，决定在生日当天，举行我们的订婚仪式。我当时就坐在旁边，几乎没有说什么话。在一种无比矛盾的心情下，我稀里糊涂地默许了。接下来的日子，每次我见到他的时候，他看起来都是满面红光的。他乐不可支地邀请了很多朋友、预订了礼服、酒店、蛋糕等。

在爱情的王国里，他似乎快要找到了昔日苦苦守候的幸福。而我呢？我在漫长的等待里，在他一往情深的关怀下，渐渐丧失了重遇云倾国的信心。这个过程绝不是那么简单的。决定放下这个爱情梦幻的时候，我流下过多少绝望的泪水，我多少次声嘶力竭地在心里呼唤着他的名字，在诗中、在画中，我留下了多少忧伤的印迹，这些恐怕永远只有我一个人知道了。为了那个画家，为了那个梦幻，我痴痴守望了十年的时间。而方光耀呢？他却整整守望了我二十多年，这是多么令人困惑的事情。

春天的三月，下起了毛毛细雨，天地间仿佛有了一种“润物细无声”的美感。那天下午，我正忙着手里的画作，忽然单位的电话铃声响起，同事接过后，喊我道：“依雪，你的电话。”

我以为又是方光耀打过来的，就继续忙碌着，没有抬头地说："不接，就说我没有时间，正忙着。"

同事把我的原话传递给了对方，不知道对方说了什么，同事又喊我了："依雪，他说他是程卓然。"

听到这个名字，我先是愣了一下，接着内心一阵欣喜。我慌忙放下手中的活计，跑了过来。一定是云倾国回来了，或者是有了云倾国的消息！我心里就像装了一只小兔子，跳动得厉害。虽然有一年多没有联系到程卓然了，但是他的声音我还是一下子就听出来了。程卓然说，这么久也不给我联络，忙啥呢，原来的心结已经解开了吧！我知道他话里有话。

程卓然在电话那头哈哈大笑起来说，你现在应该名花有主了吧，或者已经成家做了太太？

听了这话，我羞得一阵脸红，忙回他道："程老师说笑了，我还是一个人呢。"

程卓然笑道："哎！我还以为你早就打开了原来的心结呢，人生苦短，何必跟自己过意不去呢？我早就猜出了你的心思，知道你心里有倾国。"

"倾国？老师您现在有他的消息了？"我听到这个名字，浑身立即就绷紧了，慌忙问道。

"嗯，他前些天和我联系了，这几年他一直都在巴黎，过着相对隐居的生活。"

听到这样的消息，我感到又惊喜又茫然：惊喜的是，云倾国总算是有了音讯，我觉得他离我越来越近了，他不再是缥缈的梦幻了；茫然的是，他远在国外，他或许根本不曾记起过我这么一个人。

我希望能够得知更多关于云倾国的事情，这对我来说太重要，犹如世人发现了宝藏的地点一样，去拼命地挖掘它、寻找它。

程卓然在电话那头，疑问道："喂，你在听吗？我的话还没有说完呢！"

"程老师，您说，您说，您怎么不早点告诉我啊……"我从纷乱的思绪里抽离出来，机械性地说。

"这可不能怪我了，你单位的电话号我弄丢了，这不，今天下午才查到，云倾国这次回国不打算再走了……"

"什么？他回来了？他现在哪儿？……"我一连串地问。

"是的，他回到了北京，并且在政通路北街开了画室。"

"他一个人吗？"隔着时空，我撕碎了矜持与羞涩，终于把这句最想知道的问了出来。

"是的，这么多年他一直一个人。"我的心简直快要蹦出来了，这是我太想要的答案了。我激动、欣喜，忽然间却心疼了，一个人？这么多年一直一个人，这究竟是一番怎样的生命经历与不可示人的疼痛呢？我不知道！

只是这个答案让我猜测了、设想、折磨了多年，看来我早该厚着脸皮问问程卓然了。

程卓然接着说："如果你还愿意，你自己试着了解他吧！不过，你应该不会那么容易能够接近他。"

"为什么？"

“我还是那句话，你自己试着去了解他吧，他是一个有故事的人。”

“程老师，我听不懂你的话。”

“如果你们有缘分的话，你会懂的。”

云倾国终于在我的生命中重现了！我激动极了，这如同连阴了多天终于盼到了晴日一样。许多的惊喜、悲伤、委屈，一起涌进了胸口，我已经有些语无伦次了。在电话里我对程卓然一再表示感谢后，又拜托他帮我邀请来云倾国，晚上大家一起聚餐。程卓然欣然答应了。

说是聚餐，其实我哪儿还有进食的心情，我只想看看云倾国，看看这个让我朝思暮想多年的人。我想尽快见到他，甚至连一分钟也不下去了！

这即将发生的十年后的重逢，该是怎样的一番情景与动容？或许他根本不记得我了，这些都不重要了，重要的是我快要见到他了，快要真真实实地看到他了。

放下电话，我整个脑海里都是云倾国的影子，再也无心工作下去了，干脆请了假。我几乎是小跑着往家里赶去。

我觉自己一下子又回到了十七岁时的心情，一路上我的嘴角都挂着笑意。没有照镜子我就知道，此时我的脸颊一定是红扑扑的。多好啊，这黄昏里的梧桐树，这羞涩了颜色的花朵，这欢快鸣叫的小鸟，都一起围绕着我，与我一起感受着此刻的美好、憧憬以及温柔的情怀；头顶那蔚蓝的天空，悠悠的白云，同时播散出圣洁的渴望，传递出永生的希望。

刚一进门，正在沙发上看报纸的父亲，就问我："今天怎么下班这么早？看你乐呵呵的，什么事把你高兴成这样啊？"

"爸，我请假了，我一个朋友来这儿了。"我说着就急匆匆地进了自己的卧室。父亲"哦"了一声，没有再问我什么。

母亲走了过来问我，晚上想吃什么饭，她要准备去做了。我拿着镜子从卧室里探出半个脑袋来，说，晚上我和朋友在外面聚餐，你们想吃点什么就做点什么吧。

母亲去了厨房，我隐约听到她和父亲唠叨着，我早说过，光耀这孩子人不错，心眼好……

母亲一定误以为我晚上是和方光耀一起吃饭了，这样也好，我也不用向他们解释什么了。

我在梳妆台前静静地坐下来，久久地对着镜中的自己发呆。我的脸颊绯红，嘴唇因为过度瘦弱有些苍白，眼睛因为这些天作画的耗神而显现出几条细细的红血丝，不过整体看起来还算清秀。只是想起旧时的相遇，我顿感失落与惶恐：这样一张熟悉的脸已经完全不能与十七岁时相比了，那时候的种种动人之处，种种的可爱表情，如今已被岁月润饰的有些平淡了。我忽然间害怕和云倾国见面了，我担心当他看到我这样一张陌生的脸庞的时候，会是怎样的一种失望至极，甚至毫无印象的漠然啊。

正这时候，我的手机响了，是程卓然打来的。我有些意外：我还没有来得及告诉他手机号，他从哪儿就得知了？也许是他又打了美术馆的电话，从同事那里得知的吧。这样想着，便不觉得奇怪了。

程卓然在电话里说，你来丰庆路欧诺咖啡厅吧，我和倾国已经到了，要不我俩去接你吧？我忙说，不必了，这个地方离我家很近。我从电话里隐约听到他在和另一个人说着什么，我猜测到那个人一定是云倾国了，我的心怦怦跳动得厉害。

我大约是担心自己一个人去见他们，会感到局促不安，就打电话约了方婉，方婉很高兴，在电话里说，她一会来我家找我。其实，说完我就些后悔了：也许不该约她来吧，她会不会把这些告诉方光耀呢？转念又一想，有些话由她去告诉方光耀也好，如今云倾国重现了，他点燃了我所有对生活的热情、希望、幻想。

我已经彻底不可能接受方光耀了。

就算方婉不告诉他，我也会在最近两天找他说清楚自己的想法，甚至不管他能不能接受这样的事实。

挂完电话后，我赶紧去洗漱一番，然后重新坐回梳妆镜前。

虽然我害怕见到他，但是我更加渴望见到他，所有的惶恐、不安都统统见鬼去吧！再过一会儿，我就可以看见他了，这是真的，这不是在做梦！梦中的人儿啊，你怎会知道，这一刻我已等待了多年。

我需要好好地装扮一下自己了，虽然我已经不再像十七岁时那样青春、漂亮，但我还是想要云倾国看到自己最美丽的模样。我将身体靠向镜子最近的地方，想看自己更清楚一点，以便更好地衡量妆容的利弊。略施了些淡淡的脂粉后，我微微张开嘴唇，涂上了一层浅色的口红，那让人焦心的苍白色被完美无瑕地掩盖了，分开额前的刘海，重新一遍遍地梳理着齐腰的长发，直至那些经过梳子反复摩擦过的发丝，如同丝绸一般地顺滑、飘逸。

我专心致志地检查好面部的每一个细节后，从镜子里看到了一个不一样的自己——这应该是一种失去青涩、自卑、不安后的成熟之美。

我忽然就想起了古人的一句话“女为悦己者容”，我觉得这句话欠妥，应改为“女为己悦者容”才合适。

我起身来到穿衣镜前，取出了一件黑色的毛呢料风衣，放在前面比对着，今天的雅致妆容、披肩长发和这件衣服非常搭配。我就像艺术灵感迸发时作画一样，全身心地投入到这种仪容仪表的修饰之中了，以至于母亲走过来，我都没有听到脚步声。当她看到我精心装扮的容貌后，脸上堆满了笑意。她先是故意干咳了一声，然后催促我说：“你这闺女，好了，够漂亮的了，要去吃饭哪，就赶紧去吧，婉儿在客厅等你了。”

我抿着嘴，不好意思地转过身，说：“妈，我知道啦，这就去了。”我暗自笑道，方婉这鬼丫头，一听说程卓然这个名字，跑来的速度都赶上神速了。

我拎起手提包，来到客厅里。方婉一看见我就叫道：“依雪，你今天真好看，真漂亮！”

我笑着拍了拍她的肩头，说：“你也很漂亮啊，整天光彩照人的！”看得出来方婉也是化了妆，这不奇怪，自从工作之后，她几乎每天都是浓妆艳抹才肯出门的，这大概就像时下的男人们出门必须带上钱包一样。在说话与大笑的时候，她眼帘上的睫毛都会因为涂了过多的睫毛膏，而有些夸张地上翘着。

我看了一下手表，时针已经指向晚上六点半了。就匆匆和父母打过招呼后，拉着方婉下了楼。

丰庆路的欧诺咖啡厅并不远，步行大概十五分钟就到了。这时候，夜幕就像一袭半透明的黑袍子，尚未完全落下来，一些店铺已经华灯初上了。我和方婉并肩走在路上，给这灰蒙蒙的天空增添了两道亮丽的风景，不时地会有一些行人扭过头来看看我们。我和方婉相视而笑，佯作不知。作为一个女孩子，对这些眼光是很敏感的，这如同人们获得一些赞美后，表面上无所谓，内心却乐滋滋的一样。

快到欧诺咖啡厅的时候，程卓然的电话又打过来了，他催问我到哪儿了，我说，您再稍等一会，就快到了。末了，我又告诉他，方婉也一块来了。他好像一点都没有感到意外，说："我已经知道了，都好久没有和你们一块聚聚了。"挂完电话后，我心里略有疑惑，本想问方婉点什么，没想到她却抢先说："你很意外吧，我都已经打电话告诉他了。"

我愣了一下，佯怒问："你有程卓然的手机号？你个鬼精灵，怎么都没有给我说一声。"我们俩几乎同时停下了脚步。

"嗯，对啊。"方婉站在我对面，有一丝拘谨。

"你不会是……"后面的话，我没再问下去。

她迟疑了一会，没有即刻回答我。

我忽然像是明白了点什么，内心有一种说不出的滋味：如果方婉真的和我猜测的一样，陷入了一种情感误区的话，她的麻烦事恐怕还在后面。

为了掩饰这种尚且没有证实的难堪，我有意抱怨道：“我怎么都没有听你说过啊，自从他原来的呼机停用后，好久都没有联系到他了。”

“你还说呢，程老师之所以后来能联系到你，还是我把你的电话告诉了他。”

听到方婉这样说，我先前的疑惑全解开了。我一语双关地说：“原来你们俩一直保持着亲密来往啊。”

方婉一下子羞得脸红了，说：“依雪，我一直没有勇气告诉你，我，我早就喜欢上了程卓然，他对我也有好感……”

看来事情比我原来猜测的更糟糕了，面对这个深陷情网的好朋友，我的心怎么也轻松不起来。我忧心忡忡地对她说：“婉儿，你应该知道，他是有家室的，这样一种不被祝福的感情，又能幸福多久？你所要承受的道德谴责与心理压力会很大，这种没有结果的感情还是趁早放弃了吧！”

“依雪，你说的我都明白，可是已经太晚了，我爱他，我不会放手的。我不在乎他是一个清贫的画家，不在乎他有婚姻，甚至不在乎只做他的地下情人。”方婉动情地说着，眼眶里蒙上了一层薄雾般迷惘的泪水。

“哎！你真是个傻丫头。”我惊讶而又无奈地叹息着。

“还说我呢，你多年来都痴痴地暗恋那个一面之缘的男人，不也是为情所困吗？”

“那不一样。”我语气坚定地说。

“也许吧，对了，你千万不要把这事告诉我哥哥啊，他一定会被气坏的。”方婉摆出一副楚楚可怜的样子，央求我说。

我心事重重地点了头：“嗯，他们还在等着呢，咱们快点过去吧。”

他们？还有其他人吗？方婉问道。我这才和她说，云倾国从国外回来了，应程卓然的邀请今晚大家聚聚。她先是惊讶地长大嘴巴，接着说，我怎么没有听程卓然说起这事啊，还他邀请的，我看是你邀请的吧！

我笑笑，没有说是或者不是。

“哎！我一猜就准，云倾国偏偏在这个时候出现了，怎么会这样？再过三天就是你和我哥的生日，也是你们的订婚之日了，你不会反悔了吧？”方婉一连串地问道。

“这件事情，我会和你哥说清楚的，婉儿，你应该理解我，我不想委屈自己。你哥是个好人，他会遇上更优秀的女孩的。”我低声回答她。我不想因为这件事影响了我和她之间的友谊，又分明知道，这好像有点强人所难了，因为方光耀毕竟是她的亲哥哥。

“依雪，我算是看明白了，你不打算和我哥订婚了。可怜我哥傻傻地喜欢了你这么多年，竟然抵不上你自以为完美的一面之缘……”方婉一边走着，一边冷冷地说。

我没有再接她的话，我只觉得我和她之间好像越来越远了，以至于我无从把握住那些逝去的纯真、信任，以及美好的友谊。我的思维好像进入了一片茫然或者空白。一种无形的陌生感挤压着我的听觉、视觉：她的高跟鞋不断地发出清脆而有节奏的声音，她纤细的腰肢随着脚步的移动而曼妙地扭动着。

此时，这个城市的夜幕已经如同一把巨大的黑伞，严严实实地撑开了，马路两边的灯都亮了起来。

走到欧诺咖啡厅门口的时候，我忽然觉得在这种错综复杂的局面下，今晚我们四个人真的不适合聚在一起了，可是我先前没有想到，否则也不会约方婉一起来了。怎么办？临时取消这种尴尬的相聚，还是硬着头皮走进去？

就在我犹豫不决之际，方婉一下子跨上我的胳膊，亲热地拉我走了进去。这方婉的脸色变得可真快，刚才的不愉快转眼间都不见了，这不能不说是一种能力，而我这一生估计都不具备这样的能力了。

离老远，方婉就看到程卓然了，他们四目闪光，欣喜地打着招呼。在程卓然对面坐着一个三十六七岁的男人，他头发长至耳垂以下，自然而匀称，一张犹如雕刻般俊朗的面庞上，镶嵌着一双深邃如水的眼睛，那眼神里隐藏着一种不易发觉的孤高。他穿着深褐色的休闲装，十指优雅地相扣在一起，双臂作环拱状放在面前的餐桌上，他的左手上戴着一串金丝楠木的佛雕手串，虽然时下流行佩戴这些装饰，可是我从未见过有哪一个男人能够把手串带出如此雅致的意境来。他的整体形象搭配的堪称完美，使得他的身上透出一种高雅、不俗的品位。看我们向这边走过来，他才轻轻地将双手放下来。

我还是一眼就认出了他，他就是我期盼了多年的云倾国。他的整个身材除了比十年前更魁梧了一些之外，肤色容貌几乎和以前一模一样，不！没有几乎，是完全。可以想象，他的内心该是怎样的清静与超脱！人们常说“相由心生”，这果真没有错。他看起来比以前更有魅力与磁场了。

我深深地凝望着他，心跳禁不住地加快，这感觉犹如之前的梦境一般。

程卓然热情地向他介绍说：“倾国，这位是方婉小姐。”

方婉灿烂地笑着，说；“久闻画家云倾国大名，幸会，幸会了。”说完，她礼节性地和云倾国握了手。

云倾国并没有像其他男人一样，刚认识一个漂亮女孩的时候，夸赞对方几句。他只是面无表情地说了句，客气了。

紧接着，程卓然又向他介绍说：“这位就是我向你提起过的书画界后起之秀——杨依雪，倾国，你看看，是不是在哪里见过她呢。”听他这么说，我的脸一下子羞涩得红了。

出于礼节，我本该和他握手。可是，此时我紧张的怎么也伸不出手了。说来也怪，在屡次的画展、美术馆的会议上，等等此类的场合上，我早就没有紧张过了，而现在，看见云倾国，我竟然无法自控地紧张起来，这是我没有办法的事。

云倾国看了看我，摇了摇头。他的意思，他记不起来我这个人了。我早就无数次地设想过，他或许不会记得我了，可是现在他真的记不得我了，我心里还是很难受，甚至有着想哭的感觉。

程卓然赶紧打破这种窘局，说：“看来你是真的不记得这丫头了，这也难怪，那时候她还是个孩子呢！”

“噢，我这么多年来行走了太多的地方，一时之间真的想不起来了，真的很抱歉。”云倾国歉意道。

我忙说：“这没什么，只是我没想到还能再见到您。”

云倾国微微地笑了一下，没有说话。

方婉先是挨着程卓然坐下来，随后我也小心地挨着云倾国坐下来了。

这时，服务生走过来说，客人都到齐了吧，请点餐。程卓然爽朗地笑着说，今天是个好日子，我负责点餐，倾国负责买单，安排还不错吧！

方婉紧接着说：“客随主便，反正我和嫂子就等着吃现成了。”

她的话把我吓了一跳：自己什么时候成了她嫂子了？这不是故意在让他们误会吗？

还没有等我开口，程卓然就表情十分夸张地惊诧道：“噢，原来如此啊，你们都成了姑嫂关系了，我说嘛，像依雪这样美丽优秀的女孩是剩不下的。”他好像忘了，男人最好不要在一个女人面前夸赞另一个女人，这极容易挑起那女人心肺里的嫉妒。此时，方婉那一张花容月貌的脸，就像被蝎子蜇了似的，不经意地扭向窗外。

我认真地争辩道：“净瞎说，没有的事儿！”

“再有几天，你就和我哥订婚了，我不该喊你嫂子，那喊什么。”方婉把头转过来，尽量控制住喉管里的激动，挤出几丝干硬的笑容。

我被她的话追撵得急了，有几百句话，想同时夺口而出，反而一句也说不出了。我低着头，不知道该再说些什么，心里恨恨地想：这下全完了。我偷眼看了一下云倾国，见他正气定神闲地用嘴唇抿着咖啡，就像一个漠然的路人那样，听着我们的对话。

程卓然一口气点了四份菲力牛排，四份煲饭，外加四份比萨饼。“我点的这些饭都是这家店的精品，应该也对你们的胃口，这些够我们几个吃得茶足饭饱了。”为了掩饰刚才的气氛，他哈哈大笑着。

云倾国一只手熟练地捻着手串珠子，接话道：“你不征求一下两位女士的意见，就擅自替她们作了主，那也罢了，竟然连我喜欢的饭，都忘记了点上。你可真是个霸道的主。”

“你看我这记性，还真给忘了，再加一份意大利面。”程卓然大笑着，忙招呼服务生又添加了一份面。

工夫不大，餐点都上齐了。

“婉儿，来吃这个。”程卓然用刀叉挑起盘子里一个七分熟的煎蛋，放到方婉面前的小碟子里，一脸的怜香惜玉状。

方婉娇羞道：“谢谢，我自己来。”她习惯性地在宴会上把嘴巴收束得小小的，数十口也吃不掉那么一个鸡蛋。她自己大约觉得这种吃得姿态很文雅，很有教养吧，而我心里却觉得有些矫揉造作了。至于两位男士，真不知道他们会怎么想了。

方婉娇滴滴的样子，好像让程卓然受到了鼓舞，他又频频地给她夹了几次餐点。那种无微不至，大约就连他亲娘这一辈子都没有享受过。方婉仍然翘着兰花指，小口小口地往喉咙里咽着，就像尚且待在鸟巢里的雏鸟一样。

云倾国偶尔用异样的眼神望着程卓然，大约本想说些什么，却又装作视而不见，什么都没有说。

“看来哥们这几年在国外天天吃这西式的玩意，还没有吃够，要是我整天这样吃，估计会腻的。”程卓然嘴里衔着一块比萨饼，心有感触地说。

“如果一旦真的爱上它了，你就不会腻了，那就好好爱下去。始乱终弃者，最终恐怕最后什么都腻了，也就什么都吃不到了。”云倾国眼皮都没有抬一下，话里有话地说。

大家都心知肚明云倾国这话的意思，好一阵都没有人吭声。程卓然的脸红得像鸡冠，只好埋头苦吃来掩盖自己的羞愤。方婉冷眼剜了云倾国，借故说不舒服，去了洗手间。

这顿饭吃得有些别扭，我心里慌乱得很，更是吃不下，只勉强喝了一碗例汤。也许是因为我根本无法引起他的注意，也许是因为方婉当众说了我是她嫂子，总之整个饭局，云倾国好像都没有正视我一眼。这让我的心情非常沮丧和哀伤，因为只有他才是我今晚最想见的人。可是，他都没有看我一眼！这是我苦苦期盼十年的结果吗？不，我不要这样的结果！

从咖啡厅出来后，已经是晚上十点了。云倾国看了一下手表，说：“这么晚了，也不好搭车，这样吧，我挨个送你们回家。”

程卓然和方婉却执意坚持搭车回家。这时，刚好一个出租车亮着“空车”的红字样向这边驶了过来。互道晚安后，他们俩同时钻进了出租车的后座，方婉从车窗里探出来头，煞有介事地喊着："嫂子，路上太黑了，让云倾国送你回家吧！"我真是哭笑不得，也不能说行，也不能说不行，因为我并不是她的嫂子。可是我还没有来得及说点什么，那辆出租车已经跑远了。

我家离这里不远，完全可以走着回去，可是我真的想让云倾国送我一程啊。我从来都没有像现在这样过，以往每次方光耀在单位门口等着送我回家，我都尽量回避着，甚至从单位的另一个门口溜走。而现在不一样了，现在这个要送我回家的人是云倾国。

"走，我送你回去。"云倾国为我打开了车门，坐在副驾驶的位置上，我心里顿感无比的温暖与柔软，这是从未有过的。

我给他说了美术馆社区的位置，他说这地方不远，一会儿就到了。他的声音依然和十年前一样，那么醇厚、有力，如同一块有引力的磁石一样，让我禁不住想向他靠近。他此刻离我很近，近得可以嗅到他发丝里散发出来的淡淡香味。这不是梦！我侧过脸来，无所忌讳地看着他俊朗的轮廓，他好像对此一无所知，依然目不斜视地向前行驶着车子。

我微闭着双眼，好多话想问问他，好多话想说给他，却不知道该先说哪一句。快到家了，我怨这条路太短，不能延长这弥足珍贵的幸福。这就像一场梦境，我还沉醉在其中，不愿意就此醒来。

"这里就是美术馆社区吧，已经到了。"云倾国提醒我说。

我睁开微闭的双眼，语无伦次地说："对，我到家了。谢谢你了。"

“不客气。”他面无表情地回道。他的眼神停在副驾驶的车门上，看得出他在等我下车了。

情急之下，我慌忙说：“您方便给我留个电话吗？我初学画，有很多地方想请教您。”

他稍微迟疑了一下，说：“我的手机号，你记一下。”随后他熟练地说出了一串数字。我心里欣喜得很，即刻把那组数字保存在了手机上。

“听说您在政通路北街开了画室，等有时间我定去拜访您。”

他的思维总是跳跃性很强，好像在有意地忽略我的话，说：“请你——把您——换成你，好吧。”

“这没问题，我听您的。”说完这话后，我才意识到您字还是没有换过来。忙又纠正道：“不好意思，我又说错了，是我听你的。”

他的嘴角微微上扬，露出一丝短暂的笑意，说了句，时间不早了。我只得和他说再见了，他机械性地回了句，再见。

目送他的车子走远后，我还呆呆地站在那里。本来，今晚方婉意外的捣乱，几乎打破了我所有的设想。而临了云倾国嘴角的难得笑容，又使我灰暗的心情，重新燃起了一寸微光。

第十七章

那天晚上云倾国送我回家后，父母都已经睡了。我生怕吵醒了他们，轻轻地打开房门，换上拖鞋。母亲大约还没有入睡，从卧室里传出几声轻咳。

“雪，你回来啦!”母亲哑着嗓子走了出来。

嗯，妈，你哮喘的老毛病好像又犯了，吃药了没有?”我半躺在沙发上。

母亲挨着我坐下来，说：“吃了，不碍事，是光耀把你送回来的吧?”

“嗯。”我不想让她跟着操心，就没有解释。

“再过一个多月，你俩就该订婚了，我这当老人的也就放心了。你小的时候啊，我和你爸受了很多的白眼和屈辱，可如今我也觉得值了，虽然你不是个男孩，却和男孩一样争气、孝顺，我这心里啊，满足得很。”母亲欣慰地念叨着，话匣子一打开，估计又不睡觉了。

接着她又说：“这人啊，一辈子不长，一晃眼就过去了，可是要走好这条路可真的不容易。昨天给你姑姑打电话，听说你姑父死了。”

我惊诧道：“去年我回去的时候，还看到姑父身体硬朗得很，怎么忽然就死了呢?”

母亲叹息道：“哎！作孽啊，这该死的老头子糟蹋了李庄的一个闺女，听说这事是发生在那闺女早晨去上学的路上。那闺女当晚喝药了，被抢救过来后，才哭着把这事告诉了家里人。那闺女的哥哥冲动之下，就提着菜刀跑到你姑姑家，把你姑父砍死了。你姑父全身被砍了十几刀，死得惨啊。”

“我姑父也是自作自受，这一辈子都安分守己地做人，临了却脑子混沌了，落得了这样悲惨的下场。”

“是啊，那闺女的哥哥也遭殃了，杀人偿命，当天就被公安局的人抓走了。判了个死刑。他家人不服啊，自己女儿被糟蹋了，哥哥是去报仇啊。听你姑姑说，这家人又上树（上诉）了，你说，这家人多糊涂，人在监狱里关着，不在树上，就是上树有啥用啊?”

“你理解错了，不是上树，是上诉，就是这家人对宣判不满意，要求法院进行再次审判。”这个消息本来让我感觉很沉重，母亲错解“上诉”一词，却让我禁不住笑了。这并不奇怪，母亲没有读过书，平日里诸如此类的事情数不胜数。

“噢，我说呢。现在你姑父死了，你姑姑这日子还得往前过啊。”

“如此说来，姑父也算是自作孽不可活吧，只是死得有些难堪和凄惨了。他活着的时候，姑姑可没少了挨打，那不是人过的日子。”

“别看他们打打闹闹了一辈子，她还是伤心哪，少了那个人，日子也变空了。”母亲喃喃自语地说。

我劝母亲不要为姑姑难过了，姑姑她是一个好人，事事都替别人着想，上苍会保佑她好好活下去，安度晚年的。

要睡了，母亲还唠唠叨叨地说着：“人啊，一辈子要走好，善有善报，恶有恶报，谁都这样.”

那天晚上我几乎彻夜未眠，满脑子里装着的都是云倾国。

他深邃的目光，醇厚的声音，玉树临风的身影，都是如此地清晰、切近。他再一次给我了诸多彩虹般的幻想，而我已经不再满足于这种幻想，我想要真真实实地拥有它。这是一种贪婪吗？另一个声音告诉我，不是，他是我期盼、守望了多年的幸福。

爱，本没有错！

夜漫漫，多少不变的痴情沉醉左右？多少思念的泪水洒透窗口？我穿衣，起身，又拿出了十年前的那幅画作，一遍遍地看着，一遍遍地回忆旧时相逢的时刻。

当连绵起伏的伤感、憧憬、泪痕都逐渐褪去后，我躺在床上陷入了一种苦恼：方婉已有意当众说我是她的嫂子，这该如何解释得清？又能以什么样的理由去向云倾国解释？还没有开始，我就带着复杂的情感和纠葛走近他，这在某种程度上已经界定了普通朋友的关系，我所期待、所虚设的种种爱情的美好，又将在哪里？还有，我该如何向方光耀决绝地提出取消订婚，彻底让他对我死了这份心？他是一个不达目的不罢休的人，他会轻易放手吗？

这些问题，折磨得我有些窒息，甚至使我感到了一种前所未有的痛苦。

第二天起床后，我就惶恐地发现镜子里的自己，明显有些憔悴了。这张苍白的面颊上印着两个轻微的黑眼圈。我慌忙找来一小瓶淡盐水，用手指捏起一个棉签，蘸些淡盐水抹在眼圈上，如此反复了十多次，发现效果并不明显。随即，又用热毛巾敷了一会儿，才算好了一些。

今天天气很不错，一大早阳光就洒在阳台上，透过浅紫色的窗幔折射出梦幻般的光泽。我决定去找方光耀心平气和地谈谈。我虽然知道这种结果他难以接受，但也是没有办法。我不喜欢他，更不想和一个不喜欢的人终生厮守，那是太悲哀的事情了。

我拨通了方光耀的手机，响了好一会儿也无人接听。我想，可能是他还没有起床或者根本没有听见吧。就接着又拨了一次，这次接通了，而传来的却是方婉的声音：“依雪，你找我哥有什么事？不会是向我哥提出取消婚约吧？”

她的语气带着一股挑衅的味道，这让我心里很难受，我答非所问：“婉儿，你哥呢？”

“我哥突发急性阑尾炎，现在刚做完手术……”

“他怎么都没有告诉我，什么时候的事儿?”我急切地问。

“凌晨四五点的时候，他不让我告诉你，怕你担心。我这会儿在医院的走廊里。”

“哎!”我百感交集地叹息了一声。

“我，我可告诉你，我哥都这时候了，都还在挂念你，心疼你，你心里难道连一点触动都没有吗？你自己好好斟酌一下吧!”

“婉儿，请不要用这种敌对的语气和我说话，好吗？我们毕竟曾经是要好的朋友。”

我近乎在哀求她。

方婉在电话里冷笑道：“好朋友？我可高攀不起你。”

“婉儿，好了，我不想和你伤了和气。你哥对我的好，我心里都知道，我知道该怎么做。你们在哪家医院？我这就赶过去。”我言辞恳切地说。

“泰康路第一人民医院。”方婉说完这句就挂断了电话。

原本想早点和方光耀说清楚，没想到他却病了，一时之间我心里焦急万分。便匆匆乘坐出租车赶到了医院。在医院二楼的外科走廊里，我看见方婉和另外一个女孩坐在那里正说着些什么。那女孩大约二十二三岁的年纪，披肩烫发，一张漂亮的瓜子脸，肤色较白，五官生得精致如玉，看起来既漂亮又时尚，完全可以用“美人”二字来匹配她。

“你来了，没想到还挺快。”方婉话里有话地说。我还没有来得及说话，她又接着说：“我给你们介绍下，我单位的同事何晓涵，这位是画家——杨依雪。”何晓涵和我礼节性地拉拉手，然后认真地把我从头到脚看了一遍，好像伪君子说出来的话遭到了审视和质疑。她随即扭头问方婉道："她就是从你们村里走出来的那个情痴画家?"

我心里诧异，何晓涵怎么会知道我这么多信息，心想也许是方婉告诉了她我苦等云倾国的这个秘密，立刻觉得所谓的知音早已不值得信任了。如果遇上好事者，搬弄是非、加以诽谤的话，那么，我与云倾国在行业内就难以立足了。云倾国尚且对此一无所知，岂不是害苦了人家么?

那何晓涵听方婉说，没错，她就是那个情痴画家，不，应该是情圣画家才准确。她禁不住嘴角露出一丝意味深长的笑意，好像她早已知道我的履历和全部。我不便也不想对"情痴画家"这几个字做出任何辩解。

何晓涵笑盈盈地说着，很荣幸认识你，不经意间露出一排洁白如碎玉的牙齿。我心事重重地附和了她一句，同感。

她借故转头问方婉，现在几点。方婉说，快九点了，着急什么，反正请了一个上午假。

何晓涵又说了些什么，我没在意。她说话的声音不是很清脆，可也算温柔。反衬得许多女人动听的声音就像腐败分子掩人耳目的口号，不可深究。我只觉得她让人眼前一亮，是个标准的美人，却无心和她多聊上几句。

"你哥他怎么样了?我现在能进去看看吗?"我着急地问方婉。

"医生说，麻醉的作用下他还没有醒过来，不能打扰。再等一会儿吧。”方婉的语气明显柔和了一些。这样一来，我心里也好受了些。她应该知道，我不是没有脾气，而是不愿意伤了我们之间的和气。

我挨着方婉坐下来，和她们一起等待着护士的消息。

“你是画家，我看过你的画，那水平是一流的，蛮好的。”何晓涵表情活泼地说。很显然，只听她生硬的夸赞，就知道她不懂画，而且我们是隔行隔山的两种职业。一幅画里包含着它的线条、层次感、灵动性等等，创作出一副好的画作是非常不容易的。我不是什么名家，所作的画幅弊端自然不少，若是碰上行家的话，一眼也就识得出。

“我还是学生，称不上家。充其量只算得上涂鸦之作。”我绝不是故作谦虚，而只是实话实说。

方婉语气带着一股酸味，说：“有句话叫——过分的谦虚就是骄傲了。难道让人家都称呼你小杨么？晓涵，有的人不喜欢被抬举，咱也没有办法，干脆下次见到她的时候就喊‘喂!’‘那个谁’好了，或者直接不搭理她就是了。”

我故作大度地笑了笑，心里怪她说话不留情面。心里本来疑惑着，何晓涵会在哪儿见过我的画呢？不料刚才方婉的插话，把我的思绪打乱了，这会儿又忽地记起来了。便问何晓涵：“对了，晓涵，你在哪儿见过我的画？”我本想将“我的画”三个字说成拙作的，又恐对方觉得文绉绉，只好临时改口了。

听我这样问，何晓涵眉飞色舞地答道：“当然是在方总的家里看到的了，婉儿带我去过他那里几次。他这人修养很好，尤其喜欢书画、诗词。对了，他好像最喜欢你的画和诗了，他书房里收藏的几乎都是你的作品。刚开始我还以为他是崇拜你的一个粉丝呢，后来才听婉儿说，你们是一起长大的好朋友。”从她的言谈和神情里，不难让人看出她对这个方总有着一种敬慕或者好感。这一点，想必方婉比我看得更清楚了。我为此感到了一丝惊喜，这就如同在炎炎大漠里忽然发现了一股泉水。我由衷地希望这个女孩能够走进方光耀的世界，如此一来，我和他就真正地解脱了。

何晓涵的那句“他书房里收藏的几乎都是你的作品”这句话，让我感觉很惊讶，方光耀的家我去过几次，每次都是方光耀非要我去品尝他的厨艺才去的，因此，我并没有去他的书房参观过。抒写现代诗是我的业余爱好，大部分作品都发表在了国内的一些诗刊上，而画幅呢，都是美术馆事先接到企业或者个人指定的画家后预订的作品。所以我所创作出的作品，大多由美术馆流向了市场。而方光耀的书房里，怎么会收藏了许多我的诗与画呢?

正在这时，一个小护士从不远处的外科室里走出来，冲我们几个说：“病人已经醒了，你们可以去看他了。”那小护士说完，用异样的眼光看了看我们三个，大约她心里在嘀咕，这病人真受宠，来看他的几个怎么都是女孩啊。

何晓涵跑得比谁都快，就像一场战事结束以后，想争立战功的士兵一样，最先来到方光耀的病床前。

“光耀，你可醒了。”何晓涵过分亲热地喊着方光耀的名字，并且俯下身就像母亲看婴儿一样，看着他的脸说。

方光耀将头扭向另一侧，有气无力地说了句，你怎么来了。我和方婉紧跟着也到了病床前。“哥，依雪也来了。”方婉轻轻地说。

方光耀随即转过脸，责怪婉儿不该告诉我，让我跟着担心。他的头发蓬松着，与白色的枕头相互映衬，更显得凌乱了些；他的眼睛看起来有些失神，嘴唇也有些苍白干燥。我心里禁不住一颤，忽然觉得他真的好可怜。

我站在那里，他的眼神就那样充满柔情地望着我，看得出来，他虽然嘴上责怪婉儿，心里却很想让我来陪着他。“麻药劲该过去了，伤口这会儿很疼吧?”我轻声问他。

他故作笑意，摇摇头，说：“依雪，这几天我太忙了，都没顾得上去看看你，你还好吧?”

“好，好，我都这么大的人了，会照顾好自己的，你就别为我操心了。”

何晓涵白了我一眼，脸色难看地站到了旁边。她刻意平静了片刻，问：“光耀，我去给你买点吃的吧，喝些汤类的会对身体好一些。”

方光耀没有抬眼皮，说，让婉儿去附近看着买点就行了，别耽误了你工作，你回去吧。方婉撅起嘴巴，似嗔似怒道：“哥，晓涵也是好心来看你，你一点都不领情。”方光耀没有接她的话。

何晓涵明白人家在下逐客令了，勉强笑道：“好的，那我改天再来看你好了，你可要保重身体啊。”她转身拉着方婉一块走了出去。我本想和她说句再见，却见她脸色铁青，丝毫没有和我道别的意思，也只好不吭声。我心里暗自叹息：她取名为晓涵，可刚才写满一脸的懊恼，却足以证明她这个人并没有多少涵养，这如何能博得方光耀的好感呢？唉。

病房里只剩下我和方光耀两个人了，他让我在床边坐了下来："依雪，刚才那个女孩是婉儿的同事，你可别多想啊。"他向我解释说。

听他这样说，我忙说："当然不会，我听婉儿说过了。我觉得这个女孩很不错，漂亮，大方，又会体贴人。"

"还说你不会多想，看看吧，你这是什么话！"方光耀一心只惦记着怕我吃醋，好像并没有注意到她临走之时的失态，这让我放心了不少。

"我说的都是对你好的话，这女孩真的很不错。"我认真地说。

"我的心里只有你，你应该知道。你知不知道，你一直夸赞那女孩好，这让我心里很难过。"方光耀喃喃地说。我心里一阵凌乱，低头不语。

"咱们快要订婚了，你要照顾好自己啊，你昨晚没有休息好吧，看看，都长黑眼圈了。是不是有什么心事啊？有事情啊，一定要告诉我，我会尽力为你分忧。"他虚弱地说，脸上隐隐露出痛苦的表情，那或许是他的伤口又疼痛了。

我心里很不安，看来连我有心事都无法逃过他的眼睛，只是这次我的心事又怎能让他分忧呢？如果不是他病了，恐怕我今天对他和盘托出自己心里的想法了。看着他关切的眼神，我一时之间不知道该怎样回答了。

抬头之际，我才看到悬挂着的那瓶药水已经滴完了，方光耀输液的那只手因为回血而鼓起了个大疙瘩。我吓坏了，赶忙喊来了护士。那护士一边替换着药水瓶，一边训斥我，怎么陪护病人的，这种情况是很危险的，都回血这么多了，再过一会儿就要出人命了。我心里自责得很，点头说着，嗯，嗯。方光耀说，这也不能全怪她，我自己也疏忽了。那护士走的时候看了他一眼说，下回换瓶，早点摁铃吧。

方婉从外面回来了，手里还拎着一堆打包的汤饭。方婉忙着去喂她哥喝汤，他摇头不喝，说，让依雪留下来照顾我吧，你下午再过来。方婉明白哥哥的心情，就满口答应了。

那骨头汤还有些烫，我每次舀出一小勺都放在嘴边吹吹，然后再小心翼翼地喂他嘴里。刚才若不是自己粗心，他的手也不会回血，现在我只想好好地照顾他，希望他快点好起来。方光耀喝着汤，满脸都是沉醉的幸福。他喃喃地说："依雪，你知道吗?我此刻感觉自己是世界上最幸福的人了，我真希望自己一直这样病下去。"

我舀出一勺汤，沾了沾嘴唇，感觉温度还好，就喂到他嘴里，说："快别说这样的傻话了。"然后，又喂了他一些香软的炖鸡蛋。

他又说，我最怕你对我忽冷忽热的了，你对我好一点，我觉得天空都晴朗了，你对我冷漠了，我就觉得整个世界一片灰暗了，你知不知道？见我不说话，他接着说，如果你不知道，那是因为你还没有爱上我，那种滋味大约就是爱上一个人的滋味了。

我劝他少说些话多储存些能量，会有助于身体的恢复。他说，你说的话我都听。时间不长，他就又睡着了。他高挺的鼻子发出了均匀的呼吸，他的嘴唇看起来不再像先前那样苍白、干燥了，整个脸庞显得格外平静，犹如一个安静的孩子。

我坐在那里，陷入了良久的沉思。

我和方婉交替着来医院陪护他，公司大小事宜暂时交由方光杰处理。

在这期间，何晓涵带着鲜花和礼品来过医院两次，只是每次她来的时候，我都故意巧妙地躲开了。我想留出一些时间给她和方光耀，以便借此机会好让他们培养感情。可是我还是有些失望了，每次她走之后，我都会看到方光耀反感的表情。可是伸手不打笑脸人，方光耀心里再怎么厌烦，也只能忍着，人家是来探望病情的，怎能拒之门外呢？

过了一个礼拜，方光耀的身体基本康复了。办理出院手续那天，我和方婉、何晓涵都去了医院。把方光耀送回家后，他执意让我们三个留下来吃饭，并说你们这几天忙前忙后的辛苦了。

我本想告辞，方婉却说，今天为庆祝我哥康复出院，谁都不许走，等会我亲自下厨做上几个菜，大家一起吃个便饭。话说到这份上，我也就没有再提要走的话。

方光耀半躺在沙发上，看样子他精神还不错。方婉端过来几个果盘，让大家吃。果盘都很精致，造型是很考究的图案，里面盛着一些草莓、蛇皮果、榴莲、荔枝蜜。她自己去厨房忙活去了，我要去厨房帮忙，她非不让，说是让我好好陪陪她哥。

方光耀也说，婉儿这丫头如今也学会了几样饭菜，你就坐等品尝好了。我笑笑说，那我就恭敬不如从命了。

何晓涵倒是一点儿都不生分，拿起小叉子扎起一块荔枝蜜，吃得津津有味。

方光耀攀谈道："依雪，你最近都作了哪些画？有机会我要先睹为快。"听他说起来画，我精神大振，说："画了一幅山水画，不过那是一家合资企业预订的，估计现在负责发送的工作人员已经送到了，不在美术馆了。"

"可惜，也不提前先让我看看。"方光耀的这句话，我忽然想起来一件事，就是何晓涵所说的方光耀收藏了很多诗画的事。我没有接他的话，说："光耀，我想去你的书房看看，可以吗？"

方光耀呵呵笑着，说："当然可以，你和我还有什么客气的，你想去哪个房间都行，不用问我'可不可以'这样的话。"

然后，他从沙发上慢慢站起来说，走，咱们一块去看。何晓涵也放下了手中的水果叉子，说，我也要去看看呢。

我们三个人一起来到了书房。这是一间大约十平方米、具有浓郁中国元素的书房，格局设计很到位，没有丝毫的浪费。整体看起来古色古香，充满了书卷气息。这让我的心灵为之一震——这是一个能够使人静静在此沉淀灵魂的地方。我从来都没有发现，方光耀有如此儒雅的一面。

一幅幅画卷整齐地摆放在那里，一册册诗刊犹如一丛丛新生的草儿竖立在画幅的两侧。

“我说得没错吧，这些书画好像都是出自你一个人之手。”何晓涵看了我一眼，意味深长地说。

我惊讶地展开了一幅画，果然发现这是我前年的一幅写意牡丹画，忍不住问：“光耀，这么多，都是我一个人画的么?”

方光耀微笑地望着我。

我忽然间好像什么都明白了：原来方光耀比我想象中更爱我。我之所以有现在一些成就，完全是和他的帮助分不开的：进入美术馆的前两年，我的画幅每平尺一千元的低价别人都无意领取。这也在情理之中：其一，画技不精湛；其二，没有名气。而最近几年来，美术馆接到的企业画幅预订，都是点名要我的画作。这给了我很大的信心，在不断地学习和创新中，我的作品逐渐有了自己的特色。与此同时，我接到的企业或者个人画幅预订的更多了，而我的画幅每平尺的市场价格已上涨到了一万元。美术馆和行业内的媒体也为此多次褒奖我，我也逐渐有了些知名度。

原来在我的画幅无人问津的时候，是方光耀以他企业的名义屡次预订我的画，我才得以走到今天。

我就像爱抚婴儿似的，抚摸着眼前的这些画，禁不住眼眶湿润了。方光耀总是给我一次又一次的感动，而我清楚这种感动仅仅是感动而已，它不是我想要的爱情。我不知道，面对他的这些默默付出，我又该怎样向他提出取消订婚之事呢？千头万绪，一时之间一齐涌上了心头。

待到泪水隐去，我转过头看着他，由衷地对他说：“光耀，我全明白了，谢谢你。”

方光耀微笑着说：“丫头，你就不要和我客气了。”

何晓涵有些丈二和尚摸不着头，问道：“依雪，你明白什么了，我怎么听不懂啊？”

还没有等我开口，方光耀就说：“她呀，明白了不明白的事儿。”

何晓涵迷惑地说：“你们说的都是什么呀，我还是糊里糊涂的。”我和方光耀禁不住相视而笑，我俩都清楚，像这种行业内的事情，还是保密为好。

我又翻开了几本诗刊，从目录上看到了自己发表的现代诗，转头对方光耀说：“这些诗，你搜集的比我还要全面，你什么时候喜欢上阅读现代诗了，我记得你以前喜欢的是古体诗吧？”

方光耀呵呵笑道：“古体诗、现代诗我都看一些，但是只会欣赏，不会作啊，放你的这些书画在家里，偶尔也好受些熏陶，是不是？”

何晓涵不无嫉妒地接话道：“我虽不懂诗与画，但却知道一点，纵观古今中外，那些著名的诗人、著名的画家，好像都是男人。女人作诗、作画的也不少，可是连一个真正的名家都没有！”

听她这样说，我脑海里立即就涌出一些著名的诗人和画家来，盘点之后发现，她的话虽然有些刺耳，却还是有些道理的，就没有说话。

何晓涵见我认同了她的话，继续不服气地说：“所以啊，如果真想接受诗与画的熏陶，我看最好还是去买那些著名的作品来收藏，至于说一个女人所作的诗与画，怎么说都是不入流的。”

何晓涵只顾以解心头之气，说起来没完没了，却没有注意到一旁的方光耀，早已面如猪肝。他手指着何晓涵，怒吼了一嗓子：“你，现在就给我出去，出去！”他的这种失控和震怒，我们谁也没有料到。

何晓涵被方光耀这么一吼，泪水一下子夺眶而出，她恨恨地看了他一眼，从书房里跑了出去。我在后面追喊着她回来，可是她连头都没有扭一下，抓起放在沙发上的手提包，羞愤地跑走了。方婉听到嘈杂声，从厨房里跑出来，顾不上腰里还系着围裙，下楼去追她了。

我也要跟着下楼，却被方光耀喊住了：“不要理她，这种人纯粹是没教养。”

“哎！”我叹了口气。本来我有心成全他们俩，好让自己全身而退。没想到，他们却闹得这么僵。我心里责怪自己，不该提起去书房，那样或许事情就不是现在这样子了。

方光耀余怒未消地说：“我再也不想见到这个人，满脑子都是什么歪理论，我也不允许任何人这样对待你。”

不管怎样，我觉得因为这点小事把何晓涵赶走都有些过分了。而方光耀不认为这是小事，他觉得有人在他面前说我哪怕一丁点不好，他心里都难受，在他心里我是完美的、无瑕的。我忽然理解了他的这种感觉，我对云倾国不也是如此吗？一想到云倾国，我心里乱极了。

偌大的房间里，此时只剩下我和方光耀两个人了。我浅坐在沙发上，打开电视来缓解两个人独处的气氛。也许是刚出院的原因，他很疲倦地伸个懒腰，斜靠在沙发上，目光迷离地望着我。

我盯着电视说：“你刚好一些，感觉累了就休息，别硬撑着。”

“依雪，我不累，我就想这样时时刻刻地看着你。”方光耀说着直起腰身，一把将我搂在了怀里。他微闭着眼睛，喃喃低语道：“雪，我爱你，我爱你……”

我使劲挣扎着想从他怀里出来，却被他有力的双臂抱得更紧了。他滚烫的双唇落在了我脸上，我急得眼泪都快出来了，近乎用哀求的语气，说着：“放开我，放开我。”他好像根本没有听到我说的话一样，继续疯吻着我的脸颊、嘴唇。情急之下，我猛咬了一口他的嘴唇。他“啊呀”一声，当即松开了我，捂着嘴巴，痛苦地呻吟着。接着，我看见从他的指缝里淌出了殷红的鲜血。

我吓坏了，本想让他清醒头脑，放开我，却没想到一下子把他的嘴唇咬破了。我赶紧拿来茶几上的面巾纸，为他擦拭。他却一把推开了，自己抽出几张纸巾，捂在破损的嘴唇上。很快，那几张纸巾，就被鲜血湿透了。我暗自责怪自己，也已经是无济于事了。只好赶紧又抽出了一沓纸，不由分说地帮他捂上。

“要不然，我带你去医院吧，别让伤口感染了。”我一只手帮他捂着嘴唇，满眼睛里都是歉意，望着他说。

他发音不清，呜呜噜噜地说：“没事，不用去医院，指压一会就该好了。”我的手随着他嘴巴的蠕动，也跟着抖动着。

我点头，劝他不要再多说话。我看着他无比失望的眼神，本想对他说声“对不起”，可是想到他刚才鲁莽的行为，我竟连一个字也说不出口了。

过了几分钟，我拿开了手里沾血的纸巾，见他嘴唇止住了血，才放心了。可是那破损的嘴唇就像被马蜂蜇了似的，又红又肿。方光耀找来了一小盒药膏，我帮他涂在了伤口上。我刚涂好，他就用一种极其痛苦的眼神看着我，一连串地说：“依雪，你为什么要这样对待我？我们很快就要订婚了，你是我的女朋友、未婚妻，这不是事实吗？你是属于我的，我对你的思念、呵护、心疼，难道你从来都感受不到吗？你心里讨厌我，讨厌至此，是吗？你回答我啊？”

我的双眼噙满了泪水，为他，也为自己。我只怕自己一开口，就会不顾他大病初愈，一股脑地把心里的话全都说出来。告诉他，我要坚定地取消婚约，告诉他，我们之间已经不可能。可是，我只能忍着，只能什么也不说，任凭眼泪无声地滑落。

见我只是沉默着，他几乎有点声嘶力竭了，他的双手放在我肩膀上，险些把我从沙发上晃到了地上：“依雪，你说话啊，你为什么不说话？你流泪？你委屈？你怎么不说出来？你整天就是这个样子，让人猜不透你，也无法走近你，你知不知道，我的心早已被你的这种忽冷忽热给揉碎了，你知不知道？”

恰在这个时候，门外发出一阵窸窸窣窣的声音，大约是开门的声音。

想必是方婉回来了。方光耀尚未说完的话也跟着戛然而止了。他一只手掩在嘴边，赶紧坐正了身体。我也慌忙擦了擦眼泪，故作若无其事状。如果不是方婉这时候赶回来，我恐怕只能把取消婚约的事情，告诉他了。

方婉一进门，就唉声叹气道："这下你们可把何晓涵得罪死了，我说什么她都不肯回来，哎！"

方光耀没好气地接道："她最好不要再来，谁要你去喊她了！"方婉耷拉着眼皮，自知他们终是无缘，也就不再说什么了。

吃饭的时候，方光耀破损了的嘴唇已经消肿了不少，只是遇热还是忍不住咂舌。方婉诧异地问："哥，你的嘴巴怎么了？我记得从医院回来的时候，还是好好的呢。"

"哦，没事，可能是上火了。"方光耀撒谎道。

方婉像是信以为真，就没有再多问。她斟了三杯法国葡萄酒，举起杯子说："今天是哥哥康复出院的日子，另外，你们的订婚喜日也快到了，哥哥是功成名就，嫂子也是难得的佳人，你们俩在一起啊那就是珠联璧合，天造地设的一对啊。来，来，我们三个喝一杯。"

听她又称呼我"嫂子"，我的脸禁不住发烫，手拿着酒杯却没有端起来。方光耀故意嗔怪她道："婉儿，先别慌着喊她嫂子，我们以后结婚了有你叫的时候。你看，人家都不好意思了。"说着，他也举起酒杯，微笑着向我示意碰杯。我只好端起酒杯，和他们碰杯后，一饮而尽了。光耀呵呵笑道，看来你心情不错，酒量也跟着见长了，让婉儿再给你斟上一杯。他哪里知道，我心里的万般愁滋味呢？看方婉笑意盈盈地又要给我斟酒，我赶紧推让了。

仅一杯红酒倒进肚子里，我就感到双膝发软，脑袋晕乎乎的了。

那天下午，方光耀执意把我送回家后，并没有立即要走的意思。父母忙着准备了一桌子丰盛的晚餐。吃饭的时候，方光耀和他们说起了订婚的事情，父母脸上都乐开了花，母亲一边往他碗里夹菜，一边说："你和依雪都不小了，订婚后，选个日子就把婚事办了吧，别拖拖拉拉的了。"方光耀呵呵笑道："我也是这个意思。"接着又说："快别给我夹菜了，让依雪多吃些。"方光耀看我不说话，就偷偷地望着我笑。

我没有正眼看他，只是低着头吃饭。我觉得自己吃的不是饭，是难以下咽的苦涩和忧伤。我不知道该怎么开口向他说出决绝的话语，可是我想追求属于自己爱情，我不能眼睁睁地看着自己跌进这种痛苦的深渊。

长大之后我才知道，生活就像一只长满尖刺的大手，无论我走向任何一个地方，它都会毫不留情地刺伤我，直至鲜血汩汩。我又仿佛是置身于喧嚣瓮鼓之中的一粒尘埃，随时都有可能被与生俱来的自私、懦弱、虚伪、嫉妒等各种罪恶所牵制，被丝丝缠绕于心的七情所追杀，六欲所俘虏。我朦朦胧胧地意识到：我必须在生活这只大手里，找到一个正确的方向，救赎自己这颗血流不止的心。

可是，我能吗？没有答案。

第十八章

那天晚饭后，我目送着方光耀的车子走远，那辆银色的保时捷就像一条巨蟒一样，急速地腾跃之后，荡起一些夜晚来临之前看不见的尘土。我站在那里呼吸着它们，任由它们在我的肺腑之间来回地喧嚣、飞扬，找不到回归自由的路。

我漫无目的地走在路灯下，那些不明朗的光把我的影子拖得悠长。

想到白天方光耀强行的拥吻，滴血的嘴唇，以及他声嘶力竭的质问，我忽然觉得无比悲伤。我们之间不知道会以怎样的方式结束，冥冥中我已经感觉到这种渴望的结束，绝不会来得那么简单，那么从容。我已经管不了那么多了，这种无形的心理负担压抑得我快要喘不过气来。不管他能否接受，我都决定明天晚上必须和他摊牌了。

我带着这些杂乱无章的思绪，不知不觉中来到了一个十字路口。我抬头看着路标指示牌，往南走就是政通路。政通路！云倾国的画室不就在这条路上吗？他现在会在画室里吗？我的脚步不由得朝着这条路走去，没有任何迟疑，我想要此刻就去他那里看看，准确一点说，是想看到他。

我一边走，一边注意着马路两旁的店铺，猜想着闯入我眼帘的该是一个怎样别具艺术风格的画室橱窗。我拿出上衣兜里的手机，想提前给他打个电话，以免打搅到他。正在这时候，我看到了对面马路上的一家画室，我的眼睛不由得被它深深吸引住了。

也许这里就是云倾国的画室了。这是一个具有古典神韵气息的门头装饰，上面刻有一行比较醒目的、排列若五线谱的绿色隶书字体——这是一个不仅仅只有画的地方。我从未见过哪家的画室敢用这么标新立异的一句话，来做画室的名称。

我把手机放回双肩包，等待过往的车辆稀疏了，小心而迅速地穿过马路，来到画室的门口。

云倾国此时就在画室里面的创作间里，他刚刚打发走一个满脑肥肠的企业老板，泡了壶绿茶，慢慢品味着。每天往这里来的都是些社会名流、上层人士。他们中间有政府官员、名企老板以及一些社交界有头有脸的名媛、贵妇等。云倾国隐居巴黎的这些年，他们不是没有挖空心思地想把他找出来，可是，都只见其画不见其人。而现在谁也不知道云倾国为什么重回到国内，并且还开了画室。就冲着这个受人颂扬和宠爱的画家，冲着这个画家的威名，他们都想让他用独特的才华画下他们自以为尊贵的样子。

云倾国曾经作为国内艺术界的一颗冉冉升起的新星，在绘画界独占了不少公共热情。1996 年他辞去世界教科文组织专员与马来西亚中央艺术研究院导师后，一改常态，沉沦于赌场半年多。有两三年，他穷困潦倒，一无所成，默默无名。后来 2001 年，他在纽约展出了他的《绝代风华》，几天后，就被评论和社会捧上了云霄。这幅画为他赢得了当代首席肖像画家的尊称。从此，他就成了人们敬仰的画家，也成了表达他们气质、风度和美貌最有技巧、最具灵魂的创作者。

现在，云倾国刚回到国内，很多上流社会的人士都不惜高价，恳求能得到他的画像。国内的美术大师不少，那些人却都想请他给自己画一张像，但是，他们也怕遭到拒绝，因为他们知道那些找他的人缠得有多厉害。云倾国呢，按自己的习惯表现得很持重，但绝非傲慢，他会根据自己的时间尽量来安排。他谦虚，儒雅，俊朗的形象和他创作的艺术一样，让人过目难忘。

他每天都推掉一些社交场中的做客邀请。那些人以能够邀请到他这样的画家而倍感骄傲，以能够和他攀得成朋友而无上荣耀，这些他心里都很清楚。所以，几乎每一次的邀请，他都拒绝了。他看不惯那些上层社会的男人或者女人，因为他对他们不太了解，也根本没有去了解的兴趣。他觉得那些人狡猾而无知，伪善而奸险，轻浮而阴暗。对于那些因为他的英俊、名气和才华而崇拜他的女人们，纵使答应为她们作画，但是面对她们轻佻、诱惑的眼神，他都视而不见，整个作画的过程中，除了配合画像的细节提醒外，他从来都不和她们说任何多余的一句话。那些极会恭维人的漂亮女人们，几乎从未碰到过这样一个冷漠而另类的男人，她们觉得这个艺术家是极具涵养的，不沾尘埃的。因此，在她们心里对他更增加了几分仰慕与敬重。原有的那种世系之间的分歧与尊卑，好像都不存在了，这个艺术家早已因为非凡的才华而赢得了与出身高贵的人平起平坐的地位。可是，他心里明白，他与他们之间只是因为画像而短暂地合作，而事实上，艺术家与上层社会是永远无法混杂在一起的。因为，他与他们之间存在着无法逾越的社会界限，他所获得的崇拜和颂扬，只是艺术的魅力所带来的。

如今，几乎整个北京的大街小巷都有人在高谈阔论："大画家云倾国"这个名字。越是靠近收藏界、艺术界，就听到得越多。与此同时，那些唯恐天下不乱的媒体记者们，更是干扰了他的正常生活，自从上次他声色俱厉地声明不接受任何采访，那些人才算真正放过他。

我，站在画室的门口，打量着橱窗里鹅黄色的灯光、悬挂的画幅、好看的摆设。然后，又开始细细品味那行字——这是一个不仅仅只有画的地方。忽然就觉得这画室名称起得妙不可言，意味深长。想着云倾国近在咫尺，我不由得心跳加快了。努力平静了几分钟后，我才轻轻推开了一扇画室的玻璃门，而后探进半个身体，向里面张望了一下。

云倾国听到有人进来了，透过隔层的橱窗格，隐约看见一个人影。他放下茶杯，站起身来。

我小心地问道：“有人在吗?”

云倾国回答道“在”，一边从里面的创作室里走出来。“是你!”他感觉有些意外，嘴角勉强挂着一丝微笑。

看他认出了我，我心里放松了很多。我们礼节性地握了手，我说：“怎么，不欢迎我?”

“没有，请里面坐。”他淡淡地说。

我跟着他来到创作室，我们面对面地坐下来。创作室的摆设非常别致，挨着最里面的茶几上放着各种各样漂亮而值钱的小玩意，有古旧精致的镂空木制盒子、各式造型奇特的袖珍紫砂壶、象牙以及红珊瑚雕塑，而后是几个很有艺术感的锃亮银器。那些银器，造型不一，有的是和尚背着银子，笑容可掬；有的是小老鼠伸着脑袋想要去壶里喝水，顽皮可人。在旁边，放着一个沉香首饰盒，散发着浓郁的香味。那首饰盒里整个放的都是装饰品，有花梨木手串、菩提子项圈、宝石别针、祖母绿等，不管是哪个都出人意外地精细巧妙。

云倾国的严肃和冷漠使我有些发窘，我先打破沉默说：“我原本没想这么晚来打搅您，只是，散步的时候，就顺道来到了这里，看您这里的灯还亮着，就进来看看了。”

他没有接我的话，低头用茶水冲洗一只崭新的杯子，然后问我：“铁观音喝得惯吗?”我就知道茶台上这把紫砂壶里泡着的一定是铁观音了，忙点头说：“还习惯。”

能够和他坐在一起喝喝茶，这是我做梦都盼望的情节，可是，他现在真真实实地就在我对面。一直以来，我都觉得铁观音茶是苦涩的，难以下咽的。可是现在，我竟然丝毫感觉不到它的苦涩，甚至喜欢上了它。

云倾国一边喝茶，一边仔细地望着我，就好像我脸上有哪儿不对劲似的。这让我心里有些慌。他忽然说："有点像，有点像。"我疑惑不解地看着他，问道："像什么?"他说："你等一下。"然后转身来到一个壁柜处，他从里面取出一幅画，说："你来看这幅画。"

我走了过去。他接着说："上次听程卓然说，很早以前我们在哪里见过面，回来后，我翻开了以前这幅画，好像在上面找到了答案。你——就是这画上的那个女孩子?"

云倾国展开的这幅画卷分明就是十年前我们初遇时，他第二次画下的那一张，另外一张保留在了我那里。没有想到，他对此还会有印象，我惊喜道："您还记得！您还记得!"

"我的记性还算好，只是你的记性好像很差。"他顿了顿，又说："上次都让你把'您'换成'你'，可你还是没有换过来。"

我羞涩地笑了，并说这次我记住你的话了。他下意识地耸耸肩，说："没想到当年的那个小姑娘，如今就站在我面前，这太巧合了，也太不可思议了。"

我多想说："其实这十年来我一直苦苦追寻你的消息。"可是，我没有说出来。我就是这样，就算难过得要死，悲伤得要死，也不愿意或者没有勇气表达出来。他怎会知道这巧合重逢的背后，隐藏有多少个日夜的等待和泪水，又有多少个绝望的诗句和憧憬?

我的双眼不经意间湿润了。他疑惑地问道：“你怎么了？想起了什么不开心的事情吗？”

“没有，只是眼睛有些不舒服。对了，这幅《牧羊姑娘》好像为你带来过好运，哦，不，是你曾带给它过好运。”我把注意力转移画幅上。

“噢，你说得没错，它曾经荣获得过罗马奖杯。我怎么忘了，你如今也在美术界，对这种消息自然会加以关注。”他看着这幅画，出神地说。显然，他认为我关注的只是行业消息。

“在那片田野里，你一共画过两幅画，我记得很清楚。”我试着提醒他对当时的记忆。“两幅？我记不清了。”他微蹙了一下眉头说。

“是两幅，另一幅画在我那里，保存尚好。”

“噢，那很不错，有时间带过来让我瞧瞧。”

云倾国小心地收起了那幅画，我们重新坐回喝茶。我诚心向这位倾慕已久的艺术家，讨教了几处作画的技巧，而这却让我明白了一点，艺术的灵魂终归是只可意会不可言传的。

其实，我更想把话题引到他的身上。我终于忍不住，说：“从我见到你的第一眼起，就觉得你很特别，很严肃，而现在你依然是那样的，你的眉宇间好像隐藏了一些凝重与忧伤。”

“是吗？为什么要问这个？”他被茶水呛了一下，声音低沉得像一座古钟。

“哦，抱歉，我随意问问的。”我忙解释道。

他没有再说话。我看了一下手表，自觉地向他告辞，并告诉他，下次再来打搅他的时候，我会带上《牧羊姑娘》的另外一幅画。

我走出创作室，他面无表情地说完“再见”之后，起身打开一幅草图。他试图寻找一些艺术的灵感，来平息刚才内心狂乱的波涛。是的，我刚才的问话，让他似乎安静了很久的心，瞬间掀起了一股哀伤和疼痛。而此刻，他坐在那里怎么也寻求不到一幅画的主题，他什么也想不出来。他不恐惧灵感的枯竭，也不担心才华的隐遁，只是隐约感到内心深处的堡垒，会随时像一堆废墟一样坍塌，会随时像一幅油画变得清晰起来。

云倾国点燃了一支烟，出神地凝望着橱窗。整整一天的应酬，作画，让他感到精神极度的疲乏。将近十一点半的时候，云倾国才扔掉香烟，关好画室，回去休息。

第二天下午，我正准备打电话给方光耀，他却先打过来了。他关心地问我，昨晚休息得好不好？在忙些什么？我心想，后天我们都要订婚了，事情没有和你说清楚，我怎么能休息好呢？只是口头上还得不能这么说，只得说好，好。他又说，晚上一起吃饭吧。我毫不犹豫地答应了。

晚上我们去了一家快餐厅，我心里有事，吃了一点点米饭。方光耀看我一副心不在焉的样子，就问道：“依雪，你怎么了？就吃这么一点点，多吃点菜啊。”说完就往我碗里夹菜。我焦躁地大声说，不要，不要。

这时候，邻桌吃饭的一对男女，不约而同地扭过头看着我们。方光耀脸上有些挂不住了，他硬生生地说：“不吃算了，走吧！”

我们谁都不说话，一前一后地走出餐厅。

方光耀先开了口，说去附近的公园走一走吧。我点头。

漫步在公园的小路上，我停下脚步说："光耀，刚才的事情很抱歉，我今天心情不太好。"

"这没关系，你遇上什么烦心事了，可以给我说说呀。"方光耀看我向他致歉了，脸上的不悦一扫而光。

"我是想好好和你说说的。"我喃喃地说。

"那就说呀，后天我们就订婚了，我希望你开开心心的。"他笑着说。接着他又说："时间还早，要不去我家坐坐吧。"

"我不想去，就这样散散步吧。"我们慢慢地并肩走着。

"也好。对了，刚才你要说什么，看我能不能帮到你。"他说完，自然地拉起了我的手。我猛地抽回了那只被他紧握的手。他停下脚步，脸上掩盖不住的沮丧。

"依雪，你到底怎么回事？"

我没有正眼看他，嗫嚅着说："光耀，对不起，我这几天一直想和你说说的。我们在一起真的不合适，取消订婚吧！"

方光耀没想到我要说的竟然是这事，他气极而笑道："依雪，别闹了，请你看着我的眼睛说话！"我看着他的眼睛，四目相对的瞬间，除了想即刻逃避，我一句话也说不出来。

他急切地叫道："看着我！每次我和你说话，你都是心不在焉。你为什么要这样对待我？后天我们就要订婚了，你现在要取消婚约，你怎么可以开这种玩笑？"

"对不起，我没有开玩笑，我也努力想让自己接受你，可是我发现，我做不到。我们在一起是不会幸福的，这种感情已经让我感到了痛苦，甚至是折磨。光耀，为了你，也为了我，放手吧！”我的眼里渗出了痛苦的泪水。

“依雪，你别这样，你这样我也不好受。对你，我永远都不会放手的，你是我的梦，是我追求了多年的梦，你不知道吗？另外，我也不可能同意取消订婚，所有的亲朋好友，以及业内的相关人士，我都通知过了，你让我怎么办？你不是有意让我成为众人的笑柄么？”方光耀情绪激动地说。

“笑柄？这算什么笑柄，与其将来我们痛苦地生活在一起，不如现在就结束它，这有什么可笑的？别说像我们这种只是订婚的，现在有很多人，明天就该结婚了，都还有分手的呢。”

“那不一样！”他一副唯我独尊的样子。这让我厌恶透顶了。

“怎么不一样了？”

“我现在也和过去不一样。如果我明天的订婚取消了，我还怎么有脸面在这里立足？你让我怎么向大家解释？”

我先前就料到不会那么顺利谈妥，到现在我真的有些崩溃了，痛苦得近乎心碎了。

“如果因为我临时取消订婚而使你颜面无存的话，我可以帮你一次。”我忽然做出了一个愚蠢而大胆的决定。

“依雪，你这话是什么意思？别闹了，我们好好的。”

“我的意思是，我们不要再这么纠缠下去了，你送与我的别墅，我绝对不会要的，你自行处置好了。我知道，你对我的好，我一生都无法清偿，可是我实在害怕了这种痛苦、压抑的感觉。

我们之间必须结束了。我能够理解你的心情，取消订婚的事情，舆论一定会压得你喘不过气来。我的意思是，明天我配合你一起完成订婚事宜，之后，我们就结束了。”我尽量心平气和地说。

我知道，他早已不是当年的他了，如今的他百尺竿头，声名显赫，最看重的就是面子了。这样的提议，既保全了他的面子，又让我得以解脱，兴许他能够同意。虽然我会为此背上“订婚”的枷锁，但是凡事都有因果，这也是我为这段情债的终结所应付的代价。

方光耀迟疑了一会儿，皱着眉头说了三个字：“那好吧！”

“光耀，你要记得，明天之后，你我之间彻底结束了。”我再次强调说。

他点头，“嗯”了一声。

临分别的时候，他坚持送我回家，还说，就算明天之后我们还是像从前一样朋友呀。我没有再推脱。

坐上车，方光耀像以前一样，给我系上安全带，然后放了一首很伤感的外国音乐。在昏黄的夜灯下，他的眼里有细密的泪珠在闪烁。我怕自己会心疼，会动摇，立即扭头望向了窗外。他的车速很慢很慢，后面不断地有人超车过去，掠过一道道暗影。我半躺在副驾座上，感觉到那一排排呼啸而过的树木、店铺以及含糊不清的夜色，都将在黎明到来之前，离我远去。

第二天一大早，方光耀接我来到全市最好的美容化妆机构。花费了两个多小时的时间，装扮才算完毕。订婚礼服，是由方光耀提前定制的。方光耀穿的是纯白色的西装礼服，外加别致的领结。我穿的是浅粉色露肩鱼尾礼服，外加网状护臂长手套。我们站在镜子前，旁边那几个化妆师都赞不绝口，说我们真是郎才女貌。方光耀微笑着，白色灯光把他面部的轮廓，折射得无比帅气，儒雅。

我的心情平静似水，无忧无喜。因为我告诉自己，在整个过程里，我无非是在应付这一场局面而已。

前来参加订婚仪式的人络绎不绝，场面也十分隆重。让我感到惊讶的是，美术馆里的同事和领导也都赶来了。我小声地问方光耀："我单位的人，怎么都来了，你真是手眼通天啊？"方光耀笑笑，俯在我耳边说："你才知道啊。"我心里灰蒙蒙的，不知道什么滋味。我想，无论你怎么折腾，今天我算是帮你圆场了，明天我们之间就彻底结束了。

仪式主持人按照惯例，对我俩说了很多祝福的话，我心事重重的，一个字都没有听进去。接下来，戴戒指、捧甜茶、对父母改口、订婚宴，我都一一熬了过来。

宴会散去后，方光耀把我和父母送回了家。也许是太累了，到家后，方光耀没有急着走。父亲忙着沏了茶，他们一块喝着，聊着。我来到卧室卸了妆，又好好地洗漱了一番，觉得素面朝天真是一种释放啊。

一天的应酬下来，我早已像是散了架一样，身心俱疲地瘫坐在沙发上。母亲啧啧地称赞着，今天这场面好，她从来都没有见过这么有排场的订婚仪式。父亲也附和说，都是光耀人缘好，过些日子你们俩把婚事办了，咱也就心安了。

方光耀笑道：“爸，妈，你们就放心好了。”听方光耀改口叫他们爸妈，我刚才的疲惫好像瞬间都消失了。

“光耀，你刚才喊错了吧？”

母亲正因为方光耀的改口而乐得合不拢嘴，听我这样说，不住地给我使眼色，用眼翻我。我假装没有看见。

方光耀笑道：“我没有喊错啊，仪式上都已经改口喊过爸、妈了，现在也应该这么喊吧！”

母亲赶紧说，是啊，是啊，都这样。她老人家哪里会知道，我和方光耀之间的这层约定呢？

“光耀，你别忘了你说过的话。”

“我哪有那么健忘，你放心好了。”他信誓旦旦地说。

父亲满脸的疑惑，问道：“啥事？”

方光耀看了看我，回道：“没事，她小孩脾气，闹着玩。”

我索性不再搭理他。

这些天好多事情堆积到了一块，我的确累坏了。躺在沙发上，母亲给我搭上了一条毯子，一会儿工夫我就睡着了。

等我醒来后，母亲已经做好了晚饭。母亲说，方光耀接到一个重要客户的电话就匆匆地走了。这样一来也好，只剩下我们三人，我觉得身心自在了。今天的订婚仪式也结束了，我和他之间也就彻底结束了。明天，又将是崭新的一天了。我在心里默默祝福自己，也祝福他。

后来我知道了，方光耀那晚接待的确是一个很重要的客户，天海集团市场部的郑经理。

这天海集团是世界五百强企业，也是国内房地产龙头企业之一。这次天海集团在北京四环地带建了占地1300万平方米的万福商贸广场，总投资200多个亿。对于这样的一个浩大工程，来自全国各地有实力的建筑工程精英们，早就对此虎视眈眈了。前去工地洽谈的公司多达上百家。

方光耀凭着高度的商业诚信以及雄厚的资金实力，赢得了负责此次商贸广场的天海集团市场部郑经理的首次认可。当天下午，郑经理带人去考察了光耀房地产开发有限公司。由于公司作业规范，各项指标合格，郑经理等人经过研究决定，通知方光耀的公司有权参与投标。在业内，像这样能够获得投标的机会，就证明有中标的可能。因为有权投标的公司仅仅几家而已。

一般的单位招标，只需一次开标即可。而天海集团由于工程浩大，用工谨慎，正式开标后，需要三次回标才出结果。作为天海集团认可的投标公司之一，方光耀深感幸运，自然是全力以赴了。不料想，就在天海集团第一次开标之际，方光耀却因手术而住院了。当时公司的各项业务，暂时交由方光杰负责。

方光杰以项目经理人的身份带着公司投标文件，参与了当天的招标现场。一个礼拜内，天海集团项目部发出了三次评标疑问卷，方光杰根据公司技术部审核后做了三次准时回标。天海集团工程之专项评标小组最后一次评审中，方光杰因为对项目业务的生疏，而造成答卷不合格。三天后，等待通知结果。

方光耀出院后，立即着手这件事情。他询问了详细情况后，暗暗惋惜，感觉希望渺茫了。但是他内心并不服输，凭着灵活的商业头脑，他决定这件事要从一个人身上下手或许还有突破口。这个人就是土地局的局长梁雨声。

当初天海集团想要投资到这里开发万福商贸广场的时候，好多手续都是经过这个梁雨声的签字才办妥的。当然，梁雨声办妥这些事情，所索要的好处就是——天海集团奉送的十套中型商铺，如果变现的话约合人民币两千万出头，相当于一个普通工薪阶层奋斗几辈子的了。而天海集团对于这笔“人情”投资也认了，县官不如现管，也是没有办法的事。

这梁雨声虽已年过五十，却身材矫健，鹤发童颜，看上去像四十不到的人。有些人当面奉承他养生有道，他则自诩说，哪里有什么养生之道，这还不是托了艰苦朴素的福了。听他这么解释，人家心里都骂他：“这些年你人模狗样地活得痛快，背地里女人养了几个，银子更是贪污受贿不少，何来艰苦朴素之说。”只是这些人迫于求他办事，虽然恨得牙根痒痒，嘴上却还得抹了蜜似的夸他是造福一方的好官。这些人谁不知道，当今市长梁有昌正是梁雨声的亲叔叔。那些趋炎附势之人谁不敬畏他几分呢？

梁雨声的背后靠山可谓是相当牢固，这大约正是他多年来毫不收敛的根本原因。说他是官商一点都不错，这些年，只要是涉及辖区的建筑、拆迁、手续等问题，他都会见缝插针地捞上不少的油水。而方光耀以前在朋友的饭局上，和这个梁雨声曾有过几次照面。这次找他，算是找对人了。

方光耀早就知道梁雨声平常爱喝上几杯，而自己却大病初愈，不宜饮酒，只好带了方光杰前去应付饭局。初入商海时，方光耀最不擅长应酬，最恐惧的事情就是饭局了。现在，一想到马上又要应酬饭局，方光耀心里就觉得可笑：自己小的时候在乡下，吃饭就是一件简单而自然的事情，目的也十分明了，就是为了填饱肚子而已。但是如今在城市，特别是混在了商海里、社会里，这“吃饭”似乎完全变成了另外一回事。这个世界上，最难吃的不是吃糠咽菜的艰涩，而可能就是这“饭局”上的饭了。“局”这个字本身就诡秘莫测、机关暗布，让人望而生畏，给人的感觉如同八卦阵。这“饭局”一词，真不知道是宋代哪位高深的先生第一个发明出来的，实在准确而又到位。这世界上有“牌局”，有“骗局”，现在不知道是谁又发明了“床局”，这些“局”在“饭局”的掩盖下，都显得张扬跋扈，理所当然了起来。也许正因为这些“局”放在一起，太过热闹，太过奸邪，才显得另一些“局”的清净和正统了。譬如：公安局，反贪局。

一见面，梁雨声就俯在方光耀的耳边，心存戒心地问道：“方总，这位是?”方光耀立即明白了他的意思，拍拍方光杰的肩膀说：“梁局，您放心好了，没外人，这是我亲弟弟方光杰。”

梁雨声这才放松下来，哈哈笑着有意掩饰刚才的警惕之态。这个贪官虽是一根老油条，但时下风声紧，他行事也必得有所收敛。因为连平头百姓都知道，自总书记上任以来，老虎苍蝇一块打，如今的反腐反贪尤其威严。

言归正传，方光杰客气地和梁雨声握了手，又说了一番冠冕堂皇的话。几个人有说有笑，只一会儿的工夫，他们看起来就像多年的老相识了。

方光耀下午先是带梁雨声去了商务会所，一番纸醉金迷后，已是晚上六点多钟了。从会所出来后，他们直接去了方光耀预订的星级酒店。一路上，方光杰开车，方光耀则和梁雨声同坐后面，两人有一搭没一搭地讲着些时事新闻，好像只有谈论国家大事，方能显示出他们爱国的情怀来。

方光耀一边说笑着，一边心里暗暗骂着：这年头，怎么偏偏滋生了这么多的害虫和畜生！想要达成理想的商业合作，就要向他们讨好逢迎，趋炎附势，这是什么道理！转念又联想到了自己：哎，不知不觉耳濡目染中，自己还是原来的自己吗？

他真的没有答案，甚至有些迷失了。

在高挑漂亮的迎宾小姐的带领下，方光耀他们来到了酒店的房间。

待到酒过三巡，菜过五味，开始直入正题。方光耀问道："梁局，建筑工程项目以及装潢项目这块，您看还能不能说上一句话？"

梁雨声哈哈笑道："方总啊，你是没有跟我打过交道，我这人讲的就是朋友义气。你说的这事，包在我身上了。"他话锋一转，又说："不过嘛，你也知道的，这中间的通融也不是那么简单的……"

方光耀忙给他又斟上一杯酒，心知肚明地说："您说，您说，分您一杯羹这是必需的。"

梁雨声诡异地笑着，伸出来五个手指。方光耀猜测道："梁局的意思是？"他本想接着问"是五十万"，又怕问错造成局面尴尬，因此把这剩余的话又咽了下去。

梁雨声笑道：“我的意思是，那一杯羹嘛，我就不要了，我只要五百万现金，怎么样?”

方光耀倒吸了一口凉气，没想到这只老狐狸狮子大张口要这么多。不过想到一旦能和天海集团合作成功的话，这些都算不上什么了。

想到这些，方光耀爽快地答应了。梁雨声又说：“不过这事我不方便露面，你明天去找天海集团项目部的郑经理即可。晚上我给他交代一下就没事了。”听他这么说，方光耀心想，不知道这老狐狸又用的什么招数，才让那郑经理对他唯命是从。哎，反正那也不是自己要管的事了，能够达成此次合作，才是自己真正的目的。

果然，第二天方光耀很容易就邀请到了郑经理。

天海集团项目部的郑经理，是一个四十岁出头的中年男人，他给人的第一感觉，就是商业场上的一只老狐狸。他的眼神犀利的犹如两把小剑，无须言语，就足以洞穿对方的心思。那天下午，方光耀专程来到万福商贸广场的工地上等他。作为负责这个项目的经理人，来找他办事的人自是不少。方光耀一直等到六点多的时候，才见到他。

饭局上，谈起这次工程招标的事宜，方光耀有意提了一句梁雨声。郑经理自然会意，满口应承着，这事儿没问题。过了一会儿，他不抬眼皮地说，不过眼看开标迫在眉睫，估计也不好办吧。方光耀见多了这套，直接拦了话茬说，这事确实要您周旋了，事情办妥之后，送您三十万的喝酒钱，大家都一块混口饭吃嘛。郑经理看来对三十万这个数字还满意，哈哈大笑道，好说，好说，都是自家朋友。

天海集团项目部开标的当天下午，方光耀顺利地接到了中标通知。同时企业邮箱里也收到了他们发来的一封中标信函，内容大致如下：经我司就本工程之专项评标小组对贵司投标文件以及评标疑问答卷之回复的评审，我司郑重通知贵司在本次招标活动中获得最终的胜出。至此，方光耀这次与天海集团投资的万福商贸广场，算是正式确立了合作关系。

工程合约已签，建筑施工也已正式开始，郑经理选在我和方光耀订婚的当天晚上和方光耀见面，一则向方光耀道喜，另外拿回许诺好的三十万喝酒钱，方光耀心里很明白这一点。见我正熟睡，就没有叫醒我，匆匆和我父母辞别后，就下了楼。

他一边开车，一边打电话让方光杰从公司拿出准备好的三十万现金，前往索菲特大酒店与郑经理会合。方光杰向来办事利索，不大工夫就赶到相约地点。几个人会面之后，自是又一番的亲热客套以及酒肉称道。郑经理接过那装有三十万现金的沉甸甸的皮包，心花怒放，半瓶茅台酒下肚后，整个脸就像包裹了一块红布似的。自此，一笔各取所需的交易，似乎已经天衣无缝地完成了。

第十九章

第二次来到云倾国的画室，是在我“订婚”后的第三天。

那几天，云倾国的身影与音容，无时无刻不占据着我的整个心田，我被那种殷切的思念折磨得坐卧不安。我渴望看到他，一种深刻的、迫切的、放不下的渴望。这是什么？是思念？是牵挂？如果今天再看不到他，我怕会相思成病。我喜欢和他相处的每一秒钟，这是毋庸置疑的事情。爱情，是这个世界上最动人心魄的力量。如果说十年前的那次相逢，只是让我对他暗生情愫的话，如今我对他的爱恋，早已是无力自拔了。他会喜欢上我么？或者对我有那么一点点的好感？我不知道，我的内心被这种疑问搅得焦躁不安。幸好，他不再像从前那样只会出现在我的梦里，他不再是那么遥不可及。

窗外，风和日丽，一些花开的香味在空气里流淌着。我从柜子里轻轻取出那幅《牧羊图》，旧时的那一幕相逢恍若还在眼前。我拨通了云倾国的电话。他那有磁性的声音，经过电话的传递更显得深沉：“你好。”

我声音微颤：“您……你好，我是杨依雪。”

“我知道，什么事儿？”他淡淡地问。

我心里禁不住闪过一丝激动：他存了我的手机号。

“你在画室么？我想现在去你那儿，顺便把以前那张画带过去，让你看看。”

“我在，你来吧。”

这是我第一次打电话给他，没想到竟然如此顺利。从他略带客套的口吻里，我能够听出他的那句“我在，你来吧”稍微有一些犹豫。以前，我从不喜欢猜测一个人，而现在却因为过分在乎这个男人，变得有些多疑了。他没有拒绝我，这已经让我感到很安慰了。

连续两个多小时的作画，让云倾国感觉有些疲惫了。当他说今天的绘画到此为止，他需要休息一下的时候，那个高贵的女顾客马上同意了，因为她摆姿势也摆得累极了。那女人一副媚态地对他说了些“辛苦您了”之类的话。那声音拿捏得就像夜莺的诡笑，让人禁不住浑身起鸡皮疙瘩。显然，这样的女顾客云倾国见得多了，他头也不抬地和那女人说着再见。那女人这才扭着肥臀与纤腰走出画室，钻进一辆红色宝马车后，很快不见了踪影。

云倾国稍微伸了个懒腰，然后又适度地做了几个锻炼关节的动作，接着直起腰身，踱步到了窗前。他身材挺直、魁梧，一张形似雕刻的脸庞蕴藏着一种少有的力量和豪气。他茂密而略长的头发，彰显出一个艺术家的特有气质。任何一种艺术形式的表达，都是创作者灵感的激发。而云倾国的绘画也毫不例外，通常一幅画的完成会浪费掉他半个月到一个月的时间。而人物画像这类题材会稍微快一点，但是也需要顾客多次配合来完成。对待工作的热忱与工作本身的特殊性，正是他常常感觉腰酸背痛、骨头像散了架子的主要原因。因此，工作之余，他就喜欢往健身房里跑，或者约上一两个朋友去打高尔夫球。

云倾国一只手撑在窗框上，望着马路上形形色色的人或者车辆。午后的黄昏，飘出一抹淡淡的忧伤和苍凉。街上的车辆、尾气一并出行，它们就像是打开闸门的水一样流淌不停。人行道上，两个老太太推着童车上的孩子，边走边说着话，还有几个人，不紧不慢地走着。

隔着老远，我就看见云倾国站在画室的窗前，不由得心怦怦直跳。我的脚步像是被什么绊住了似的，变得更加细碎了。云倾国好像并没有注意到我，他若有所思地望着马路上川流不息的车辆，行人，以及荡起的尘埃。

快要走到画室门口的时候，他下意识地转过头。我冲他甜甜地笑了一下，说："下午好，倾国老师，你正在寻找一个新的艺术构思么?"

"哦，没有。你来了，里面坐。"他看了看我，脸上多少带着点勉强的笑，朝画室里走去。

画室的最里侧，放置着一架钢琴。我不禁赞叹道："你真有雅兴，作画之余还弹曲子。”

“雅兴谈不上，习惯而已。你坐吧。”

我在他对面坐了下来，然后把手里的那幅画放在一张桌子上，说：“这就是十年前，你曾经画过的那幅画。”

“我看看。”云倾国轻轻地展开了那幅画，眉头微蹙。“噢，我想起来了，在那片迷人的田野里，我确实画过两幅画。”接着，他又指着画幅上面的女孩，说：“这个小女孩就是你，太不可思议了。时间过得真快，转眼工夫，你都长成大人了。”

我羞涩地笑了，本想说点什么，一股酸涩却涌堵在心口，一时之间什么也说不出来了。云倾国认真地看着那幅画，陷入一种久远的思索中……

“你现在也从事绘画艺术了，喜欢这行业么？”云倾国将视线从画上移开，抬起头问道。他终于认真地和我说上一句话了。

我变得有些发窘：“自然是很喜欢。”顿了一下，我又喃喃地说：“从十年前，你路过我们的村庄，给我画像的那天起，我就梦想着有一天自己能够像您一样当个画家。当然，我永远不可能拥有像您那样出色的画技。但是，从那一刻起，这个梦，就在我心里发芽了。”

“你是个有追求，有梦想的好孩子，并且你努力实现了它，这很难得。”云倾国赞许道。

孩子，难道在他心里我还只是个孩子么？这也难怪，十年了，我对他的爱慕与刻骨思念，他又怎会知道呢？我不禁伤神道：“我早就不是小孩子了。”

这时候，我的手机响了。我一看是方光耀的来电，心里立即就发堵。电话接通后，方光耀问道："依雪，你这会儿在哪儿呢?"

"在一家画室看看。"我机械式地回答。

"我去接你吧，晚上咱们一起吃个饭。这几天一直忙公司的事情了，都没有时间陪你了。"

"你不用来接我了，先忙你的吧，晚上我在家里吃饭。"

"那好，晚上我去你家，晚上见。"方光耀说完，就挂断了电话。我心里一片黯然，思绪陷入了一片混乱。

"你有事的话，先去忙吧，恰好我也要出去一下。"云倾国头也不抬地说。

"我，我没事……"我还想再解释点什么，却被他拦住了话语："我下午有个应酬，要出去的。"

云倾国都下逐客令了，我只得识趣地起身告辞。临走的时候，他提醒我说，别忘了，把你的画带上。我轻声地说："这幅画，本来就是你的，现在也算物归原主了。"

"那怎么行，你还是带走，我送出去的画，从不索回。"云倾国淡淡地说。见他态度坚定，我便拿了那幅《牧羊图》，依依不舍地离开了画室。

我踟蹰地走在回去的路上，内心百感交集。今晚见上方光耀一面也好，为了他所谓的面子，我已经履行了订婚的承诺，我们之间该有个了结了。另外，好多话，我不知道该怎样才能向云倾国说出口。我虽然并不了解云倾国，却无比信任他、尊敬他，他就像一池清荷，让我的心时刻为他而神往着、沸腾着。我回味着和他的每一次对话甚至他的每一个深邃的眼神，我的心都陶醉了。而现实的一切烦琐、欲望、虚假等一切灼人心肠的东西，在这种美好感觉的占据下，好像都蜷缩了起来。这种无法用语言完全描述的爱情，藏在精神的最深处，藏在一个比灵魂更有权威的，更神圣的地方，它模糊不清，仿佛永远无法觉醒。我就像染上了一种病，这种病使我思绪沸腾，幸福的意念里掺杂着一些难以名状的疼痛。

晚上六点多的时候，方光耀提着一大堆的水果和零食来到了我家。父亲和母亲回乡下小住去了，家里显得有些冷清。

方光耀坐下来后，责怪道："咱爸妈回家，你怎么不和我说一声呢，也好让司机去送他们。"我听他又说"咱爸妈"这几个字，心里别扭得很，随即冷冷回道："不用你送，他们自个能搭车走。对了，光耀，我们说好的，我履行'订婚'仪式之后，我们就只是普通朋友了，你以后没事就不要来找我了。"

"依雪，我们都已经订婚了，我不可能会放弃你的。"方光耀放下手中削了一半的苹果，平静地说。

我听他这么说，一股怒气就哽在了喉咙口。我有些声嘶力竭地叫道："光耀，你怎么可以这样？你怎么可以说话不算话？"

"依雪，你听我说，你冷静一些，我哪里做得不够好，你可以向我提出来，我们都快要结婚了，你不要这样好不好？"

"我不想再听你说什么，我也不需要冷静，你怎么出尔反尔？你走，你现在就走！从此之后，我们井水不犯河水。我再也不想见到你了。”我恨恨地叫道。

方光耀神情黯然地看着我，过了一会儿说：“依雪，本来我们之间好好的，毫无芥蒂，可是你现在非要打破这一切。你以为我不知道你为什么突然这么决绝地向我提出分手么？还不是因为那个云倾国么？”他接着又说：“而且我还知道，这位著名的画家在政通路开了间画室。如果我没有猜测的话，今天下午你还去了他的画室。”

“是这样的，婉儿应该都告诉你了。如果你真的为我好，请你尊重我的选择。我不想和一个自己没有感情的人生活在一起，那太可怕了。而且那样对你来说，也是可悲的。”我近乎用哀求的口气说道。

“依雪，别闹了，我还是那句话，我是不可能放弃你的。”

“我没有闹，那么，我们真的没有再谈下去的必要了。请你出去！”我真的快被他气晕了。

方光耀忽然紧紧地抱住了我，温柔地说道：“雪，我喜欢了你很多年，你应该知道。我不能没有你，我们暂且先冷静一段时间吧。这两个月，我不会打搅你，让彼此都好好想想。”

我使劲地从他宽阔的怀里挣扎出来，一脸羞怒地叫道：“你出去，厚颜无耻！我再也不要看到你，我是不会和你结婚的。”

方光耀好像没有听到我的话一样，冲我笑笑，然后挥挥手下楼去了。他走后，我一下子无力地瘫坐在沙发上，泪水止不住地流下来。我感到一种从未有过的迷惘、无奈和忧伤。在爱情的世界里，我和方光耀都没有错，错的是我爱的人不是他，而是云倾国。而方光耀爱得没有了尊严，没有了自我，这究竟是不是一种至深爱情的体现呢？我不清楚。

那天夜里，我躺在床上，翻来覆去地想着那些挥之不去的心事，不知什么时候迷迷糊糊地睡着了。大约一整夜，我都在做梦。在梦里，我看见方光耀伤心地哭泣，奔跑。我害怕极了，真怕他会出什么事，就拦住了他。他忽然不哭了，冲着我喊道："依雪，你是我的！那个云倾国，你信不信我会在一夜之间让他声名狼藉，一无所有。"我看到他的嘴角渗出邪恶的笑。

我几乎惊呆了，一连串地问他："光耀，你在威胁我？你什么时候变成了这个样子？是什么把你变成了这样？"我心里像被泼了一盆冷水，沉重、冰凉。更有一种对我和他之间多年深厚情谊的绝望。我觉得，自此，我对他厌恶至极了。我更为云倾国担心，我不想因为自己而对他造成一丝一毫的伤害。

方光耀看着我痛苦的样子，像是得到了一种报复的快意："我怎么舍得威胁你呢，你是我这一生最爱的人，我疼你都来不及，我只是想告诉你一些，我内心的真实想法而已。"看他竟然变得如此卑劣、龌龊、残忍。我使劲地哭，使劲地捶打着他……

醒来的时候，我的脸颊还挂着泪水。我感觉脑袋晕晕的，一点精神也没有。我反复回忆着梦里的那些情节，心里无限怆然。接连好几天我都没有睡好觉。父亲和母亲从老家回来后，看到我一脸的憔悴，忙问怎么回事，脸色这么不好。我苦笑说，没事，这几天工作上的事情没有休息好。母亲心疼我，给我炖了些人参鸡汤。母亲说，让光耀来看看你吧。我赶紧连连摇头。母亲疑惑看了看我，没有再说什么。

这些日子里，我又陆续地去过云倾国的画室几次，我们逐渐有了熟悉的话题，而且我不再感觉到拘束了。

那天下午六点钟，我下班后照例去了那里。画室的玻璃门开着，从里面走出来一个小男孩招呼我坐下，并且告诉我，他还没有来。这个十七八岁的男孩是这里的侍应生，我之前见过他几次。

我坐下来，又站起身，不自觉地来回走动着。男孩说："如果您有什么要紧的事情，可以打电话给云老师。"

"哦，没事，不必催促他，我等一会儿。"

我不时地看着手表，已经有好几次我打不定主意，是不是该把时针调慢，这样等待的焦灼似乎就会浅淡一些。他就会在我一抬头或者一回眸的时候，出现在我的面前。而后，我又禁不住嘲笑自己这种任性和幻想的稚气。

我常常问自己："我能成为和他厮守一生的那个人吗？"这个想法在我的记忆中曾经无数次地涌现过，而现在却是不同的，饱含苦涩。因为这种实现的过程，掺杂着太多的复杂因素。看起来云倾国对我始终是冷淡的，他的内心好像一潭死水一般沉静。而方光耀这个人的个性我很清楚，想要彻底摆脱他并非易事。想到这些，我心里禁不住一阵烦躁。

半小时过去了，云倾国还是没有来，我开始坐立不安，走到画室的门口。这种等待几乎到了痛苦的程度。我重新拿起手机，忍不住拨打了他的电话。这时一阵清脆的手机铃音伴着熟悉的脚步声传过来，我立即一阵狂喜，挂掉了电话，而后故作平静地看着墙上的一幅画。

云倾国走了过来。

“不好意思，让你久等了，你来了很长时间了？”

“没……没有，我也是刚来。”我回答道。

“噢，我路上堵车了，今天过来得有点晚了。”他脱掉黑色的风衣，熟练地挂在衣架上，坐下说。

我也坐下来，不由自主地叫了句：“倾国……”他愣了一下，随后又耸耸肩，问道：“怎么了？”

看他惊愕的表情，我才注意到自己对他称呼的转变，刹那间羞得脸颊通红。我轻声说：“你知道今天等你的时候，我都想了些什么吗？”

他一边沏茶水，一边问：“想了些什么？说说看。”

我下意识地抿了一下散落在面前的长发，鼓足勇气说：“我在想，我能否像现在这样天天见到你。”我本想说：“我想成为与你厮守一生的那个人。”话到嘴边，却又改了。

“天天见到我？这怎么可能？我只是暂时需要这里，也许过不了多久，我就会离开。”

“什么，你还要离开这里？”我的心像被蜂蜇了一下，惊诧道。我感觉到他或许终究只是一个梦，终究不会为我这样的俗人而停留。

“是的。”

“为什么？”我的声音有些悲切。

“这好像不是你应该关心的。”他的目光冷冷的。

我有些发窘，好多话堵在胸口，一时之间，不知该说些什么了。沉默了一会儿，我小心翼翼地问道：“可以跟我说说你自己的故事么？当然，你也可以不说。”

他饮下一口茶，像是陷入了沉思。很快，他苦笑了一下，说：“我是一个微不足道的人，更谈不上有什么故事。”

“譬如，你太太，她也是个艺术家么？”我趁机故意这么问。

他的眼神清澈得犹如一股泉水，浓密而纤长的睫毛却无法覆盖那隐藏的忧郁。“太太？我没有。我已经习惯了一个人，习惯了很多年。”他的语句里充盈着一种沧桑的味道，我的内心就像被什么忽然扯断了，抽搐地疼了一下。

接着，他慢慢地给我讲起了他鲜为人知的感情故事。

原来云倾国曾经有过一段刻骨铭心的爱情。那个女孩名叫小蝶，他们彼此情深意笃，又是高中时期的同班同学。当时迫于双方父母的重重压力，云倾国这段青涩的苦恋，直到他们大学毕业后才得以见天日。可是，就在他们快要走进结婚殿堂的时候，小蝶这个平素柔弱的女孩却被意外地诊断患有骨癌。小蝶得知自己的病情后，伤心之余，执意向云倾国提出了分手。闻听此言，云倾国声泪俱下，他坚定地告诉小蝶，他一定要想办法治好她的病，好好陪她走完这一辈子。小蝶依偎在他怀里，自语道，与你走过这一程，此生死有何憾。云倾国的父母本来担心儿子受此牵连，因此想让他们尽早分手。可是后来，看到这一对生死契约、不离不弃的情侣，他们也于心不忍了。

为了给小蝶筹钱治病，云倾国夜以继日地刻苦练习画技。从中央美术学院毕业后不到两年的时间，他就充分展示了非凡的绘画成就，同时被邀请为多个艺术研究的高层导师。然而，小蝶的病情却日益加重，骨癌这个全世界都无法攻克的医学难题，就是有再多的治疗费也是无法治愈。

1995 年春，云倾国日夜在医院里守护着自己心爱的女孩，他渴望奇迹的发生，可事实上，小蝶的状况越来越差了。她骨瘦如柴，原来的一头秀发已因化疗而脱落已尽，云倾国除了心疼之外，感受到前所未有的哀伤与无奈。小蝶自知时日不多，便要求云倾国带她去两人以前常去的江边看看。为了完成小蝶这最后的心愿，云倾国答应了。

那天春光明媚，鸟语花香。云倾国亲自给小蝶戴上了假发，又让母亲给她换上了一套粉色套裙。云倾国背着身轻如燕的小蝶，缓慢地走着。小蝶仿佛一个世纪没有见过天日了，这些熟悉的马路、垂柳、花香，都使她心情愉悦，她的嘴角流露着笑意。她趴在他的背上，喃喃地说，倾国，春天多美啊，我好想就这样活下去，和你在一起，活下去。云倾国的眼眶湿润了，他安慰她说，小蝶，你会好的，我们永远都不会分开的。小蝶甜甜地笑了。离江边大约还有两千米的地方，小蝶告诉云倾国，她已经很久都没有走路了，她想下来走走。云倾国不想她有任何的遗憾，便轻轻地弯下腰身，将她放下来。

许久没有着地的原因，小蝶的脚步有些蹒跚，他挽住她的一条胳膊，尽量减少她行走的重力。小蝶不时地抬头与他四目相视，他们沉浸在这样的幸福里，好像回到了从前的时光。

正在这时，一辆蓝色的大货车疾驰而来，丝毫没有减速的意思。在云倾国还没有反应过来的时候，小蝶已经使劲了全身的力气将他推向一侧，而自己却丧生于货车之下。

小蝶以这样一种方式永远地离开了他，这让云倾国的精神彻底崩溃了。几年来的压抑，哀伤，心疼，到如今都统统变成了更为浩大的愧疚与悲伤，他真的无法原谅自己，无法面对自己。他痛苦极了，整整几个月，都将自己困在房间里，不想说一句话，不想接触一个人。

听云倾国讲述到这里的时候，我和他禁不住都泪眼蒙眬了。他难过，是因为想起了伤心的往事；我难过，是为他们的爱情而感动。我忽然间明白了，这也许正是媒体传言 1996 年云倾国辞去世界教科文组织专员与马来西亚中央艺术研究院导师后，一改常态，沉沦过半年多的原因吧。我小心地向他求证，他蹙着眉头，点燃了一根烟，过了一会儿，才回道："是的，那时候小蝶的离去，让我几乎承受不住了，我整日都活在绝望和内疚之中。没有了她，艺术、名衔一切都没有了任何意义，因为，我爱她胜过一切。"他顿了顿，又说："也许，你很不愿意相信，我在那种极其消沉的状态下，不仅染上了赌博，而且还同人人蔑视的妓女鬼混过。可是，事实就是那样的，我从一个绘画界的新星堕落成了让人唾弃的废品，垃圾。然而，那样行尸走肉的日子，却使我更加痛苦，更加空虚。我借助那些邪恶的东西，来麻醉自己或者刺激自己，我喜欢看到自己那种狼狈不堪、人鬼不如的样子。直到半年后，我才好像又重新找回了自己。”

我认真地倾听着，仿佛看到了那个时候的云倾国。说实话，当我听到他说自己不仅染上了赌博，而且还鬼混过的时候，我的心多少有些冰凉或者失望。可是，那种感觉很快就一闪而过。我喜欢他，我可以为他找千百万个理由去开脱，况且那只是他的过去。

“倾国，你大约从来没有和别人讲过这些吧，现在说出来，心里应该会轻松了一些。”

他答道：“是的，这些事情积压在我心里很多年了，我从未和别人提及过。”

听完了他的悲情故事，我更是心疼他了。

我心头一热，不由得说：“在你心里，应该是把我当成了知己吧。”

云倾国下意识地点点头。我终于走进了他的心里，想到这，我禁不住泪水盈眶，喃喃地说：“倾国，忘了过去那些事情吧！我想告诉你，我喜欢你，从我十七岁见到你的时候，就深深地喜欢上了你。因为你，我才考取了艺术学校，从事绘画行业；因为你，我写过无数相思的诗行，画过无数相思的《蝶恋花》画幅。”

面对我的表白，云倾国显得很冷静，他淡淡地说道：“我听程卓然说起过，不过，我从未用一个异性的眼光去看待你，换言之，我也从未把你当成一个女人去交往。女人，对于我来说，早已只是一个名词。真的很抱歉。另外，我说过，我的梦想不在这里。”

“倾国，你可以拒绝我，但是你无法拒绝我爱你的这颗灵魂。”

“这只能说，灵魂比人本身更为感性。”

“为什么你非要理性地去对待感情？”我仍不死心地问。

“情动则伤神，人生寥寥数十年，何必自寻这般疾苦。”云倾国淡淡地说。

“可是，十年前我就为你动情了，我愿意为你付出我的全部乃至生命。只有你可以救赎我的哀伤，终结我所有的疼痛。”我情不自禁地泪流满面了。

云倾国见状，语重心长地说：“这，根本就太沉重了。不必如此，你只需懂得一句话，众生皆苦，何必执着！万事不可心外求法。放空一颗心，时时勤拂拭吧。”

他说的这番话我似懂非懂，只觉眼前这个令我魂不守舍思念了十年的男人，他的思想比我想象中的更加淡泊、清静、自由、高不可测。他的那些话，就像在我心里注入的新鲜血液，翻滚，流淌。

就在我和云倾国谈话之际，有两辆豪华名车在画室的门口停下来，从车里下来几个上流社会的男人和女人，他们打扮得神仙一般高贵的肉体，随着脚步的扭动来到画室。那两个中年女士，一个身着丝绸裙衫，上面装饰着钻石胸针；另一个穿着极昂贵的蕾丝晚礼服，胸脯有些过分地向外挺着。他们几个大约是一个圈子内的朋友，一起来这里，看样子又是来请云倾国为他们画像了。云倾国要应付的社会事务以及各种复杂的人际关系有很多，而我却丝毫帮不了他。云倾国淡然地同那些人打了招呼，握了手。我趁势擦干泪水，红着眼圈起身向他告辞了。临走出画室的时候，云倾国嘱咐我，路上小心点。

从画室里出来，已经是夜幕四垂了。我下意识地看了看手表，啊，十点多了。我这才想起来，我们只顾得谈话都忘了晚饭的事情了。说来也怪，我丝毫都没有饥饿的感觉，大约他也是吧。他能够把埋在心底多年的一段往事，说给自己听，除了觉得信任、亲切外，还能是什么呢？就算他从未用异性的眼光看待过我，那至少说明，他不觉得我讨厌。仅此也好，想到这些，我心里涌出一股暖流，脚步也轻快了些。

六月的北京温度直线上升，角角落落都似乎都有着一种被蒸烤的热燥。到了夜晚的这个时候，才偶尔有些许的凉风裹着一些散不去的灰尘，徐徐吹来。我走得很慢，不时地欣赏着这干净的街道、橘黄色的路灯、枝叶繁盛的小树，我居然从未发现原来北京是这么美！微风吹拂着我齐腰的长发和蓝色的衣裙，在这样的夜晚更显出一种淡然、浪漫和雅致。

不知不自觉间，我已从政通路拐进另一条小街，离家已经不远了。这条小街行人很少，偶尔有一辆轿车像风一样疾驰而过。也许是因为这街道的深长，路灯显得暗淡了一些，就像是在空旷的佛堂里点燃了一盏微弱的煤油灯一样。

我正慢悠悠地走着，忽然从旁边黑暗的角落里钻出来两个男人。两人一左一右围住了我。我吓坏了，忍不住失声惊叫：“啊！”其中一个男人，亮出匕首，面目狰狞地恐吓道：“要活命的话，不许叫!”另一个男人，淫邪地笑着：“嘿嘿，好标致的妞啊，乖乖听话，不然休怪我们兄弟不客气了。”

这样的场面，我只在电视剧里看到过。我尽量镇静，可还是无法掩盖恐惧造成的颤抖。我被他们逼迫得向后面退缩着，心里惶恐、慌乱极了，不知道该怎么逃脱眼前的厄运。其中一个歹徒甩掉了身上的短袖，伸出双臂，如同恶魔一般地扑向了我。正在这十分危急的关头，只听见一声震耳的叱喝：“放开她!”那两个歹徒一看有人过来了，相互说了句什么，却并没有打算逃走的意思。

来的不是别人，正是方光耀！一眼看见方光耀，我的眼泪就止不住地落下来。方光耀像老鹰护小鸡一样，把我护在了身后说：“依雪，别怕，有我在。”我又想起了小时候，我们一起逮鱼，不料被警察当作盗窃犯追捕，我们躲在柴火下面，那时候，他也对我说了这句话。我的泪水忍不住更汹涌了。

那两个歹徒，嘴里骂骂咧咧：“你小子这是找死啊，识相的，就滚远点!”说着，就挥舞着匕首和方光耀扭打在了一起，我惶恐地看着眼前的一幕，赶紧拨打了110。

那两个歹徒大约是见我报了警，仓皇而逃。方光耀这才踉踉跄跄地站起身，我慌忙扶住他，心疼地叫道：“光耀，你怎么样?你没事吧?”接着，我看到有鲜血从他的胳膊上滴下来：“呀!血！光耀，你受伤了!”

“我没事，只要你好好的我就放心了。”方光耀惨白的嘴唇挤出这么一句话，我的心像被什么拽了一下似的生疼。我使劲地撕下一块裙摆，暂且给他的伤口包扎。可是，包扎的地方很快就被鲜血渗透了，如同我感动的泪滴肆意弥散。我知道，我毕生都要欠了方光耀的，还也还不清了。我用自己瘦弱的双臂紧紧地裹紧他受伤的胳膊，不知道该对他说什么。“光耀，幸亏你及时赶到，否则……”说着，我的眼眶又湿润了。

“我开车送一个重要客户去机场，回来的时候就想顺便来看看你，没想到却碰到了刚才那惊险的一幕。你快别难过了，我为你做任何事都值得。”

听他说到后面那一句的时候，我内心更加酸涩、复杂，竟然忍不住一阵哽咽。方光耀如此深爱着我，不顾一切地为自己的爱情付出，而我呢？我却深爱着另一个男人。这究竟算不算一种注定的错？我内心里产生了一种前所未有的痛苦，这种痛苦就像无数蚂蚁在啃噬我，让我的血液、肉身、灵魂都无处安宁。看到受伤的方光耀，我此时又想起了云倾国的那句“众生皆苦，何必执着！万事不可心外求法”，是的，众生皆苦，何必执着。

等到警察和救护车都赶来的时候，那两个歹徒早就跑得无影踪了。而此时，我的双腿已经累得快要站不稳了。这突如其来的遭遇，这突如其来的血色，都让我的心久久难以平静。

接下来的几天，我向单位请了假，每天在医院里照顾受伤的方光耀。经历过这件事之后，我们又像亲人一般有了交流的默契。提及那天晚上的遭遇，我忍不住告诉方光耀，他如今真的就是我心中的英雄了。他听完，欣慰地笑了。

其实，在心里我早就把他当作我的亲哥哥了。如今他又为我负伤躺在病床上，除了感激之外，我又能为他做些什么呢？说好的“订婚”之后，我们就彻底撇清关系，可是这个时候我怎么忍心提及那些事情呢？我能够感受得到，我陪伴方光耀的这几天，他的脸上就像镀上了一层幸福的光泽。但我却始终放不下云倾国，总是想着如果那天晚上出现的不是光耀而是倾国，结局会怎么样呢？有时陪方光耀说话的时候，也会心不在焉。

方光耀出院后，我长长地出了一口气。遭遇歹徒、血淋淋的伤口、医院的药味，这些都像是经历的一场梦。

第二十章

北京的夏天，如同一段寂寞的黄昏，踏着细碎的步子将城市以及城市以外的很多地方，洒满忧伤的气息以及足够的热量。

那个礼拜天的下午，我意外地接到云倾国打来的电话。他邀我去画室喝茶，我受宠若惊，一连串地答应着，好，好。

我化了些淡妆，然后神清气爽地出门了。外面的太阳很大很毒，我用胳膊半遮住双眼。马路的地面被照射得热气腾腾，仿佛就像油锅烧开后撒了一些水进去，四处迸溅出滚烫的灼热。我拦了一辆出租车，不大工夫就到了他的画室。

云倾国一只手放在腰际，站在玻璃门旁边，那姿势马上瞬间让人感受到他艺术家的高雅和气质。他总是穿着很雅致，这不仅仅是因为他平日有一个高级服装裁缝做衣服，而且还因为凭着他不俗的穿衣品位，使那些本来看起来很普通的衣服，在他身上都可以穿出特别的气度来。今天他穿了一件白色的立领上衣，一条天蓝色的仔裤，以及一双白色镶嵌有两条红纹的旅游鞋。这身装扮搭配在他身上，有一种遮掩他年龄的青春朝气感。

我们相互寒暄了几句，和往常一样，面对面地坐下来。

“正想着来你这边喝茶呢，你就打电话了。”

“那是很巧了。”

我本想说，看来我们是心有灵犀了，看他神情严肃，就没说出来。

“你沏的茶，味道就是不一样，好喝。”我呷了一小口茶，细细地品味着。

“是嘛，那你以后常来好了。”他接道。

我莞尔一笑道：“那是自然，只要你不厌烦，小心我会把你画室的门槛踢破。”

他没有接我的话。他总是这样，严肃得让人无法和他接近，不知该如何调剂气氛。经过多次的交流，我已经习惯了他这样的状态。

“你这个人嘛，分明和你的茶一样，与众不同。”我又小声道。

“依雪，别总用观察家的眼光来看我，我其实很平凡也很普通。”

这是他第一次喊我的名字，我内心无比激动。

接着，他又说：“依雪，其实，我今天约你过来，主要是想拜托你一件事。”

“快别说拜托这样的字眼，我会觉得生分。是什么事儿，你说，只要我能够办到的，我都会尽力去办。”

他从衬衣口袋里掏出一张银行卡，递到我面前说：“这张卡里有六百万，密码是我手机号的后六位，你帮我去市的几家儿童福利院走一趟。以匿名的方式，把这些钱分别捐献给福利院，拜托了！”我有些惊愕了，我从来没有遇见过这样一个人，可以在交往时间不长而且关系不是特别密切的情况下，把这么重要、涉及金额这么多的事情托付给别人。除了信任以外，我找不到更好的理由来为自己解答了。

他是一个什么样的人？他究竟想做些什么？实在让我猜不透。

“倾国，你这是？你为什么会如此信任我？”我疑惑不解地问。

“不用问为什么，我感觉你值得信任，这就够了。”

“可是我不明白，你为什么不自己去福利院捐赠呢？”

“我可以回答你这个问题。不过你要保密，此事不可外泄。”他的态度看起来很严肃，让我莫名有些发慌。

“嗯，放心吧，我会为你保密。”我认真地点头。

“这么多年来，我一直有个心愿，就是想某一天，能够去帮助那些需要帮助的处于苦难中的人们。譬如，孤儿院，敬老院，以及那些残疾或者智障的人。这也是我和小蝶当初共同的目标和心愿。说实话，我这次回国，名为开画室，主要就是想要达成这最初的心愿。”

听完云倾国这番话，我才明白，原来云倾国此次回国的目的就是回报社会，回报那些需要帮助的人们，而他之所以找我去替他做这些，完全就是想隐藏自己。无私，无求，世间人又有几人能够做到？他的思想、慈念、境界，远比我想象中要高远。我的心灵被他深深地震撼了。

没错！他比我想象的更高尚，更慈悲，甚至是更伟大。我敢肯定的是，我对他的爱慕，此时还掺加了一种由衷的崇敬。

“你真是一个大好人。”我不知该用怎样美观、奢华词语来形容这样一个人，只是发出由衷的感叹。

“好人？坏人？有时候，并没有明显的界限，我只是想做一个灵魂上安然的人，仅此而已。”云倾国淡淡地说。

“我愿意为你做这样的事情，同时也谢谢你给了我洗涤自己灵魂的机会。真的，我现在都崇拜你了，这绝非虚伪的恭维话。”

云倾国微微一笑，说道：“你不是一个虚伪的会说恭维话的人呢，这点我早就看出来了，否则我也不会把这件事拜托给你。不过，你不用崇拜我，你也可以做到。我常常在想，善念每个人心底或多或少应该都会有。大道自然，人的慈悲终究会让自己的灵魂得到足够的平静与快乐。这一次你帮我办妥的话，以后的捐赠我想都要劳烦你了。因为你让我觉得内心踏实、放心。”

听他这么评价自己，我的脸庞不禁染上了一层红晕。我望着他的眼睛，轻柔地说：“倾国，谢谢你对我的信任。记得以前，我梦想着有一天成为像你一样的画家；如今，我更想有一天成为现在的你，做一个好人。”

云倾国嘴角上扬，由衷地笑了：“看来，我这个人还是很有感染力的。”

这是我认识云倾国这么久以来，唯一看到的他开怀的笑容。以前，我一直觉得他好像永远都是严肃的、冷漠的。而现在我才发现，这个极端孤独而冷漠严肃的艺术家，他的内心竟然有着火一般的烈焰。他的爱与善，竟然如此的宽阔而明朗。

我的眼睛不自主地徘徊在墙壁的那些画幅上，原来他的艺术与他的人早就融为了一体。那画上的一片白云、一枝花蕾、一片夜色的天空，每一笔无不展示出他精神世界的载体，在他的那些画像里，色彩强烈、热情、奔放，而又迷茫、忧伤、激动、狂热，各不相同，表达出了一种强烈的生命张力。

这时，我的手机响了，是方婉的电话。我心里纳闷，自从那次我俩心生隔阂之后，她已经好几个月没有和我联系过了，现在找我会有什么事儿呢？方婉在电话里肉麻地说，依雪，好久没有见到你了，快想死你了。我心里的一片云彩立刻都散了，似嗔似怨道：“我还以为你把我忘到九霄云外了呢，躲着我这么久，都忙些什么了？”

方婉叹气道，哎，快别提了，我就想马上见到你，我这会儿在你家呢，你什么时候回来？我说，你先坐着，我等会就回去了。毕竟我和她曾是最要好的朋友，听说她来了，我还是很期待见到她的。

云倾国把我送到画室门口的时候，没等他开口，我就说，捐赠的事情，请你尽管放心好了，等我消息。

刚一到家，我就看见方婉愁容满面地坐在沙发上。几个月不见，却发现她憔悴消瘦了不少。母亲说，婉儿来了好一会儿了，你们一块说说话吧，我去做饭，晚上让婉儿在这吃顿饭吧。我点头说，好，我们也有好久没聚在一起了。

我和婉儿打过招呼后，准备去给她沏茶。这种彼此不自觉的客气，实际上就是长时间不见面的生疏。这种面对面的接触和打电话又有着本质的不同，电话里可以掩饰掉一些东西，听起来无比自然；而真正地通过眼神交流后，再说出来的话，就夹杂了些生分。大概我俩心里都清楚一点：我们之间明显地陌生了。可是我和她都在尽可能地显得从容一点，自然一点。

等我把茶水端给方婉，她却连忙摆手说，我不喝，不喝，你喝吧。“以前你不是爱喝绿茶的嘛，怎么，几个月不见连习惯都改掉了?”说着，我这才定睛好好地看了看她。她原来白皙如玉的面颊上，竟然长出了许多黄褐色的雀斑，就好像一朵漂亮的白玉兰上面，多出了几粒苍蝇屎，让人顿觉可惜。

方婉苦笑了一下，压低声音道：“我看育婴书上说，孕妇最好只喝白开水。”

“你怀孕了?”我的瞳孔放大了一倍，惊叫道。

方婉赶紧说，嘘！小声点，别让叔叔和婶子听见了。说着，她从沙发上站起身来，用手抚平宽大的上衣，露出一个皮球状的肚子来。她拿着我的一只手放在她凸起的肚子上，羞涩地说：“你摸摸看，我的小宝宝都已经四个多月了。”

我客套般地摸了摸，然后和她一起坐下。方婉告诉我，这是她和程卓然的孩子，她准备把这个孩子生下来。我忧虑道：“这恐怕对你不好吧，他是个有家室的人，你没名没分的不说，孩子将来也会承受很多的压力。”

我的话可能说到了方婉的心坎上，她忍不住轻轻抽泣起来。我心疼地安慰了她一会儿，方婉不哭了，小声地怒骂道：“程卓然就是一个十足的伪君子，披着羊皮的狼。我恨他！”

“为什么会是这样？恨他为什么还要生下这个孩子？你们之间本来就是一场危险的感情游戏，你不如现在趁早把孩子打掉，一拍两散，还会有什么恨与不恨的？”

“依雪，你不会明白的，也许是爱之深恨之切吧。为了讨他欢心，我把所有的积蓄都花在他身上了，这些都是我心甘情愿的。可是前不久，他骗我说，家里急需一笔钱，让我想想办法。看他着急吃不下饭，我只好向哥哥借了五十万给他急用。没有想到，他拿到那笔钱后不久，就开始有意躲着我了。前天晚上他终于肯见我了，没想到却向我提出了分手。”

“哎，真没有想到他看起来文质彬彬，实际上却是这样一个道貌岸然、卑劣的人。”我打抱不平道。

“依雪，我这辈子毁了，真的毁掉了，我这是自作自受啊！”

“快别这么说了，你才二十几岁，只要你愿意，一切都还可以重来的。”

“晚了。”方婉神情呆滞，喃喃地说。

“什么晚了，会晚的是心，不是人，不是事儿。”

我苦口婆心地劝说，此时她却一点也听不进去。

那天晚上，方婉只吃下一点点饭菜，便和我一起睡了。半夜里，我好几次都迷迷糊糊地听到，方婉凄凄惨惨的哭诉声。那断断续续的声音，仿佛就像苍穹之下大雁的嘶鸣。

有好几天，我都在因为方婉的事情而感到忧愁和不安。

云倾国托付我捐款的那件事情，我不敢怠慢，提前打电话到银行预约了大额取款。周末取款之后，我把那六百万元均匀地分成六份，准备分别将它们送到本市的六家儿童福利院。

我之前从未去过儿童福利院那样的地方，等到了那里，说明来意之后，福利院的工作人员热情接待了我。他们收下捐款之后，强烈要求我留下捐赠人的姓名和联系方式。我想起云倾国的叮嘱，只得说，我受朋友之托，答应过他保密，怎能言而无信。接待员看勉强不来，只好再三让我转达院方对捐赠人的感谢。然后，接待员带我去看望了那些可怜又可爱的孩子，一时之间，我心里禁不住涌起了许多的酸涩。

接下来两天的时间，我又分别去了另外几家儿童福利院。等把这些事情都办妥以后，我感到了一种如释重负的快乐。我打电话给云倾国，告诉他事情已经办好了。云倾国说，谢谢你了，不如这样吧，晚上请你吃大餐。我当即说好，晚上见。他在电话那头，呵呵地笑了。

这是云倾国第一次请我吃饭，我心里自然欢喜得很。

这是一家环境优雅的中档餐馆，我们到了那里的时候正赶上用餐高峰。一阵阵的谈笑声在大厅里传来传去。我们不约而同地说了一句，这太吵了！话音落下以后，我们禁不住相视而笑，这证明一点——我们俩都喜欢清静的环境。

善于察言观色的吧台服务生，这时候说："两位，要不坐雅间吧。现在正是吃饭的时候，想必哪家饭店人都不少，有人少的，估计那饭菜味道也不怎么样。"

看我们点头同意，那服务生就领着我们来到一个叫"碧荷苑"的雅间。

落座之后，云倾国让我点餐。我说，还是你来点吧。由于内心的激动，我一点饥饿感都没有。

云倾国点了几个特色菜，要了一瓶红酒。

我说，不知道怎么回事，和你一块吃饭，我一点都不饿。云倾国笑道："难道看见我就觉得心里发堵，倒了胃口，才吃不下了么？那怎么能行呢?"

我连忙解释说："不是，不是，我也说不清楚是怎么回事。"

"谢谢你帮我完成了捐款的事情。你就多吃一些，否则我过意不去。"

"倾国，这点事情，不要再言谢了。"我说。

一会儿工夫，菜上来了。怕他又说我不吃，我就勉强吃了一些。然后，陪他喝了几杯红酒。无意中，我向他提起了程卓然和方婉的事情。云倾国说他们已经很久没有联系过了，这次回来，我总觉得程卓然哪里变了，却没有想到他现在会变成这个样子，真是书画界的败类。

我说，我这些天都在为方婉担心，真不知道她该怎么办。云倾国意味深长地说："做人只要记住，不可心外求道。"他顿了顿又说，“心外求道，乃行邪道。”

我似懂非懂地问道：“你说的话，我大约明白几分，那人又该怎么克服自己，不去心外求道呢？”

“你这么问，说明你内心的修行还不够，还暂时不能开悟。”

我顿时感觉到，原来我离他真的很遥远，很遥远。

云倾国忽然问我：“对了，记得那个方婉叫你什么，嫂子？”

接着，我就跟他说了一些我和方光耀的事情。云倾国听完我的讲述，感叹道：“一个对你如此痴心的男人，我觉得你应该好好珍惜。”

“我不喜欢他，这没有办法。我和他只能做朋友了。”接着，我又说：“对了，倾国，上次你拒绝我，是因为我是方婉口中的‘嫂子’吗？”

云倾国的表情有些失望：“你觉得会是那种原因吗？我说过，我从未用一个异性的眼光来看待你。当然，我不仅仅对你是这样，对其他任何一个女性我都是这样的。如此一来，我的意识概念中就不存在性别的差异了。”

显然，云倾国的失望是因为我不懂他。可是，我听完他这样的回答后，也几乎心凉了：这样的一个冷血的男人，看来他始终只能把我当作朋友了。

忽然，我像是获得了什么灵感似的，望着他说：“那我还想就这个问题，再说几句。你说你对待其任何一个女性都是这样的，可我觉得你对待我，例外了。”

“凭什么这么说？”他疑问。

“就凭捐款到儿童福利院这件事，你没有去找别人办，而是把这么重要的事情委托给了我。”我信心十足地说。

云倾国无语了，摇摇头，冲我笑笑说：“你呀，真是拿你没有办法。”

我对他扮了个鬼脸，然后穷追不舍地说：“我说对了吧，你对我已经例外了。而且我现在觉得你拒绝我，是因为你在压抑、控制自己的感情。”他的脸色马上由晴转阴，严肃地说：“依雪，以后不许再这样胡说八道的了。时间不早了，我送你回家。”

一路上，我不敢再和他多说一句话。到了小区门口，我下了车，小声地和他说“再见”。他一本正经地说，他刚才吓到小朋友了，小朋友的声音都细如蚊蝇了。我嗤嗤地笑了。

目送着他的车子消失在夜色中之后，我才回家。透过那些夜晚的蛙鸣、蛐蛐的叫声，这个被清辉浸透的空间里，一些好看的蔷薇花枝、金银花藤从攀到围墙上，吐出一阵阵沁人心脾的芳香。那些喧嚣了一天的浮尘，此刻仿佛都婴儿一般睡熟了，夜空里现出一些温和的气息。

日子一天天如流水般向前奔腾，第八届“齐白石杯”大型国内画展，又要如期举行了。

这天，整个北京城里上层社会的人，好像都来到了国家画院参观这次名画展览。很多豪华车辆，从大道上、从一座座通衢的立交桥上聚集到了这里，周围几个停车场全被塞得满满的。

像云倾国那样的大家，这种场合绝对是少不了的，主办方自然想尽办法也要把这样的重量级人物邀请到场。这次应邀在列的名单中，居然有我，这多少令我觉得有些意外。

下午一点多钟的时候，我就忙着打电话给云倾国，才得知他已经被主办方的人早早地接去了。本想与他同行为伴，现在想来，不觉发笑：云倾国的威望，怎会是我这样的小人物所能及的呢？这样的念头，让我觉得内心一阵不适，甚至是沮丧。我暗自问自己：怎么可以对他有这样的妒忌之心呢？那不是我！我的心曾经纯净如莲花一般，怎么可以渗入泥污？可是，如果不是那样，那么我为什么想要渴望和他同行，难道仅仅是因为思念他么？如果仅仅是因为思念他，为什么听到他已经被人接走的消息后，心情低落？如果纯粹是爱他，我本应该为他感到自豪或者骄傲，可为什么我心里没有那样的感觉，却反而被另外一种污秽的东西充斥着，而且那种东西，我越是审视它的时候，它就越模糊不清？我不愿意相信自己坚贞如磐石的这颗心，悄悄爱慕了他多年的这颗心会发生任何的变化。可是，我的心分明已经乱了。

这是我第二次去国家画院，路线倒还熟悉。第一次来这里，是为了参加一个老师的专栏画展。这两次的心情是截然不同的，第一次是怀着无比激动的憧憬和热情，而第二次却感到卑微和沮丧。半小时后，我来到了画院。签到后，走进展览大厅，我一眼就看见了云倾国和那些名画家或者主办方的人正侃侃而谈。那些来自各个媒体的相机、摄像机，咔咔咔闪个不停。我心里立即涌出一个成语——众星捧月。

众多嘉宾们陆续到场了，一迈上雕刻着花纹的汉白玉台阶，他们就纷纷赞叹着墙壁上展示的画幅。仿佛他们之中的一个如果不发出赞叹，那就证明自己不懂得欣赏绘画艺术，就是无知的、浅薄的、令人耻笑的；就是无法冠以自己高雅品位的拙劣之为。墙壁的四周，挂满了先锋派画家的特种类型作品，人们都抬眼认真地欣赏着它们，几乎没有或者不敢，遗漏任何一幅。在长方形的大厅里，那些人乱糟糟的，挤来挤去，偶尔迎面撞上几个熟人，他们会很自然地说："噢，前面的那几幅画我已经欣赏过了，真的很不错！"

好大一阵子，他们才慢慢安静下来。那些所谓的尊贵嘉宾们，依次获得了自己所仰慕的画家的签名、画册，然后被迎进大厅旁的贵宾室里。

人们起初看彩色海报上，画家的名字很多，现在到场的人数也不少。这些画家们的外表看起来形形色色，有些是留着小胡须的，头上还戴着奇形怪状的帽子；有些是长头发的，还扎着马尾巴；再有一些，身着奇装异服，戴着色彩明艳的各种手串。而云倾国同排座席上的那些颇负盛名的画家们，胸前佩戴着大小适宜的红花，服饰几乎都很端正、普通。

在这热闹非凡的场面上，云倾国好像并没有注意到我。为了避免坐在那里尴尬和无趣，我索性去书吧坐了好一会儿才又出来。除了以前在画展上碰到的几个熟人，和他们聊了几句话外，我几乎一直独坐着，我觉得自己更像是前来参观的同行，而不是什么嘉宾。下午两点半的时候，大厅传来话筒讲话的声音。此时，第八届"齐白石杯"中国画展正式开始了。云倾国获奖的几幅画，挂在展览厅的最前方，它们的色调和耀眼如金的边框，看起来辉煌而夺目。那些柔和的灯光照射着它们，更增添了油彩的光泽度。他的画幅最具有创新意识，包括：主题、构思、立意等。最难得的是，他的每一次创新之作，都是成功的。而大部分的画家，一直都在画着相同的主题，甚至一生都没有新的突破。

人们在下面照常地发出赞叹，做出夸张的表情，并且和同行的人一起交换着真实的或者不真实的意见。这些声音，几乎有一种想要压过主持人话筒的意思。

云倾国和另外几个名家一直站在场地的中央，他们站姿笔直、神情庄严。让人不由得心生崇敬。虽然云倾国的作品得到了无数热情的颂赞，得到了高度的评价和荣誉，可是他的内心很淡然，如同一颗千年的古树，风吹不动，雨来无声；他自己感觉到这些都只是生命中偶遇的一次时间的空间，或者是一次时间之旅；特定的时间，特定的空间，特定的人和事，仅此而已。这里几乎所有的人都无法猜测出，他此刻是怎样的心态，当然也包括我。我们没有他那样的境界，所以才不会懂他。

这时候，我才明白：我们这几排坐在后面的所谓画家，大约只是主办方专门安排的陪衬罢了。我偷眼看了看同坐的这些人，他们都一本正经地坐着，目光里含着朝圣般的坚定。我自觉羞惭，也赶紧学着他们的样子，庄重起来。

开幕式结束后，人们开始自由地参观起那些画幅来。在一个特别不显眼的拐角处，我终于发现了自己的一幅油画《秋韵》，有那么几秒钟的时间，我的心处于不可名状的激动中。我忽然回头又看到了那几幅挂在展厅正中央的画，心情迅速地灰暗了下来。正在这个时候，有两个女嘉宾在旁边的一幅画前停下了脚步，然后指指点点地说这些什么。我真想动手拉住她俩的衣袖，让她们来欣赏一下这幅《秋韵》。可是，她们身上浓烈的香水味，镶着宝石的红指甲提醒着我，她们并不一定懂画，她们只不过是在模仿行家的样子，对着一幅画评头论足。她们始终没有把目光聚集到《秋韵》上，如果有的话，也只是迅速地扫了一眼。

不一会儿，那两位已在人头攒动的洪流中消失不见了。我不禁叹了口气，不敢再在此逗留，哪怕一分钟。那感觉，就像是迎面走来了一个浑身沾满了污秽的乞丐，让人唯恐避之不及。

我才刚走了几步，就惊喜地看到了云倾国的身影。他拨开人群，朝着我这边走过来。

“依雪，什么时候来的？我都没有看见你。”云倾国说。

“人太多了，你哪能一下子看见我？”我望着他的眼睛说。

“你这张《秋韵》画得不错。”他看着那幅画说。

这时，一群人从旁边涌了过去，我不由得离他更近了些，近乎是挨着他的身体，而他呢，好像并没有注意到这些细微的身体语言。我爱他，这种感觉，真实而具体，永远无法改变。我感谢他对我的鼓励，甚至感谢他对我认可的每一个字符。我抬头看着他深邃的眼眸，随后，心头掠过一道快速的电流，这使我的神经感到震颤，这种感觉唯有他能够带给我。

“你在赞美它？可是它实在跟你的画相差太远了。”

他神情肃然道：“你不能这么认为，每一幅画都有它值得肯定的地方，也都有可以否定的地方。”

“你的意思，我应该感到知足么?”

他答非所问：“我个人认为，纯艺术，是能够摆脱概念倾向和庸俗偏见的艺术。”

我心里暗暗佩服，不愧是大家。

“我们回吧，要不要一起走?”云倾国问我。

我欣喜地点点头。云倾国就像一个开路先锋一样，在前面引导着我，穿过那些黑压压的人群，朝着展厅的大门口走去。

走出画院，云倾国要去停车场开车，就让我站在那里等他，不要乱跑。他的口吻像是在嘱托一个七八岁的孩子，我被他的这种细腻和关切感动得有些不知所措了。我听话地站在那里，在那些几乎拥挤不动的车辆里，找寻着他的车牌号。正这时候，却听到云倾国在喊我：“依雪！我在这儿呢。”我扭过头看去，他正从车窗里伸出半个身子，看着我说：“上车吧。”

我坐在副驾驶上，侧过脸问：“倾国，可以带我去兜兜风么?”我心里做好了随时被拒绝的准备。

轿车在拥挤不堪的人流中徐徐蠕动着，云倾国几乎是一脚刹车、一脚油门地在忙活。

“可以，你想去哪里?”云倾国目不斜视地盯着前面的路况，过了好一会儿才温和地问道。出乎意料，他同意了我的请求，这让我有些激动：“好久没有去郊外了，去呼吸一下新鲜空气吧！”

“嗯，我也好久没有亲近过大自然了。自从回国之后，我好像一直都在身不由己地忙碌。其实，时下快节奏的生活，已经让很多人在不知不觉中丧失了灵魂的自由。”

好不容易，云倾国的轿车才驶进宽阔的大道。

“是这样的，人们对物质的追求呈现出一种前所未有的信仰状态，甚至是疯狂的状态。譬如，屡禁不止的地沟油事件、瘦肉精事件，以及令人震惊的毒奶粉事件、毒生姜事件。而那些为了追求高额利益，不惜损害他人健康和生命的不法分子，他们的眼里剩下了什么？他们其实早已道德沦陷、良心泯灭。”我心有感触地说。

“这正是人们精神营养缺失的重要体现。在过分追求物质的过程中，人们浮躁、空虚、迷惘；人们逐渐失去了原来的理想和目标，逐渐迷失了自己。看看现在，还有多少人愿意在夜深人静的时候，捧上一本好书，给贫瘠的心灵补充一些新鲜的血液？或者在一个静谧的黄昏里独坐，审视一下自己久未清洗的灵魂？”

听了云倾国的这席话，我半晌无语，不敢再看他一眼，心里反复琢磨着那句“久未清洗的灵魂”。忽然想起了自己刚才在画展上，因嫉妒他而产生的沮丧心情，顿觉自惭形秽，无地自容。

这时候，忽然有一辆越野车从旁边超越过来，眼看着两车就要相撞了。就在我还没有弄明白怎么回事的时候，云倾国迅速探出半个身体挡在了我前面，然后猛地一个急刹车。受到刹车的惯性撞击，我禁不住“啊”了一声。云倾国忙关切地问：“依雪，你没事吧？没碰着你吧？”

“我没事，刚才怎么回事？”我定了定神，下意识地问道。

“有人忽然超车，要不是我及时刹车，估计就出车祸了。好在现在已经没事了，你看，就是前面那辆车。”云倾国抬起下巴示意我看。我看见那辆轿车里探出一个肥硕的脑袋，回头叽叽咕咕地嚷着些什么。云倾国道：“不用理会这种人，我们走。”

由于刚才云倾国刹车过猛，我感觉胸口上方像被什么强力挤压了一下，有些微微作痛。这时候我才注意到云倾国一只手开着车，另一只手却捂在胸前。我差点忘记了刚才急刹车时，他半个身子挡在我前面，所以他得碰撞远比我严重得多。“倾国，快停车，你受伤了！”我心疼地叫道。云倾国将车子慢慢靠在一侧，停下来，轻声说道：“我不要紧，没事。”

我去掉安全带，侧过身，将自己的双手紧紧压在他捂着胸口的那只大手上。我的眼睛不禁湿润了：“你一定很疼很疼，咱们去医院吧。”

云倾国望着我说：“我不疼，真的不疼。我一人行走江湖数年，这点小伤算得了什么。”

“都什么时候了，你还这样说，我们快去医院看看吧！”

云倾国起初不愿意去医院，我好说歹说，他才同意了。我们交换了位置，我开车带他去了附近的一家医院。

我们来到外科诊室，医生示意云倾国坐下来，解开上衣看看什么情况，再去拍片。云倾国有些不安地看了看我，慢慢地解开上衣的纽扣。在这个时候，我本应该离开一会儿，可是我要亲眼看到他的伤势才放心。

当我看到云倾国的胸前一片紫红色的时候，心里难受极了，真恨不得自己能够代替他受苦。可是事实上，如果不是云倾国不顾一切地探出半个身体，挡在我前面，受伤的那个人一定会是我。如此渺小不堪的我，凭什么值得他这样做？当我明白，他太遥远，他不会属于我的那天起，我就只想好好珍惜我们之间短暂的相聚，哪怕只有最后一天的时间！我不敢奢望他的爱，不敢奢望他的情；痴心对他，只是我一个人心甘情愿的事情。可是，他却为了保护我而受伤了，这让我怎么能够安心？

"胸口这块都已经瘀血了，还是先去拍个片吧。"医生一边给他擦着药水，一边说。

医生擦好药以后，我一声不吭地俯下身，想帮倾国系上纽扣。他慌忙说，我自己来，我自己来。说着，就迅速地系上了扣子。随后，我们去拍了片子。医生仔细看过片子之后说，看起来胸腔的骨头没有什么问题，只是软组织损伤，回去多擦几天药膏就好了。我悬着的一颗心，这才落下来。

云倾国打开副驾驶的车门，对我说："上车吧，今天我还没有完成你的心愿。"

"什么心愿不心愿的，你都受伤了，改天你再带我去吧。"我说。

"我没事，都去医院检查了，现在你应该放心了。说好的，要带你去郊外兜风的。"

"那好吧，你小心点身体，我们就去近郊吧。"

车子行驶在宽阔的林荫路上，一排排葱绿的颜色点缀在我们身后，仿佛我一回首就可以抓住这些梦幻般的幸福。

他陪我一起穿过这条路，穿过我过往的黯淡和忧伤。这大路，这空气，这一切的一切，都充满了生命的狂热。

“倾国，你的伤，还疼么？”我关切地问他。

“不疼。”他轻声答道。

为了不使他注意力分散，一路上我都不再和他说话。

时间不长，我们就来到了郊外。这里的空气明显比市区内清新了许多，周围有很多的桃树和梨树。那些鸡蛋大小的青桃和小梨子，疙疙瘩瘩地挂在枝头，倘若到了秋季，这里一定是果香片片。不远的前方还有一个很大的水塘，水塘里盛开着许多红色、白色、粉色的莲花，不时会有一两只灰色的小野鸭，浮出水面嬉戏玩耍。

把车子停在水塘旁边，我和云倾国肩并肩地慢慢走着，像是很久以前的老熟人。

“倾国，在你急刹车的时候，你却探出了身体挡在了我前面，那么千钧一发的时刻，为什么你要不顾一切地保护着我，而置自己于危险的境地?”我又想起了那惊险而温情的一幕，忍不住问道。

“这没有什么，很正常。那一瞬间，我脑子里好像什么都没有想，大约是出于本能反应。”云倾国说。

“本能?那可不是本能，人的本能是保护自己。特别是开车遇到危险的时候，人的本能更多会选择保护自己。”我细致地分析道。

云倾国嘴角上扬，呵呵笑道：“也许我的本能是保护别人吧，更何况那个人是……”

“是什么？你快说呀？”我脸红心跳，催促道。

“是个小孩子呀。”云倾国一本正经地说。

“你，人家不理你了。”我脸色通红，小声地佯怒道。云倾国微笑着，习惯性地耸耸肩，他深邃的眼神就像两潭清泉，有着一种动人的韵味。

眼前，现出一条蜿蜒的羊肠小路，这小路远远地望去就像一条绿色的丝绦，上面长满了不知名的小草。这里幽静得几乎没有一丁点声音，一些长着漂亮花色的蝴蝶在眼前的小花朵上飞来飞去。我忽然想起了当年我和他相遇在田野的情景，想起第一眼看见他时的羞涩与不安……

我们在小路上一片比较稠密的野草地上坐下来。黄昏的晚霞就像古人笔下佳人娇羞的脸颊，映射出一片迷人的色泽。这时的花草、土地、树木，蕴蓄出一副如画的宁静与美丽。

“倾国，你看这里，多像我十七岁时第一次遇见你的地方。”我眼神迷离地望着远处大片的蒿草说。

“是的，这里很美。”倾国顿了顿，又说：“依雪，你是一个不俗的女子。”

听他这么说，想起参加画展时我嫉妒的心理，我的心顿时像被蚂蚁撕咬一般难受、内疚。我真的很想说出来，把我卑微的心说给他听。可是，我又害怕他因此而疏远我。不，我还是要把它说出来，趁我还有机会把这些说给他听。

“倾国，如果我告诉你，就在下午参加画展的时候，我还嫉妒过你获得的荣耀，并且我还因此而难过，你还会觉得我不俗么?”我红着脸，不敢看他的眼睛，一口气地说了出来，顿觉心里安然了些。

出乎我的意料，云倾国笑道:“这很正常，根本算不上什么。重要的是，一个人要及时地认识到这种想法的错误，及时清洗自己的心灵。人的一生，不可能永远不犯错误，而思想正是主导一个人行为对错的根本。譬如我自己，数年前因为小蝶的离去而承受不住打击变得颓废，等到身心都堕落到泥潭之中的时候，才认识到危险，才想办法去挽回，这时已需要付上惨重的代价。那代价包括很多，人格性的、精神性的、社会性的等等。从一个令人唾弃的、不可救药的堕落者，再一次重新站起来的时候，我需要付出更多。好在，我认识的还不算太晚，否则这种洗心革面的机会都不会有。这正是我之前跟你提到过的——心外求道，乃行邪道。”

“噢。”我似懂非懂地点点头，“倾国，如果不是你的思想影响了我，我想，我不会在短时间内认识到自己的错误。你拯救了我污浊的心灵。”

“不，这个世界上，谁也拯救不了谁。拯救你的，正是你自己的心。”

我下意识地问:“那么，我还是你眼里那个不俗的女子么?”

“当然。”他毫不犹豫地答道。

“这已经够了。”我喃喃低语。

夕阳渐渐地隐去了最后的余晖，无数苍茫的掠影，不知不觉地笼罩在大地上。

“倾国，时间不早了，我们回去吧。”

云倾国点点头。我们不约而同地准备起身，也许是坐得太久，我的双腿竟有些发麻了。我禁不住打了一个趔趄，云倾国急忙伸手扶起了我。一瞬间，我感觉一股电流冲击着全身。

我不由自主地扑进了他宽阔的怀抱里，紧紧地抱着他，我能够听见他胸膛里的那颗心，跳动得有多么剧烈……我的双眼有泪水滑下来，濡湿了他温暖的胸膛。

而云倾国就像一尊威严的雕塑，站在那里一动也不动，他伸开的双臂就那样僵硬地停在那里，他张开的十指随着自己隐忍的心，慢慢地退缩了。

看到他这样，我潸然泪下：“倾国，为什么？为什么不肯抱我？你一点点都不曾对我动心过吗？”我痛苦地问道。

“我不能伤害你，我们不可能在一起。众生皆苦，最苦莫过痴情人。我告诉过你，不久我就要离开这里了。”

“我心里清楚，你不属于我，可是，我不会怪你。”我呜咽着说。

“我会怪我自己。你是一个不俗的女子，也是一个走进了我心里的女子，我不可能去伤害你。依雪，你要好好的，好好善待自己。”云倾国依旧纹丝不动地站在那里。

我不再说话，颤抖着用瘦弱的身躯抱着他，好像要把这么多年来对他的苦苦相思，一点点地送到他的心上；我感觉到，我紧紧的拥抱都让他快要无法呼吸了。我亲爱的人，你可以不动声色，可以不去拥抱我，这些都没有关系，因为在这场爱情里，我早已没有了矜持的理由，仅此一次拥抱，已足够我回味一生了。

云倾国把我的双臂轻轻地放下，眉头微蹙道："依雪，天色不早了，我们回去吧。"

他用纸巾替我擦了擦泪水，然后拉起我的手，并肩向着来路走去……

第二十一章

接下来的两个月时间，我受倾国所托，相继到天津、济南以及市里的多家养老院、儿童福利院进行了大笔的匿名捐款。因为这些事情，我和他这个月的见面次数多了起来。

有几次，按照约好的时间，我去晚了。远远看见倾国在画室里踱来踱去，焦躁不安。这种感觉让他有些恐慌和窒息，而我并没有觉察到他的内心变化。

渐渐地，我明显地感觉到倾国开始故意躲避我了。我每次打电话给他，如果没有什么具体的事情，他总会说特别忙，没有时间见我。其实我也不想让他感觉有压力，所以尽量不去打扰他。潜意识中，我感觉到我和他之间所剩余的时光已经非常有限了，所有的一切都愈加弥足珍贵了。

那几日，我写下了一首小诗《石头与流水》，发表在一家期刊上。

——君为石，我为水

你在原处，据说，已经很多年
我从你的身边蹚过，回眸相视的瞬间
多想，所有的流浪，都有了最后的一刻

我，不只是要路过，却做了路过的那个人
你无法看到，我悲伤的泪水
一如我无法看到，你火焰的心跳

背对黑夜，人间烽火四起
请原谅这场流水，打扰了你的清修
并在你身上，刻下一抹落花的印记

此刻，我假装平静
最后的颤音，从时间的缝隙中滴落
白花瓣，碎了一地，似雪，苍凉

云倾国买了那一期的诗刊，并且看到了那首诗。

那天晚上，忽然接到他打来的电话，我的手有些不自觉地颤抖了。云倾国告诉我，他在诗刊上看到了一首诗《石头与流水》，署名是杨依雪。我有些惊讶地“哦”了一声。云倾国接着说，那首诗是你写的吧，有些伤感。听他这么说着，我禁不住潸然泪下。我尽量控制住喉咙里的激动，轻声说，倾国，那是我闲来无事，信笔涂鸦。云倾国说，诗画可以怡人，也可以伤人，以后开心一些，身体要紧。

这些话本来是我要说给他的，却被他提前说了出来，我只是“嗯，嗯”地嗫嚅着。

他沉默了一会儿，接着说：“依雪，我明天早晨就要离开这个城市了，我相信你也能够放过自己，不必执着，好好生活吧!”

我惊愕道：“明天？你明天早晨就要离开这儿？这么快?”

“是的，明早的机票，是我该走的时候了。”

“不！……”我只失声迸出了这么一个字。

我心里就像堵了一面墙，千言万语一时之间不知说什么才好。我知道这一天终究会来临，却没想到来得如此之快，快得让我措手不及，让一切都来不及。哦！我亲爱的人，我亲爱的朋友，我分明知道你或许是在逃避一种逐渐使你沸腾的情感，我不能痴缠，不能扰你清修。

我更不能问为什么，也不必问为什么，你追求的是崇高的自由与莲花般的宁静，你不属于我。

云倾国声音中透着一层无比的柔软：“我说过，你不是一个俗女子。还有，我们之间不需要见面告别了。”

我本想要去再见他一面，送他一程，看来如今不必说出口了。“生离与死别，同样让心悲怆。”我说。

“你成长的很快，这样我走得更踏实了。”

他刚才鼓励我的话，使我有了一颗更为勇敢的心，我泪眼模糊地问：“你要去哪里？这一走，我们还能够再见面吗?”

他微笑了一下，答道：“去丹麦的一个小镇，见与不见，不必有分别心。”

我知道答案了，这就已经够了，我还有何求呢？

云倾国挂断电话之后，我无力地躺在沙发上，一颗心久久不能平静。回想起这么长时间以来相处的点点滴滴，就像做了一场梦，离别，总是很伤感，更何况这个人是我执意等候多年的云倾国。

“依雪，刚才是光耀的电话吧？”母亲问。

我勉强“嗯”了一声。母亲说，光耀为你俩结婚的事情都来几趟了，你年龄也不小了，事情该办就办了吧。

我安慰她说，我自己的事情，自己做主，您就别操这么多心了。母亲无奈地摇了摇头说，真是拿你没有办法。我心里乱蓬蓬的，没有再接母亲的话茬。

对于云倾国，我永远没有那么淡定，这点我清楚地知道。

第二天早晨，我向那个“这是一个不仅仅只有画的地方”地方走去。是的，我亲爱的人，我不能亲自去送你一程，不能用我潮湿的眼眸与你作别，那么请允许我以后常来这条街道走一走，看一看，已是满足。

尽管倾国画室的玻璃大门紧锁，室内空空荡荡，淡这里的每一个角落依旧让我感觉无比的亲切和平静。

此时，云倾国已登上了前往丹麦的飞机。他浅坐在机舱内，手执鸡油黄色的蜜蜡手串，反复盘搓着，神色依旧平静如水。他看着外面那些越来越小的建筑物，在心里默默地向这个城市告别，向那个曾经的牧羊姑娘告别。

我没有让云倾国失望，三个多月过去了，我的心出乎意料地平静。我们没有打过一个电话，没有发过一次短信。互不打扰。我在想，不管过了几个月、多少年，只要他不联系我，我绝对不愿去打扰他的清修。昔有“伯牙绝弦于钟期，仲尼覆醢于子路”，此生我得此知音，夫复何求。

这几日，方光耀三番五次地找我，商谈结婚事宜。我觉得他越来越不可理喻，而且越来越过分了。现在，美术馆里所有的同事都知道我很快就要和他结婚了。他们一见面就说笑，要等着吃我的喜糖。一时之间，我百口莫辩。如今，我清楚地知道自己需要什么，不需要什么。我和方光耀的社会观、价值观、人生观都截然不同，如此糊涂促成婚姻的话，将是一种无边无际的折磨。我曾为他默默为我付出的一切感动过，同情过，可我清楚地知道，那不是爱情。

纵使云倾国隐遁、远走，我和方光耀也不会有任何的可能性。许久以来，我都彷徨着，而现在这种清晰地认识，让我觉得身心轻松。

方光耀事业稳定以后，频频大张旗鼓地做慈善捐款，搞得一些媒体记者都跟着他团团转。以前我还不以为然，如今看到他说着那些冠冕堂皇的话，我就觉得心生厌烦，不由自主地会将他和云倾国作比较，他们做的是同一件事——慈善，而目的却截然不同。

那天，周五的晚上，方光耀又来家里找我了。我跟他下楼后，坐进车里。没有说几句话，他又提起了结婚的事情。我直截了当地说："我绝对不会和你这样一个虚荣无度的人结婚，我们之间没有共同的精神追求，连基本的共同语言都没有。"

方光耀的脸色愠怒："依雪，你给我讲讲，我怎么虚荣无度了？我们怎么就没有共同的精神追求了？"

"很多方面。"我没有正视他，一字一句地说。

"看着我的眼睛！譬如呢？"他有些懊恼了。就是这样，他的霸道可以从每一个细节中轻易表现出来。

"真正的慈善家并不是你这样的。我告诉你，有一个画家他也做慈善，但是他每次都是委托朋友去匿名捐款，他做这种善举只求心安，更不可能邀请媒体报道。"

方光耀听完，玩世不恭地哈哈大笑道："我不相信世界上会有这样的傻子，这是一个什么样的时代，不为名，不为利，还活着干什么？"

"光耀，我不想和你吵架，是你的价值观出现了问题，的确是有这样的人存在，至少云倾国就是这样做的。"我被他气得一肚子的火，一口气说道。

"噢，我说怎么回事，原来又是那个云倾国！难道他委托的那个朋友是你？"方光耀怒极而笑。

"嗯，你现在应该知道了吧，什么是真正的慈善。"我用鄙夷的目光望着他。

"依雪，你怎么可以这样对待我？这么多年了，我连抱你一下你都不让，没想到你这么快就和那画家好上了。"方光耀仿佛受到了莫大的伤害，面红耳赤地用恶劣、卑俗的语言攻击我。

“无耻！事情根本不是你想象的那样。云倾国不是你想象的那种人。”我辩解道。

“无耻？现在流行一句话——越无耻，越无敌。难道你不知道？”他说这句话的神态，我只能用一个词来形容了——面目可憎。

“光耀，看来你真的疯了，你的思想真的有问题了，你以前不是这个样子的，你现在怎么可以说出这种话？”我有点声嘶力竭地叫道。“让我下车！”我侧身试图打开车门。

方光耀一把拉住我的胳膊，七窍都生出了火气：“我是疯了，如果不是云倾国，我们早就结婚了，我恨死这个人了！”

“堂堂的方大总裁，怎么可以妒火中烧成这个样子？你根本用不着恨他，我们结婚与否也跟此人毫无关系！”

我接着又说：“他在三个多月前已经离开这里了，你根本不了解，他的追求不是平常人所能理解的。”

这时，方光耀好像没有听见我说的话，一连串地打起了哈欠，他眼神呆滞、涣散，似乎疲惫至极。我从未见他如此失态过，于是趁机说，你好像很累，让我下车，你早些回家休息吧！他好像依旧没有听到我在说些什么，忽然拿起自己的手指啃噬起来，紧接着他失控似的胡乱地摇着头。

我瞬间惶恐不安，以为自己的话语使他受到了严重的精神刺激，急切地叫道：“光耀，你怎么了？快别这样！”

方光耀嘴里发出“呜噜呜噜”的声音，他一只手迅速地摁开车体置物盒，从里面很快掏出几根简易卷装的香烟，并很快点燃了它，拼命地用嘴唇吸吮着，随后他就像一只饿了很久终于吃到一顿美餐的狼一样，半眯着眼睛软塌塌地半躺在座椅上，一副享受至极的模样。这一连串的动作迅速得几近疯狂，整个过程不超过一分钟。

此刻，我脑海中闪现出一个可怕的词语——海洛因，与此同时，我的心紧缩成一团。我突然一把将他手中的烟打落，心痛地叫道："你在吸食海洛因？这是从什么时候开始的？"

正在吞云吐雾的方光耀瞬间露出满脸的狰狞，他一边怒目而视地冲吼叫着，滚！你滚开！不要你管！一边俯身捡起那仅剩的小半截烟卷，仓皇地塞进嘴里……

我不知道是怎样踉踉跄跄地回到家里的。

方光耀变了，他真的完全变了一个人，吸食海洛因足以摧毁一个人精神、身体以及全部，这是令我心痛的、可怜的、无奈的事实。可是，我无论如何也没有料到，这竟然是众多灾难来临的征兆。

两天后，北京新闻媒体头条都在报道了同一件事情：四环新开业不久的大型商贸广场一角倒塌造成三十多人死亡，上百人负伤。而此次中标的建筑施工单位正是光耀房地产开发有限公司。

报道称，由于公司过于追求利益化，从而导致建筑施工材料严重不合格，才引起此次重大的坍塌事故，公安部很快对此进行了立案侦查。

也就是这件事发生的第二天上午，又是一条令人瞩目的、爆炸性的新闻出现了：光耀地产开发有限总经理兼董事长方光耀，从十九层楼意外失足死亡。

当方光耀的弟弟把他提前写好的一封遗书递给我的时候，我的脑海混乱的一片空白。我颤抖着打开了那封简短的信：

雪：

当你看到这封信的时候，我已经离开这个世界了。

我错了，我做了太多的错事，这一生已经无法弥补。

还有，雪，对不起！那次你深夜遭遇歹徒，我恰好赶来救下你，其实那一切都是我提前设计好的，因为你常说你喜欢英雄。原谅我，因为那是我这一生对你唯一的欺骗。

方光耀绝笔

看完这信笺，我哭得早已泣不成声……

据方光杰说，他哥哥故意造成失足坠楼的假象——跳楼自杀后，整个人血肉模糊，惨不忍睹。我没有勇气去看方光耀最后一眼，因为这对于我来说太残忍。

万福商贸广场坍塌酿成血案这一严重事件，引起了政府领导的高度重视，调查远远还没有结束。所有涉案人员：天海集团郑经理，局长梁雨声，市长梁有昌等逐一落网。自此，无辜丧生于万福商贸广场的三十多人的冤魂得以告慰，但几十个家庭所承受的死别的悲伤，一时之间是无法消融的。

不久，又传来一个令我伤感万分的消息：方婉疯了！

原来自从方婉生下孩子后，程卓然起初还去看过她两次，当他知道那孩子患有严重脑积水的时候竟然玩起了失踪。最终，这可怜的孩子在两个月大的时候，被病魔夺走了幼小的生命，方婉一方面懊悔自己走错了路，一方面爱子心切，整日以泪洗面。时日一长，便神经错乱了。她整日里抱着孩子生前的玩具，小心翼翼地轻拍着、胡说着，宝宝不哭，妈妈在，宝宝不哭，妈妈在。

自打她生病后，我经常买些她平日喜欢吃的零食，放在她简陋的住处，而后满眼含泪，像过去那样轻唤她，婉儿。她的眼神警惕地望着我，身子不自主地向后退缩着，喃喃自语地说："你是谁？你不要抢走我的宝宝，好不好，你看，他睡着了，睡着了。"

这样的场景，使人心酸的不知所言。

为了婉儿，也为了偿付内心里对方光耀的内疚，我决定亲自照顾她。我知道，她比从前更需要温暖，需要爱。有了亲人般的照顾，她一定会好起来的。随后几天，我顾不上身体的疲惫与内心的悲痛，把程卓然的所作所为、劣迹昭昭写成一篇文章，然后把它发到各绘画群、各绘画博客等。业内的朋友们、媒体很快就把这件事提上了热点。如今，程卓然被绘画界拉入"黑名单"，被社会各界唾弃。我多想让婉儿也知道这一切呀，可是现在她除了每天幻想着已经去世的宝宝之外，已经不记得那个负心人了。如此也好吧，贪嗔痴慢疑五毒之心都不存在了。

接下来的日子，我把昔日所有的绘画作品集中起来，做了公益拍卖捐献。这些事情让我阴郁的心情，获得了些许的明朗。

第二十二章

北京的秋天蓬松而又苍凉，花儿谢了，落地成泥。秋雨敲打着西窗，夜晚的漆黑弥漫出无边无际的辽阔。

这三年来，我完成的画作少得可怜，绘画的主题无一例外都充满了悲怆的色彩。

我曾以为经过云倾国的指点，我早已醍醐灌顶，修行的无障无碍了。如今才知道，自己还差得太远，太远。世间的生死离别、万般疾苦，只有不染其心，才能有不染之身。谁来度己，只有己心，而我终究还是被这些“苦”击打得支离破碎了。

方光耀的自杀，方婉的疯癫，再加上父亲与母亲的相继病重、去世，使得我的心情一度陷入极度的忧伤之中。我的身体越来越差了，从频繁地感冒，到没有力气说话，甚至连打一个喷嚏都要努力喘上好大一会儿。我不敢去医院检查，我知道，自己病重了。况且，到了此时，我骨子里一点都不畏惧死亡。我有过最动人的爱情，最朴实的亲情、最灵犀的知音，最用心的绘画作品，即使此刻生命就要走进终点，我的心也是安然的。

我向单位请了病假，日夜兼程地回到了故乡的村庄——位寺。因为，我的心比任何一个时期都更渴望那里，思念那里。几经岁月折叠与洗礼，位寺依然那么古朴、深邃、甚至是辽远。

月光如瀑的晚上，我强撑着病弱的身体，围绕乡间的小路步履蹒跚地走着、看着、回忆着，只是再也无法寻回方光耀年少清癯的身影，再也无法寻回父亲那遥远的唤声……我的心就像被无数铁丝牢牢拴捆，再也无法回归至高无上的自由；它又仿佛奔跑在大漠之端忽然跌进了永夜，再也渗不出一丝光束。我知道，我离生命的终结点真的很近了。

被好心邻居送到医院，是我摔倒在地之后的事情了。

医生告诉我，你患了严重的心力衰竭，要及时住院治疗。我气若游丝地说，这一点儿也不意外，没事。医生见我这种反应，立即又补充了几句，你的病况至少要住院治疗半年以上，再不重视，恐怕神医也难保住你的命了。我没有再说话，乖乖地住院了。一个星期后，我感觉稍微有了些力气，就悄悄地从医院溜了出来。因为，我无法接受每日躺在医院的那种环境里，犹如等待死亡一样，等待着药瓶的来临。

就在当天，我意外接到了云倾国打来的电话，是的，是意外。自从我与云倾国北京一别三年多来，除了彼此关注对方的绘画作品之外，我们从未联系过。几年来，对云倾国的想念自然是有的，但那不同于从前的炽热、茫然、痛苦，后来的想念是平静的、清澈的、明朗的。

电话里，云倾国的声音依旧是那么熟悉、深沉。我们不约而同地说着同一句话，你过得还好么？只一句话，我禁不住哽咽了。我有气无力地告诉他，我病了，恐怕时日不多了。因为我感觉自己撑不了多久了。我断断续续地说一会儿，歇一会儿，我们说了好多好多的话。他用非常坚定的口吻告诉我，依雪，你不会有事的，好好的养心就会好起来，重要的是你要把一颗心放空。

两年多以来，云倾国就是这样经常打电话和我交流思想的。我常说他是高人，他说，他不高，他其实一直在低处。他永远都是这样不可估测，他的灵魂永远属于自由、属于艺术，所以我早已不作什么奢求。遵照他的思想，我放空心灵，这的确最重要。我每天早起去田野里散步，听鸟儿在枝头唱歌，看河水抚过泥沙静静地流淌……

不知不觉，我的病情一天天好转了，说话也有气力了些，这期间我没有听从医生的话住院治疗。当然，这调养期间，我停止了一切创作，且保持着独处。

三年后，我的身体完全恢复健康。

回到北京，我重新开始了绘画艺术的创作。而经过一场场苦难，一场场折磨之后，现在的画作更增添了气旺神畅、浑然天成之感。

我从病入膏肓到完全康复，完全是一种重获新生之感。对于一个死里逃生的人来说，没有什么比平静的心灵更为重要了。

我知道，我的病好了，云倾国也要“远去”了。

在我们最后一次通话的时候，我非常认真地对他说，倾国，我感恩一切苦难与折磨；但我更感激您的引导。云倾国说，不要感激我，你是自求多福。我深深地点头。

世间诸事、诸物，无根无蒂，一颗心现出前所未有的清静。

如今，位寺村上的那些芦花、槐花，兰花该是又谢了一季吧，光是窗外那落花噗噗的声音，就足以让我此生凝望许久许久。

初稿于2013年10月

完稿于2016年11月

魏灵芝笔于郑州